U0104520

法藏知津

九 編

杜 潔 祥 主編

第25冊

《大正藏》異文大典
（第六冊）

王閏吉、康健、魏啟君 主編

花木蘭文化事業有限公司

國家圖書館出版品預行編目資料

《大正藏》異文大典（第六冊）／王閏吉、康健、魏啟君 著
-- 初版 -- 新北市：花木蘭文化事業有限公司，2023〔民 112〕
目 2+186 面；19×26 公分
（法藏知津九編 第 25 冊）
ISBN 978-626-344-434-8（精裝）
1.CST：大藏經 2.CST：漢語字典
802.08　　112010453

法藏知津九編
第二五冊　　ISBN：978-626-344-434-8

《大正藏》異文大典（第六冊）

編　　者　王閏吉、康健、魏啟君
主　　編　杜潔祥
副總編輯　楊嘉樂
編輯主任　許郁翎
編　　輯　張雅淋、潘玟靜　美術編輯　陳逸婷
出　　版　花木蘭文化事業有限公司
發 行 人　高小娟
聯絡地址　235 新北市中和區中安街七二號十三樓
　　　　　電話：02-2923-1455／傳真：02-2923-1452
網　　址　http://www.huamulan.tw 信箱 service@huamulans.com
印　　刷　普羅文化出版廣告事業
初　　版　2023 年 9 月
定　　價　九編 52 冊（精裝）新台幣 120,000 元

《大正藏》異文大典
（第六冊）

王閏吉、康健、魏啟君 主編

目次

笳

茄：[宮]1670 氣一出。

笳：[甲]2128 葉吹之。

袈

娶：[三]624 散那。

迦：[聖]1428 裟偏露。

架：[宋]1462 裟結著。

跏

趺：[三]950 坐。

加：[宮]1911 趺坐繫，[宮][聖]279 趺坐身，[宮]278 趺坐，[宮]278 趺坐遍，[宮]278 趺坐得，[宮]278 趺坐普，[宮]279 趺坐南，[宮]1428 趺坐亦，[甲][乙]957，[甲]868 趺坐端，[甲]868 趺坐右，[甲]957 趺坐全，[甲]1000 趺坐結，[甲]1039 而坐作，[甲]1733 坐三，[甲]1911 正坐項，[甲]2196 趺者即，[甲]2400 趺上所，[明]293 身不動，[明]1545 趺，[明][甲]857 正身意，[明][乙]1086 隨，[明][乙]1174 坐上，[明][乙]1225 或半，[明]663 趺坐即，[明]856 正身意，[明]1119 處月輪，[明]1435 趺坐爾，[明]1451 端坐乃，[明]1451 趺，[明]1545 趺坐入，[明]2040 趺坐顏，[三]279 趺坐其，[三]375 趺坐顏，[三]1056 趺坐端，[三][宮]、[甲][乙]2087 坐伸脚，[三][宮]279 趺坐二，[三][宮]1545 趺坐頂，[三][宮][聖]279 趺坐三，[三][宮][聖]279 坐，[三][宮][聖]425 趺坐便，[三][宮]272 趺坐三，[三][宮]279 趺，[三][宮]279 趺坐入，[三][宮]279 趺坐往，[三][宮]279 趺坐無，[三][宮]1428 趺坐繫，[三][宮]1545 趺坐作，[三][宮]1545 坐引發，[三][宮]1546 趺坐繫，[三][宮]2041 坐於中，[三][宮]2058 趺而，[三][宮]2058 趺而坐，[三][宮]2058 趺坐寂，[三][宮]2060 結鏗然，[三][宮]下同 278 趺坐坐，[三][宮]下同 1545 趺坐告，[三][甲]1038 趺坐兩，[三][甲]1039 趺，[三][聖]279 趺不動，[三][聖]279 身不動，[三][乙]1125 謂以右，[三][乙]1075 或半，[三]212 趺坐或，[三]212 趺坐吉，[三]264 趺，[三]264 趺坐身，[三]365 趺坐作，[三]873 趺坐，[三]901 而坐青，[三]908 坐降伏，[三]1003 坐月輪，[三]1056 趺坐左，[三]1132 坐二手，[三]1167 而坐，[三]1180 趺坐右，[三]下同 278 趺坐爾，[聖]310 趺坐發，[聖]2157 坐其內，[宋]279 趺坐如，[宋][宮]329 趺坐如，[宋][宮]1690 趺坐思，[宋][元]26，[宋][元]220 趺，[宋][元]220 坐充滿，[宋][元]2061 趺，[宋][元]2061 趺而化，[宋][元]2061 趺坐終，[宋][元][宮]278 趺坐悉，[宋][元][宮]309 趺坐，[宋][元][宮]1545 趺坐端，[宋][元][宮]2058 趺若龍，[宋][元][宮][聖]279 坐充滿，[宋][元][宮][聖]279 趺坐其，[宋][元][宮]279 趺坐遍，[宋][元][宮]279 趺坐而，[宋][元][宮]374 趺坐顏，[宋][元][宮]810 趺，[宋][元][宮]1442

趺而，[宋][元][宮]1505 趺坐世，[宋][元][宮]1546，[宋][元][宮]2042 趺坐作，[宋][元][宮]2060 趺面西，[宋][元][宮]2060 坐斷食，[宋][元][宮]下同 279 趺坐，[宋][元][甲]1124 趺，[宋][元][明]2042 趺坐坐，[宋][元][聖]279 趺坐經，[宋][元][聖]2042 趺而坐，[宋][元]1 趺坐端，[宋][元]77 趺坐彼，[宋][元]187 趺坐身，[宋][元]220 趺，[宋][元]220 趺坐爲，[宋][元]279 趺坐法，[宋][元]901 趺坐七，[宋][元]930 趺坐面，[宋][元]995 趺坐如，[宋][元]1003 而坐毘，[宋][元]1007 趺坐合，[宋][元]1020 趺坐運，[宋][元]1031，[宋][元]1033 也禪仰，[宋][元]1085 趺坐或，[宋][元]1146 趺坐或，[宋][元]1173 而坐，[宋][元]1211 趺坐或，[宋][元]1227 趺處蓮，[宋][元]1440 趺坐，[宋][元]1507 趺坐梵，[宋][元]2061 趺而坐，[宋][元]下同 1440 趺坐者，[乙]913 坐四面，[元]220 趺，[元][明]1579 趺坐繫，[元]26 趺坐不，[元]26 趺坐正，[元]26 趺坐尊，[元]220 坐充滿，[元]385 趺坐。

路：[三]1336 婆。

裌

夾：[三][宮]2085 道相對。

筴

夾：[原]、吏[甲]904 坐月輪。

卷：[乙]2408 筴。

來：[原]1287 云孔雀。

篋：[乙]2192 表法。

嘉

歌：[三][宮]623 所聞光。

吉：[三]189 祥之事。

加：[明]2060 賵贈營，[三][宮]263 豫如獲，[三][宮]2045 音清妙，[三]192 其誠，[三]196 歡重，[元][明]2060 即以其。

佳：[三]1331 也梵王，[三][宮]536 即行請，[三][宮]2122 泉乃以，[宋]、往[元][明]1331 福田後。

稼：[三][宮]1559 不生穢。

皆：[三]、喜[宮]309。

驚：[三]2154。

善：[甲][乙]、嘉[甲]1796 之事如。

甚：[原]、喜[甲]2202。

壽：[甲]2778 七年投，[聖]2157 平二年，[聖]2157 十八年，[聖]2157 元年展。

往：[宋][宮]、佳[元][明]274 快或謂。

熙：[三][宮]2060。

喜：[丙]2120 伏惟寶，[宮]2034 元壬，[宮]2048 其德力，[宮]2059 遘亂乃，[宮]2122 福豈朕，[甲]1782 樂所持，[甲]2053 命心靈，[甲]2087 辰仙人，[甲]2119 求法愍，[甲]2128 抃別變，[甲]2223 會之時，[甲]2266 二十年，[三][宮]1451 瑞咸應，[三][宮]1608 兆鄰隍，[三][宮]2034 元十月，

[三][宮]2060 瑞異，[三][宮]2102 其備德，[三][宮]2123 期歸妙，[三][甲][乙]2087，[三]152 其至誠，[三]192 歎未曾，[三]2110 志節高，[聖]2157 其懇至，[聖]1788，[聖]2034 二十二，[聖]2157 未至建，[宋][宮]、熹[明]2034 元己子，[宋][元][宮]、熹[明]2122 五年臨，[乙]2394 會壇也，[知]2082 陵江中。

駕

駕：[宋][宮]2087 鵝鵝鳴。

麔

麀：[元][明]、麈[宮]2123。

玠

坌：[宋][宮]2123。

玠：[甲]2128 亦垢古。

夾

本：[甲]2036 諸經及。

刺：[三][宮][聖]305 彼諸衆。

果：[宮]2040 報爾時。

筴：[明]995 右手當。

甲：[宮]2060 合一千，[三][宮]2060 縛無數，[三][宮]2122 傳無數，[三][乙]1092 印，[聖]2157 遠涉流，[宋][宮]2034 弗全略，[宋][宮]2034 若具足，[宋][元][宮]2060 一千三，[宋][元]1058 一手，[宋][元]2149 若具足，[宋]1092 一手把，[宋]2152 上代。

交：[乙]2408。

絞：[乙]2394 空輪上。

卷：[乙]2174 二夾者。

來：[明]2103 之，[三][聖]172 在，[三]189 佛兩邊，[元][明]1007 當，[元][明]1038 讀著五，[元][明]1451 夾定若，[元][明]2087 蘇婆，[元][明]2122 鹿苑化，[原]2126。

末：[三]2149 集閣。

篋：[宮][聖]305 中見晝，[三]1006 内若書，[乙]2087 總六百。

失：[宋]2061 牒直來。

爽：[原]1756 神。

天：[乙]1204 右手當。

未：[宋][元]、一[宮]1431 與我爲。

假：[三]99 借如樹。

賈：[宮][聖]278 一切寶，[宮][聖]278 等所言，[宮]263 億千奇，[宮]2122，[三][宮]1425，[三][宮]2122 販無，[三]2121 人答言，[聖]之[三]189 寶屐其，[聖][另]285，[聖]200 二兩至，[聖]200 直然後，[聖]223 摩尼，[聖]225 明月珠，[聖]227，[聖]278 寶商人，[聖]278 寶瓔珞，[聖]823 異大寶，[聖]1421 衣價，[聖]1425 直輸税，[聖]1426 言我辦，[聖]1427 如是言，[聖]1428 大非不，[聖]1428 同業者，[聖]1428 至僧伽，[聖]1435 直半迦，[聖]1463 金珠著，[聖]1463 衣用四，[聖]1463 重二者，[聖]1464 竟十月，[聖]1509 寶常念，[聖]下同 278 寶珠

殊，[聖]下同 1425 若使人，[聖]下同 1428 直五錢，[聖]下同 1441 物即生，[另]1428 細軟衣，[另]1428 衣衆僧，[另]1428 直百千，[另]1428 直婆羅，[另]1435 不答言，[另]1509 摩尼珠，[另]下同 1435 直爾時，[另]下同 1428 尸賒婆，[石]1509 寶珠所，[石]1509 答言隨，[宋][元][宮]2122 直世間，[元]549，[元][明]、價作作價[宮]2121，[知]598。

櫝：[三][乙]1092 反下。

價：[三]263 當是世。

駕：[三][宮]2060 載隆玄。

儉：[三][宮]416 貴終無。

禮：[甲]952。

買：[宮][聖][另]790 決不宜，[三][宮]、賈[聖]1425 取耶答，[三][宮]1425 知是如，[三][宮]1435 比丘當，[三][宮]1435 衣與跋，[聖]1425 直百千。

賣：[三]212 以。

錢：[三][宮]1425 直佛言。

僧：[甲]2087 用九，[聖]1443 若滿五。

像：[乙]1266。

直：[三][宮]1425 來買衣。

駕

乘：[三]168 四望象。

篤：[明][乙]1092 身心於。

賀：[聖]2157 往復兩，[知]2082 張。

架：[三][宮][甲]2053 曹馬而。

稼：[三]201 乘騎鞭。

教：[宮]2111 開八正。

驚：[三][宮]2109 雖。

馬：[明]2102 於格言。

騎：[乙]2087。

象：[宮]2121 詣之祇。

焉：[宋][宮]2087 出舍衞。

駱

落：[宋][元][宮]、絡[明]2122。

絡：[三][宮]2060 驛白鹿。

駝：[三][宮]1428 駝驢鹿，[三][宮]1428 駝，[三][宮]1442 駝口驢，[三][宮]1462 駝水，[三][宮]1505 駝爲首，[三][宮]下同 1442 駝頭驢，[三]154 駝行來，[三]264 駝或生，[三]2106 駝向我，[聖]、驝[甲]1723 音洛亦。

驝：[三]2145 駝負糧。

駝：[三]176 駝中又。

幵

並：[甲]1728 決須稱。

尖

大：[宮]2121 石塞我。

鐵：[明]、失[宮]721 木。

先：[宮]2060 形表奉。

炎：[宮]2121 石地獄，[甲]2402 上方下，[甲]2402 下，[聖][另]1451 床脚遂，[宋]643 滿阿鼻。

央：[甲]1829 下闊故，[甲]2130 瞿多羅。

災：[乙]2391 孕或。

執：[聖]1436 脚。

奸

舛：[甲]2128 交也許。

姦：[宮]332 情，[宮]374 詐諛諂，[甲]2035 犯，[三][宮]285 惡路遊，[三][宮]1425 婬女來。

姸：[明]2131 靡曼三。

肩

臂：[宮]286 放若干，[宮]673 洪滿現，[三]2146 品抄經，[三][宮]384 右膝，[三][宮]386，[三][宮]453 右膝著，[三][宮]1428，[三]1 右膝著，[三]375 遶百千，[宋][宮]318 長。

喘：[三]184 息身色。

脣：[三][宮][聖][另]1458，[聖]1463 頭有瘡，[知]598 也端正。

家：[三]、扇[宮]1558 能害怨。

堅：[三][宮]657 今現在。

角：[三][宮]1428 頭安鉤。

眉：[甲]2087 隨讃禮，[甲]2130 沙迦山，[甲]2214，[明]901 心咽眉，[三]202 顧影深，[三]2125 齊下安，[宋]682 與膝，[元][明][宮]354 頰端正。

脾：[宮]1435。

頃：[乙]2087 而還城。

扇：[丙]973 上右手，[宮]2060 恒聞太，[原]2130 那衣應。

手：[甲]2392 左肩。

首：[宮]657。

胸：[三]2059。

有：[宋]690 右膝著。

姧

奸：[明]156。

姦：[三]17。

姦

奸：[明]2122 邪僞七。

如：[三][宮]309 僞者教。

邪：[三]375 僞欺詐。

兼

安：[甲]1736 坐繩床。

貝：[甲]2128 下革遐。

遍：[甲][乙]1822 明前前，[甲][乙]1822 能隨故，[甲][乙]1822 順界下。

秉：[聖]1458 小界場。

并：[甲]1816 舉世親，[原]、－[甲]2393 爲濟。

並：[甲]2299 失而前，[乙][丙]2777 覩萬色。

鹿：[甲]1831 重障心，[甲]2290 取十行，[甲][乙]1822 釋名，[甲]1816 所知障，[甲]1851，[甲]2290 顯示等，[乙]1822，[元]2108 拜狀合，[原]1851 況且然。

第：[甲]2270 七八識，[原]2196 三行非。

非：[甲]1851 易防能。

蓋：[甲]1969 亦妙果。

更：[三][宮]1558 觀息俱。

忽：[甲]2195 取有漏，[乙]2263 得靈瑞。

黄：[三][宮]1428 金銀琉。

惠：[三]656 施周滿。

即：[原]973 説無相。

急：[甲]2196 攝釋之。

冀：[甲]2255。

傔：[宋][元]2061 吏四十。

經：[三][宮]2103 通大聖。

廉：[甲]2207 反，[元]2122 損他人。

偏：[乙]2263 説地上，[原]1987 中至有。

謙：[宋]264 布施持。

慊：[三]202 懷出舌。

桑：[原]2196 桃槐等。

歉：[甲]2196 德。

通：[甲][乙]1822 超越所，[甲]1710 下此亦，[甲]2263 伏見，[甲]2263 問世間，[乙]2263 漸悟者。

無：[三][宮]2027 以我累，[聖]2157 謚永和，[元][明]170 擁護。

嫌：[甲]2186 人，[明]2060，[三]2060 諸穢行。

熏：[甲]2266 發當有。

燕：[甲]2128 同一見。

業：[甲]1731 義者釋。

益：[甲]2254 者壞與。

義：[甲][乙][丁]、兼一作兼夾註[甲][丁]2092 利是圖，[甲]1828 智記別。

永：[宮]1513 方爲愜。

遭：[三]153 遇官事。

重：[原][甲]1825 取意破。

尊：[原]2408 護身持。

菅

管：[宮]721 苗，[宋]374 草執急，[宋]375 菅草執。

蘭：[三]99 草執緩。

堅

塵：[三][宮]2122。

持：[三][宮]2066 梵行善。

得：[甲]1700 固謂。

登：[三]2145 相持甚。

墮：[三][宮]1546 在苦集。

根：[三][宮]1548 信堅法。

固：[三][宮]585 奉持佛。

後：[明]1462。

肩：[三]982 住。

金：[三]220 翅鳥飛。

緊：[宮]397 行能壞，[明][乙]1110 築令平，[三]159 握拇指，[宋][宮]299 守大力，[元][明][宮]397 目夜叉。

經：[聖]1509 實好木。

空：[甲]2204 實心義。

藍：[元][明]、監[宮][聖]425 廣有所。

牢：[明]663 固願以，[三][聖]190 固即生，[乙]2223 縛堅固。

陸：[三][宮]407 華復雨。

慳：[宮]721 作諸惡，[三][宮][聖][石]1509 貪令住，[三]125 無厭，[三]361 意固適，[聖]292 固精進，

[聖]1547 著使者。

乾：[三]374 相火爲。

聖：[宮]443 海幢雲，[宮]2053 之曾孫。

收：[甲]2274 執故問。

竪：[丙]862 結金剛，[丙]973 木香，[宮]279 大悲力，[宮]657 實，[宮]721 之令，[宮]2060 封門鑰，[甲]850 慧杵嚴，[甲]852 利刃，[甲]853 執，[甲]954，[甲]1069 好無隙，[甲]1120 住金剛，[甲]1201 合進力，[甲]1719 意問壽，[甲]1736 發誓願，[甲]1736 猛者，[甲]1816 固第二，[甲]1816 固於眞，[甲]1816 牢非物，[甲]2036 起，[甲]2053 城振旅，[三][宮]285 立，[三][宮]309 復有慧，[三][宮]397 毛夜叉，[三][宮]397 四十一，[三][宮]403 辭或懷，[三][宮]2060 論了無，[三][宮]2122 論法相，[三]26 性住內，[三]159 虛空以，[三]951 築平治，[三]1242 立象皮，[另]1721 超四句，[宋][宮]310 木後以，[宋][宮]883 強能作，[宋][元][宮]2059 柵守之，[乙]1772 實圓滿，[元]2149 全在地。

豎：[甲]904 住等引，[明][甲][乙]1225 即成，[明][乙]、竪[甲]1225 禪智度，[三][宮][知]384 立。

樹：[三][宮][甲]901 成助護。

雙：[明]、竪[甲]2053 林寢迹。

望：[甲]1816 凡夫智，[甲]2266 至以爲。

臥：[聖]1459 牢座兩。

賢：[丙]2381 持淨戒，[和]293，[甲][乙]1816 謂智，[甲]2053 貞才解，[甲]2087 城四五，[甲]2207 也植隣，[甲]2266，[甲]2266 聖入是，[三][宮]425 佛，[三][宮]631 行精進，[三]1485 法，[三]2145 強，[元][明]198 悉知識。

礊：[宋]、竪[元][明][宮]274 自用分。

瑩：[甲]2230 健者。

造：[甲]1828 論皆讚。

眞：[甲][乙]1822 實理言。

甄：[明]、緊[宮]1545 叔迦樹。

志：[三]202 不迴事。

坐：[甲]1771 精進佛，[甲]1781 通勸大。

菅

管：[元][明]328 著之甚。

菅：[三][宮]2121 以自給，[三]212 生生不，[三]212 執緩則。

間

礙：[三][宮]638 所以者，[三][宮]1579 解脱勝，[聖]278 道法故，[乙]1736 同也八。

闇：[宮]674 皆大明，[三][宮]721 煙七名，[宋][元]1242 斷直至。

鼻：[宋]1546 耶答。

邊：[三][宮]1428 若塚，[三][宮]1435 空地經。

闌：[宮][甲]1805 陀惡性。

處：[三][宮]1425 次拭脚。

道：[乙]2397 亦非一。

得：[三]99 所生但。

地：[甲]952 著印呪。

調：[宋][宮]414 叵思議。

鬪：[三][宮]2109 朋亂友。

扉：[三][聖]125 施其間。

佛：[宋][元][宮]279。

隔：[元][明]2016 剎那便。

閣：[甲]1741 皆言百，[三][宮]721 宮殿樹。

根：[甲]1796 凡，[久]1486 罪皆從，[聖]1549 無有根。

谷：[三]375 響聲愚。

關：[三][宮][聖]1435 戶樿。

回：[甲]2337 有三門。

即：[甲]1736 或有佛，[甲]2219 從因爲。

記：[甲][乙]1822 至學無。

際：[明][甲][乙]1225。

家：[甲]1202 惡性在。

簡：[宮]895 呼，[三][宮][聖]1562 出識故，[聖]1548 風攣，[宋][元]2145 然矣，[乙]867 斷三十，[元][明]2059 禮二。

見：[甲]2249 道是向，[甲]2266 道中說，[原]2264 以去。

澗：[聖]211 效諸道，[元][明][宮]374 響聲愚。

界：[丙]2081，[和]293 聲聞緣，[甲][乙]1821 章句，[明]2016 當知不，[三]642 等是諸，[三][宮]263 諸藥品，[三][宮]278，[三][宮]397 中佛寶，[三][宮]633，[三][宮]1509 無護者，[三][宮]2058 苦恩愛，[三]99，[三]201 稱眞濟，[三]278 令一切，[三]278 莫能思，[三]1339 無比，[三]1560 風輪最，[乙]1736 及，[乙]1736 如夢如，[元][明][聖]397 聞，[元][明]125 不可思，[元][明]476 於諸威，[元][明]1486 作轉輪，[原]1796 不同佛，[原]2248。

開：[宮]2103 有諸傳，[和]293 發，[甲]1728 出有師，[甲]1851 開聽病，[甲]2129 肅然也，[甲]2214 成八葉，[明]、開敷[甲][乙]894 蓮花微，[三][宮][石]1509 生，[三][宮]1459 小作應，[三]908 安齒幢，[三]1080 各相去，[三]1123 印成又，[三]1211，[三]1435 不合佛，[三]2088 發又東，[聖][另]1733 出故是，[聖]643 化生華，[聖]1539 缺三不，[宋][元][宮]2121 降八味，[宋][元]1579 運轉作，[元][明]2016 有八萬。

口：[甲]2035 琰摩羅。

苦：[三]1005 毒藥刀。

闓：[知][甲]2082 城門忽。

賴：[三][宮]2122 何因故。

蘭：[三][宮]1459 隔無斯，[三]2034 行後至，[三]2149 行後至。

累：[三]192 永消亡。

林：[三]193。

漏：[乙]2254 是善心，[元][明]824 無等人。

貿：[元][明]212 食者則。

門：[宮]721 城中既，[宮][聖]1443 日暮門，[宮]279 故同，[宮]295 海清淨，[宮]310 相去八，[宮]1421

我等供，[宮]2103 塵之所，[宮]2121 土室，[甲]1804 鬼，[甲][乙]1822 名釋等，[甲]1184，[甲]1280，[甲]1781 不著又，[甲]1828 道，[甲]1828 起内作，[甲]1891 清淨花，[甲]2249 依有其，[甲]2339 如次即，[明][乙]1092 晝難，[明]261 實過於，[明]721 法非出，[明]1110 開一肘，[明]1225 住，[明]1341 若在家，[明]1547 諍重説，[三]、聞[聖]、99 説眞要，[三][宮]、林[甲][乙]876，[三][宮][甲]2053，[三][宮]1522 示現無，[三][宮]2122 瓦屋，[三]1123，[三]2088 三精舍，[聖]1562 引表俱，[聖]292，[聖]1199，[聖]1421 畜死人，[聖]1458 語學處，[聖]1547 諍尊者，[另]279，[宋][宮]2122 屍骸狼，[宋][宮]2123 畏懼惡，[宋][元]、問[宮]1545 緣唯一，[宋][元]593，[宋]60 若有雹，[宋]212 作衆，[乙]2394，[乙]2394 穴及末，[元][明]1341 爲無染，[元]25 爲，[元]1579 於一事。

悶：[宮]1558 種種本，[三]2063 焉得人。

明：[宮]310 獄，[明]99 等究竟，[元][明]401 慧。

難：[三][宮][聖]278 知。

鬧：[宮]1435 錯。

年：[三]99 者作。

奇：[三][宮]721 間鳥在。

前：[宮]318，[乙]2408 葉。

頃：[三]202 便有雲，[聖]211 有老獼。

闐：[三][宮]2122 無一物。

人：[三][宮]1521 大師愍，[三]209 所笑凡。

日：[甲]2219 加以摩。

時：[三][宮]288 或千萬，[三][宮]1521 魔請令，[聖]221 諸。

士：[三]2150 行後至。

世：[乙]2254 道也入。

事：[三][宮][聖]397 四者常。

俗：[三][宮]、事[聖]221 故從，[三]1331 魔邪之。

所：[甲]2300 斷五蘊。

天：[三]950 大威德。

同：[甲]1512 津故，[乙]2263 起執也。

網：[三]2154 遂祕。

爲：[甲][乙]1821 對大衆，[甲][乙]1821 緣異時。

聞：[博]262 經，[德]1563 佉梨二，[宮]310 悉無有，[宮]657 王今現，[宮]1509 著味善，[宮]1592 釋説智，[宮][甲]1805 法性即，[宮][聖]347 和暢心，[宮]224 道徑便，[宮]268 疑惑於，[宮]309 五樂非，[宮]310 須臾到，[宮]374 無空處，[宮]379 是時東，[宮]568 相續不，[宮]607 行遽捨，[宮]607 行者等，[宮]626 事故而，[宮]656 法，[宮]721，[宮]721 受如是，[宮]721 厭足，[宮]816 遊過三，[宮]895 河澗及，[宮]1425，[宮]1425 犯，[宮]1428 房舍，[宮]1505 有，[宮]1507 耳即命，[宮]1509 説菩薩，[宮]1549 聞香耶，[宮]

1552 等邊修，[宮]1592 意趣如，[宮]1596 善，[宮]1809 行不堪，[甲]1735 而轉由，[甲]1805 法惠施，[甲]1864 説三寶，[甲][乙]1709 也順此，[甲][乙]1929 説則疾，[甲]1080 者則此，[甲]1709 斷故言，[甲]1724 入見故，[甲]1816 外道邪，[甲]1911 法藥二，[甲]2036，[甲]2089 若，[甲]2269 至子故，[甲]2362 天上若，[久]485 天，[明]220 甚深般，[明][宮]402 而此大，[明][宮]532，[明][宮]587 世間性，[明][聖]125 語不傳，[明]6 福厮汝，[明]201 各指婬，[明]220 書寫受，[明]228 天人阿，[明]1559 得生於，[明]1559 有天有，[明]1563，[明]1656，[明]2030 此佛土，[明]2059 鬼相，[三]、暗[宮]2102 也將使，[三]5 者以爲，[三]99 已，[三]1579 是故不，[三][宮]、[聖]1428 僧伽婆，[三][宮]481 展轉相，[三][宮]1522 者速疾，[三][宮]1634 餘心，[三][宮]263 佛所説，[三][宮]321 不久乖，[三][宮]385 等變，[三][宮]440 丹聞智，[三][宮]565 所呼聲，[三][宮]607 吽，[三][宮]621 若，[三][宮]624 其音聲，[三][宮]626 三昧，[三][宮]637 教，[三][宮]657 丹作聞，[三][宮]721 歡喜受，[三][宮]816 坐見乃，[三][宮]826 閻浮利，[三][宮]1421 覆藏不，[三][宮]1421 吾子意，[三][宮]1435 居士，[三][宮]1435 汝長，[三][宮]1458 著，[三][宮]1505 持是故，[三][宮]1552 遠故説，[三][宮]1581 説不爲，[三][宮]1595 故釋曰，[三][宮]1596 若於正，[三][宮]1604 信得法，[三][宮]1648 不可知，[三][宮]1648 凡夫於，[三][宮]1648 失，[三][宮]2027 禪思便，[三][宮]2053 有，[三][宮]2059 有竺法，[三][宮]2060 以意會，[三][宮]2102 慨爾長，[三][宮]2102 者焉，[三][宮]2103 之善諵，[三][宮]2104 於俗武，[三][宮]2121，[三][宮]2122 無不稱，[三][宮]2122 無暫樂，[三][聖][甲][乙]953 以佛威，[三][聖]125 者，[三]99 慧其夫，[三]114 有善人，[三]192，[三]194 摩竭國，[三]196 與我共，[三]440 丹門佛，[三]721 即以聞，[三]1340 所，[三]1435 住處有，[三]1532 而無住，[三]1562 無緣下，[三]1595 此識體，[三]2087 喪，[三]2103 別立館，[三]2110 別立館，[聖]279 佛子菩，[聖]1579 應聽法，[聖][另]285 周遍億，[聖][另]1459 語學處，[聖]361 耳今世，[聖]1421 得或是，[聖]1425 住此間，[聖]1442 多求常，[聖]1442 重業勿，[聖]1512 幻師幻，[聖]1546 與我等，[聖]1549 相應亦，[聖]1562 斷彼宗，[聖]1562 勝果道，[聖]1562 引所緣，[聖]1579 漸次證，[聖]1763 大法粗，[聖]2157 復還囑，[聖]2157 遂逢至，[另]1442 了知諸，[另]1428 若行若，[另]1435 大德我，[另]1442 忽展一，[另]1442 破無明，[另]1442 有一拘，[另]1721 即是今，[石]1509 取阿羅，[石]1509 舍利弗，[石]1558 或有

欲，[宋][宮]288 於無量，[宋][宮]674 説讒搆，[宋][宮]721 愛樂花，[宋][宮]885 斷得成，[宋][宮]1672 修此戒，[宋][宮]2059 行避走，[宋][宮]2103 表秦，[宋][宮]2103 闕，[宋][宮]2121 有浴，[宋][明]1202 少時而，[宋][元]883 熙怡，[宋][元][宮]896 必感靈，[宋][元][宮]1428 捨此諍，[宋][元][宮]1552 報報無，[宋][元][宮]1557 不可息，[宋][元][宮]2122 審問乃，[宋][元][甲]1039 息比現，[宋][元]2103 鳥獸林，[宋]129 者無狀，[宋]1037 承事供，[宋]1428 婆羅，[宋]1545，[宋]2103 作釋疑，[乙]1277，[元][明][宮]310 皆得聞，[元][明][宮]313 我佛剎，[元][明][宮]339，[元][明][宮]676 雜染法，[元][明]313 菩薩摩，[元][明]2032 見也，[元]1579 轉作是，[元]1602 證得阿，[元]2016 賢聖惡，[元]2066 隨意消，[元]2103 興四等，[原]1042 常誦眞，[原]1776 名爲恒，[原]2196 人，[原]2339 持一切，[知]741 罪，[知]1579 必能趣，[知]1579 離欲之，[中]223 人中何。

問：[宮]1428 令大象，[宮][甲]1805 既云違，[宮]279 無不見，[宮]1421 作淨施，[宮]1435 語言汝，[宮]1464 聞佛所，[宮]1552 等各，[宮]1690，[甲]1736 阿賴耶，[甲]2317 加行根，[甲][戊][己]2092 庭列脩，[甲][乙]2328 約，[甲]910 春夏秋，[甲]1268 中天竺，[甲]1721 四譬，[甲]1736 師弟人，[甲]1736 無宿住，[甲]1736 因果前，[甲]1782 者欲發，[甲]1799 相緣起，[甲]1805 經中但，[甲]1816 復取彼，[甲]1816 故餘本，[甲]1816 解脱道，[甲]1816 然猶，[甲]1816 善根所，[甲]1816 有二，[甲]1830 之處應，[甲]1839，[甲]1839 前復，[甲]1851，[甲]2035 得斯華，[甲]2036 雲布數，[甲]2128 謂籥爲，[甲]2128 曰烹儀，[甲]2130 菩薩，[甲]2193 所説法，[甲]2218 中，[甲]2250 相續有，[甲]2266 解脱，[甲]2266 答辨諸，[甲]2266 第八説，[甲]2266 斷，[甲]2266 解脱，[甲]2266 生無生，[甲]2266 作何等，[甲]2339 若爾何，[甲]2397 有白蓮，[明]1545 已充滿，[明]220 功德勝，[明]352 之藥以，[明]816 禪念思，[明]1227 絶食三，[明]1341 業，[明]1443 語即以，[明]1450 聞釋迦，[明]1546 禪通名，[明]1552 等得法，[明]1579 永盡諸，[明]1592 及著阿，[明]1613 相續品，[明]2104 作亦請，[明]2121 舍利弗，[明]2123 頗有更，[三][宮]1463，[三][宮]2053 言以實，[三][宮]2122 若地獄，[三][宮]2122 聞世人，[三]191 尊卑，[聖]1425，[宋]、聞[明]125 語不傳，[宋]1545 道所，[宋][元]、門[明][宮]1545 啼，[宋][元]1564 有邊無，[宋][元]882 安此名，[宋][元]1579 現法樂，[宋]101 諸比丘，[宋]672 上上諸，[宋]721 諸天及，[宋]885 與諸菩，[宋]1563 或有欲，[宋]2061 僧稠，[宋]

2121 肥者作，[宋]2122 其徵，[乙][丙]1830 如色等，[乙]2250 音哭卵，[乙]2408 訪道，[元]1644 地有諸，[元]2016 有，[元]2122 有一，[元]34 周旋無，[元]873 有河皆，[元]1087 菩提心，[元]1425 住和上，[元]1579 出世間，[元]1585 道不相，[元]2122 飲苦餐，[原]920 大小呪，[原]1776 其所從，[原]2339 四果緑。

下：[三][宮]606 山自。

閑：[宮]1912 之，[甲]1715 居也林，[甲][丙][丁]1141 處畫四，[甲][乙][丙]2089 造立寺，[甲]1717 處修，[甲]2006 暇師資，[明]2076 獨自，[三][宮]425 靜供日，[宋][元][宮]263 居山林，[宋][元][宮]263 居。

現：[丙]2381 性相如。

相：[乙]2261，[元][明][聖]310 如來捨。

向：[甲]1828 外。

性：[元][明]1602 妙界生。

修：[甲][乙]2194 於理。

闍：[宮]626 者佛，[三][乙][丙]1076 薩怛多。

因：[甲]2266 今得生。

有：[甲]1828 現能生。

圓：[三][宮]397 非智非，[元][明]、蘭[東]643 成如自。

月：[三][宮][聖]1425。

雜：[甲]1728 初以鬼。

之：[三]125 希有爾。

中：[三][宮]721 同集一，[三][宮]694 向上射，[三][宮]721 第一安，[三][宮]1431 者，[三][宮]1435，[乙]1736 此。

種：[三]1508 有識故。

自：[甲][乙]2254 滅不得。

尊：[甲]1103 常，[三]190 當於是，[三]201 皆信敬，[聖]310。

犍

犍：[三][宮]1509 抵。

建：[元][明]375 陀大力。

健：[甲]2250 不，[三][宮][聖]383 陀嘔摩，[三][聖]125 子，[三]474 莫能勝，[宋][宮]、揵[明]309 提花滿，[宋][宮]、揵[明]1453 稚作前，[宋][宮]、揵[元][明]309，[宋]1443 稚餘，[乙]2250 連其外，[元][明]1071 達縛阿。

揵：[博][敦]下同 262 連須菩，[博]262 連從佛，[宮]310 連大德，[宮]310 連告妙，[宮]310 連語無，[宮]310 連尊者，[宮]814 陀若提，[宮]1428 度中説，[宮]1543 度，[宮]1546 度説此，[宮]1799 連姓云，[宮]2059 度婆沙，[宮]下同 310 連謂舍，[宮]下同 673 連即從，[甲]1804 稚聲即，[甲]1805 度初明，[甲]1805 度二三，[甲]1239 闥龍王，[甲]1736，[甲]1750 連姓也，[甲]1772 連與其，[甲]1782 達縛九，[甲]1804 者都截，[甲]1804 椎等相，[甲]1852 陶汰五，[甲]1918 破戒行，[甲]2261 連，[甲]2266 連故此，[甲]2300 椎，[明]、健[聖][另]1453，[明][宮]1543 度論卷，[明]

1421，[明]1421 子諸比，[明]1435，[明]2121 陀奉事，[三]、乾[聖]475 陀若提，[三]87 齋三爲，[三]375 子說除，[三][宮]、健[聖]1463 度中廣，[三][宮]、乾[聖]1463 度中，[三][宮]、乾[聖]1463 度中當，[三][宮]、乾[聖]1463 度中應，[三][宮]、乾[石]1509 闐婆緊，[三][宮]1546 度所說，[三][宮]1566 連被外，[三][宮][聖][另]1509 闐婆，[三][宮][聖]1470，[三][宮][聖]1509 連摩訶，[三][宮][另]1428 闐婆夜，[三][宮][另]1428 子彼，[三][宮][另]1428 子等亦，[三][宮]309 提，[三][宮]357 子等從，[三][宮]374，[三][宮]374 連，[三][宮]374 連阿若，[三][宮]374 連等及，[三][宮]374 連復作，[三][宮]374 連敬順，[三][宮]374 連在摩，[三][宮]374 亦以針，[三][宮]374 子，[三][宮]374 子說，[三][宮]378，[三][宮]381 沓杻阿，[三][宮]423 椎聲耶，[三][宮]824，[三][宮]1421，[三][宮]1443，[三][宮]1462 度竟，[三][宮]1462 連出家，[三][宮]1509，[三][宮]1509 連慧命，[三][宮]1509 闐婆城，[三][宮]1509 闐婆語，[三][宮]1543，[三][宮]1543 連婆羅，[三][宮]1543 子，[三][宮]1546，[三][宮]1546 度，[三][宮]1546 度所說，[三][宮]1546 度作如，[三][宮]1546 連依苦，[三][宮]1546 提梵志，[三][宮]1546 子，[三][宮]1566 子言彼，[三][宮]1639 子論師，[三][宮]1640 子論師，[三][宮]2121 揵婆鳩，[三][宮]下同 1428 度中制，[三][宮]下同 1453，[三][宮]下同 1462 度問曰，[三][宮]下同 1543 連，[三][宮]下同 2046 椎受人，[三][聖]125 連神足，[三][聖]545 闐婆阿，[三][聖]1441 連曼陀，[三][另]下同 1428，[三]99 子往詣，[三]192 揵婆，[三]193 連再遍，[三]203 時有内，[三]264 連從佛，[三]375 而來問，[三]375 連等速，[三]375 連神通，[三]375 聞我欲，[三]375 亦以針，[三]828 連大迦，[三]1393 連舍，[三]1428 度中說，[三]2088 連塔誦，[聖]125 連比丘，[聖]211 才明多，[聖]501 連往到，[宋][宮]810 沓和阿，[宋][宮]309，[宋][宮]309 沓惒阿，[宋][宮]379 連等，[宋][宮]754 連汝今，[宋][宮]810 沓惒人，[宋][宮]2034 度三十，[宋][宮]2040 陟即問，[宋][宮]2123 時有内，[宋][明]、健[宮][聖][另]1453 稚衆，[宋][明][宮]1453 稚作，[宋][明]397 連說是，[宋][聖]397 連從，[宋][元]、佛說犍[宮]506 陀國王，[宋][元]2155 蘭腹經，[宋][元][宮]1546 度，[宋][元][宮]1598 荼書一，[宋][元][宮][元][宮]378，[宋][元][宮]339 連，[宋][元][宮]374 我時欲，[宋][元][宮]378 沓和魔，[宋][元][宮]397 陀犍，[宋][元][宮]445 陀羅耶，[宋][元][宮]1463 度中廣，[宋][元][宮]1521，[宋][元][宮]1543，[宋][元][宮]1543 度，[宋][元][宮]1543 度第，[宋][元][宮]1543 度論卷，[宋]

[元][宮]1546 度，[宋][元][宮]1546 度八道，[宋][元][宮]1546 度定，[宋][元][宮]1546 度人品，[宋][元][宮]1546 度十門，[宋][元][宮]1546 度世第，[宋][元][宮]1546 度他心，[宋][元][宮]1546 度一行，[宋][元][宮]1546 度智品，[宋][元][宮]1546 荼書分，[宋][元][宮]1566 子作如，[宋][元][宮]1589 闥婆城，[宋][元][宮]下同 1546，[宋][元][宮]下同 624 陀羅自，[宋][元][宮]下同 1546 度何故，[宋][元][宮]下同 1546 度亦説，[宋][元][聖][另]1543 度第六，[宋][元]154 師本末，[宋][元]203，[宋][元]374 連等今，[宋][元]1138 連等而，[宋][元]1161 連，[宋][元]1465 連於巴，[宋][元]1543 度論卷，[宋][元]1644 連知其，[宋][元]2145 度盡十，[宋][元]2149 度毘婆，[宋]100，[宋]945 連及舍，[宋]945 連即從，[宋]1015 連，[宋]2153 達國三，[宋]2153 度一部，[宋]2153 陀經一，[乙]2394 那天其，[元][明]375 連目。

犍：[明]、揵[宮]449 達婆伽，[宋]、揵[元][明][聖]375 連等不，[宋]、揵[元][明]375 連等二，[宋][元]2061 載啓觀。

捷：[甲][乙]2194 陀若提，[明]2131 坻翻續，[明]2131 陀羅淨，[三][聖]125 連化作。

乾：[宮]1799 連三一，[甲]2196 子經宜，[甲]2362 連四人，[三]220 連滿蹟，[三][宮]649 闥婆等，[三][宮]379 闥婆阿，[三][宮]586 闥婆阿，[三][宮]673 闥婆阿，[三][宮]824 闥婆阿，[三][宮]1464 弗來詣，[三][宮]1464 子何，[三]374 而來問，[三]375，[三]下同 223 闥婆城，[聖][石]1509 闥婆阿，[宋][元][宮][聖]、揵[明]1463 度中，[宋][元][宮][聖]、揵[明]1463 度中當，[宋][元][宮][聖]、揵[明]1463 度中應，[宋][元][宮][聖][另]、揵[明]1463 度中廣，[宋]397 連説是。

特：[丙]877 犍吒。

牋

牒：[甲]、錢[甲]2167 一。

棧：[甲]974 蘇合。

湔

濺：[三][宮]2123 二十一。

椷

函：[元][明]46 篋滿中。

煎

並：[三][宮]2123 熬號咷。

動：[聖]1425 作生酥。

箋：[三]1982 香一兩。

箭：[三][宮]1548 具足憂。

前：[宮]1604，[甲]2129 線反説，[甲]2129 線反俗，[三][宮][甲]901 藥，[三][宮]1558 水減盡，[三][宮]2121，[元]1451 染汁一，[元]1579 迫。

煮：[三][宮]1425 更熬。

監

保：[三]、俱[宮]2060 十二年。

鑒：[宮]1425 食人看，[甲][乙][丙]2778 誰與正，[甲][乙]1709，[甲][乙]2778 記當事，[三]204 通三世，[三][宮][知]598 以佛弘，[三][宮]294 反跛，[三][宮]1566 譯，[三][宮]2103 觀者罔，[三][甲][乙]2087 達衆賢，[三]682 於諸水，[三]2063 檢方得，[三]2102 於所失，[三]2149 護闍君，[聖]1425 食人後，[聖]1425 殺，[宋][元][宮]、鑿[明]2102 彼流宕，[元][明]125。

鑑：[宮]2103 作亂成，[宮]2109 奧遠及，[三][宮]2121 識便可，[三]2063 明達立，[聖]1425 食人。

藍：[三]、鹽[宮]1487 兜波菩，[三][宮]282 樓惡道，[三]2146 達王經。

濫：[甲]2217 矣小野，[甲][乙]1929 故遺教，[甲]1929 也九安，[甲]2255，[甲]2299 第，[久]1452 譯，[乙]2218 覺大乘，[原]1780 義無多，[原]1780 直云不。

臨：[知][甲]2082。

令：[乙]2092 荀勗造。

賢：[甲]1733 惠女。

塩：[聖]1763 性醎直。

鹽：[甲]2035 莎訶誦，[明]261 十八摩，[宋][元]2061 商。

醫：[甲]2792 藥隨，[三][宮]2060 工就。

箋

分：[宮]2053 爲十卷。

牋：[三][宮]2122 曰。

蕑

簡：[宋][宮]、揀[元][明]1484 擇一切。

樫

檻：[甲]2130。

緘

安：[另]1721 置箱内。

鈞：[甲]、誠[乙]2426 張良三。

械：[元][明]26 簏盛滿。

緊：[三]156。

艱

母：[乙]2157 難三月。

難：[宮]2034 夷或迂，[甲]1921 險永絶，[甲]2087 險能達，[甲]2087 阻寒風，[明]2122 苦壽短，[三]202 所在破，[三][宮]1579 苦所謂，[三][宮]2060 哀慟氣，[三][宮]2060 違便虧，[三]152 苦情等，[三]212 苦無毫，[三]507 妄以，[三]2125，[聖]1442 辛時諸，[聖]2157 漸屆廣，[聖]2157 冥靈所，[聖]2157 危來儀，[聖]2157 危遠度，[乙]2087 辛五年，[原]1796 苦之事，[知]1579 險。

勤：[明]261 勞都無，[三]212 苦衆難，[聖]211 苦不如。

險：[聖]375 難非一。

難：[甲][乙]2778 此中廣。

礷

磔：[甲]1805 碼。

瀸

浸：[三][宮]618 壞從彼。

鑯

綵：[東][元][宮]721 所愛妻。

倹

約：[三][宮]1650 與衆共。

剪

裁：[甲][乙]1736 而削之。

揃：[宮]、[聖]1460，[宋]、擲[宮]606 其翅閉，[宋]、翦[元][明]203 頭在於，[宋]1335。

煎：[甲]1772 樹神愁，[甲]2128 也說文，[聖]1851 障名斷，[元][明][宮]1648 浣染掩。

翦：[宮]2060 落自，[明]1451 甲等物，[明][宮]2103 髮既無，[明]468 爪如，[明]1563 凶徒謂，[三][宮]2103，[三]374 拔不，[三]1545 故有作，[宋]1425 髮截，[元][明]1331 人毛髮。

箭：[三][宮]1505 也如是。

前：[甲]2129 反集訓，[三][宮]2122 惡緣即。

湕

津：[甲]1709 冷不遲。

揀

陳：[甲]2337 非圓，[元][明]2016 立者言。

揀：[宋]1128 選如法。

楝：[和]261 財寶多，[甲]2339 所攝所，[三]1242。

簡：[宮][聖][另]310 擇一相，[宮][聖]279 擇故饒，[宮]279 衆生故，[甲]1811 親疏求，[甲][乙]867 日月吉，[甲][乙]1866 故彼，[甲]1718 出人類，[甲]1718 僞，[甲]1718 一有，[甲]1718 衆敦信，[甲]1729 二遭，[甲]1751 二初立，[甲]1751 偏邪，[甲]1786 感者，[甲]1811 除和合，[甲]1811 更爲三，[甲]1811 見機益，[甲]1828 擇補特，[甲]1921 何者一，[甲]1921 也然十，[三]220 別故如，[三][宮]、蘭[聖][另]1451 諸童子，[三][宮]279 擇義，[三][宮]1562 擇力餘，[三][宮][聖]279 擇一切，[三][宮][聖]279 方處不，[三][宮][聖]1428，[三][宮][聖]1442 兵旗令，[三][宮][聖]1536 擇，[三][宮][聖]下同 754 國，[三][宮]279 擇一切，[三][宮]1455 擇極堅，[三][宮]1461 擇罪三，[三][宮]1647 世，[三][宮]2103 之例甘，[三][宮]2122 取三十，[三][宮]2122 擇一一，[三]310 擇諸法，[三]1005 擇時日，[聖][另]1443 擇極堅，[聖]2157 一勝處，[石][高]1668 擇假者，[宋][甲]1007 擇好時，[宋][元][宮]1579 擇補特，[乙]、蘗本亦同 897 其地隨，[乙]2261 擇此離。

句：[甲]1736 眞空實。
林：[甲]1736 非約緣。
釋：[元]1579 文不復。
擻：[三][宮]1546 便。
藪：[甲]1828 或翻洗。
楝：[甲]1717 下示文。
投：[三][宮]2060 選行。

詃

衒：[元][明]694 賣女色。

減

長：[聖]663。
成：[宮]1425 量不。
感：[甲][乙]1822 知如，[甲][乙]1833 彼者云，[甲][乙]1822 三也四，[甲][乙]2309 六，[甲]2196 沼即取，[甲]2259 香味生，[原]、滅[甲]1863。
還：[甲]2266 滅故多。
函：[三][宮]1428 相陣象。
患：[原]2410 已上又。
緘：[宋][宮]、－[明]2103 省除滅。
據：[三][宮]453 一。
滅：[丙]1866 至五耶，[德]1563 者應散，[敦]1960 之，[高]1668 煩惱不，[宮]461 如是菩，[宮]1562 器世間，[宮]2123 如是比，[宮][聖]397 勤進以，[宮][聖]1462 少諸比，[宮][聖]1579 故猶如，[宮]221 衆生意，[宮]263 隨心所，[宮]263 諸根不，[宮]618，[宮]633 不，[宮]657 好行諸，[宮]660 諸有情，[宮]665 勢力盡，[宮]668 成大邪，[宮]765 所以者，[宮]1509 於阿耨，[宮]1545 法離法，[宮]1547 不退以，[宮]1552，[宮]1552 則依者，[宮]1558 多壽方，[宮]1635，[宮]2053 於常微，[宮]2060，[甲]、減[甲]1782 不起虛，[甲]1706 於前前，[甲]1735 故不滅，[甲]1828 時四，[甲]1830 故應，[甲]1870 受想心，[甲][乙]1822 我，[甲][乙]1822 六字，[甲][乙]2219 劫中小，[甲][乙]2250 成即二，[甲]1080 前藥半，[甲]1709 斤兩即，[甲]1709 略行相，[甲]1736 八故百，[甲]1736 又反流，[甲]1796 八，[甲]1816 不增，[甲]1816 此是無，[甲]1816 二失世，[甲]1816 羅什二，[甲]1816 失，[甲]1816 與，[甲]1821 時是成，[甲]1821 已下更，[甲]1839 惱此自，[甲]1851 故一，[甲]1884 謗三空，[甲]1924 如似以，[甲]2044 不可不，[甲]2128 反王肅，[甲]2128 也説文，[甲]2212 非造作，[甲]2223 與淨法，[甲]2250 半後下，[甲]2250 故文正，[甲]2250 增故，[甲]2259 若言不，[甲]2266 不緣三，[甲]2266 二邊順，[甲]2266 故，[甲]2266 故亦非，[甲]2305 所，[甲]2328 兩見因，[甲]2328 衆生界，[甲]2339 非，[甲]2348 講敷諸，[甲]2362 省睡眠，[甲]2409 其食分，[甲]2778 三釋曰，[明]839 不動不，[明][甲]1216 鉤召，[明]152，[明]194 少爾時，[明]220 盡所以，[明]228 一劫以，[明]402 不增佛，[明]651 省樂獨，[明]

682 時顯示，[明]716 不復增，[明]721 耳中則，[明]721 劣而不，[明]821，[明]997 如來普，[明]1007 人相，[明]1428 違法，[明]1545 更無增，[明]1563 者隨位，[明]1593 散動一，[明]1636 善法招，[明]2131 禮學吾，[三]99 法佛説，[三]375 故若有，[三]1559 因如此，[三][宮]489 文，[三][宮]1545 爾所是，[三][宮]1546 一切道，[三][宮]1579 盡可得，[三][宮][聖]278 緣具故，[三][宮][聖]334 衆弟子，[三][宮][聖]1509 直更無，[三][宮]410 數有二，[三][宮]411 善根由，[三][宮]468 以，[三][宮]500 其一愚，[三][宮]569 福增日，[三][宮]618，[三][宮]632 未常，[三][宮]645 乃至劫，[三][宮]721 以二息，[三][宮]738 阿難，[三][宮]1509，[三][宮]1545 故復次，[三][宮]1545 界而滅，[三][宮]1545 違逆生，[三][宮]1546 乃至道，[三][宮]1546 乃至觀，[三][宮]1549 如於此，[三][宮]1559 二三四，[三][宮]1559 他勢味，[三][宮]1559 無流，[三][宮]1562 不決定，[三][宮]1584 故影譬，[三][宮]1641 一劫生，[三][宮]1651 亦復無，[三][宮]2058 一人涅，[三][宮]2102，[三][宮]2103 十善暢，[三][宮]2121 故變成，[三][宮]2121 頭次第，[三][宮]2122 隨，[三][聖]158 時惡世，[三][聖]190 削如行，[三]13 四失戒，[三]60 餘有五，[三]125 亦成須，[三]154 視之無，[三]190 相是破，[三]198 悉一義，[三]202 復緣斯，[三]220 盡所以，[三]374 無有增，[三]375 是故復，[三]1341 渴，[三]1528 若修慧，[三]1529 無失故，[三]1545，[三]1579 故又是，[三]1579 正法未，[三]1644 已盡草，[三]2103 餘慶僧，[三]2106 虐，[三]2122，[聖]、咸[另]1509 相乃至，[聖]26 損善法，[聖]310，[聖]1579 有，[聖][另]1552 數或時，[聖]26 阿修羅，[聖]99，[聖]99 知我等，[聖]120，[聖]125 所以然，[聖]231 一劫以，[聖]278 海水一，[聖]279 我等皆，[聖]310 一劫起，[聖]953 隨意住，[聖]1435 少，[聖]1451 不得久，[聖]1462 不長是，[聖]1463 五百，[聖]1509 一劫恭，[聖]1562，[聖]1563 等故若，[聖]1579 無顛倒，[聖]1763 爲住無，[聖]1851 唯有隱，[石][聖]1509 菩薩亦，[石]1509，[石]1509 禪定戒，[石]1509 故學般，[宋][宮]784 乎佛言，[宋][宮]1509 佛智慧，[宋][元]7 惡道日，[宋][元][宮]1581 離垢明，[宋][元][宮]2121 十四，[宋][元][宮]2122 罪福多，[宋][元]618 時令住，[宋][元]1539 或執爲，[宋][元]2111 釋曰有，[宋]120 非法者，[宋]374 如斷生，[乙]1816 五百年，[乙]2263 有漏心，[乙]2296 故生懃，[乙]2328 義，[乙]2393 第七夜，[元]587 不見垢，[元]2016 定俱生，[元][明][宮]614 爲小此，[元][明]310 出家無，[元][明]658 菩，[元][明]1562 故説彼，[元][明]1579 邊復有，[元][明]

2106 休至若，[元][知]598 盡其欲，[元]1425，[元]2016 若不可，[元]2016 一劫若，[原]1960 位多皆，[知]1579。

凝：[甲][乙]1822 寶生非。

淺：[原]2244 至深若。

闕：[三][宮]2034 半日之。

盛：[甲][乙]2263 能引習，[三]186。

損：[石]1509 以善修。

咸：[博]262 損諸天，[德]1563 及福罪，[德]1563 三踰繕，[宮]445，[甲]、滅地[原]1771 增今時，[甲]2196 發勝定，[甲][乙]1724 謗遂依，[甲][乙]1822 等故，[甲][乙]2261 攝不盡，[甲]1075 數至一，[甲]1287 斤兩即，[甲]1710 於諸佛，[甲]1723 有千家，[甲]1724 義如諸，[甲]1733 數十爲，[甲]1960 共擯棄，[甲]2255 也滅，[三][宮]2122 一萬間，[三]1441 與白及，[聖][另]1509 如，[聖]200 此寶持，[聖]224 天中天，[聖]1421 突吉羅，[聖]1425 與比坐，[聖]1509 不應復，[聖]1509 聚散損，[聖]1509 薩，[聖]1509 色，[聖]1509 是菩薩，[聖]1509 損，[聖]1509 學，[聖]1509 一心，[聖]1509 智慧，[聖]1721 佛，[聖]1733，[另]1435 半月浴，[另]1509 不示入，[另]1509 大小義，[另]1509 相不見，[宋][元]、滅[宮]1559 盡我未，[宋][元][宮]1462 取，[乙]2261 恐廣述，[原]1819，[原]1960 言佛身。

溢：[三][宮]657 能集一。

欲：[元][明]、減字宋本白闕 1116 於威勢。

責：[甲]2300 憶識力。

增：[石]1509 亦不，[元]26 或有覺。

儉

備：[三]2154 忘擬歷。

撿：[聖]1421 時波。

檢：[明]2076。

饉：[三][宮][聖]1425 乞食難，[三][宮]397。

倫：[三][宮]2060 通徽音，[三][宮]2060 約一。

歉：[明]1450 乞，[元]451 旱。

稔：[乙]1709 或言吉。

僧：[宮]2060 延請僧。

俗：[三]2103 不遺造。

僉：[聖]1462 時衆僧。

險：[三][宮][聖]272 難賊難，[三][宮]1522 難四不，[三]1341 謂不閑。

翦

剪：[宮]2060 除三障，[明]2104 髮爲好。

撿

按：[三]2154 尋群録，[三]2154 祐房等。

被：[三][宮]309 以法服。

喚：[甲][乙][丙]1306。

極：[三][宮][聖]318 已度於。

儉：[聖]1441 諸客比，[宋]26 汝愚癡。

檢：[明][宮]687，[三][宮]539 校時有，[三][宮]1421 問慈地，[三]125 父王已，[三]361 斂端直，[三]1485 攝經，[三]2122 括機緣，[宋]、殮[元][明]2060 已終，[宋][元]2122 校乃至，[元][明]1435 意一心，[元]156。

劍：[宋][元]、歛[明]1470 兩足累。

挍：[甲][乙]2288 漢土流，[甲][乙]2288 之。

揆：[三]2108 若令合。

括：[乙]2157 出別生。

斂：[三][宮]1425 攝，[三][宮]1435 風吹墮，[三][宮]1521 心不放，[宋][宮]、歛[元][明]1507 諸邪非，[宋][明][宮]、歛[元]590 情。

歛：[三]、斂[宮]703 言其空，[三]203 針五百，[三][宮]617 意入定，[三]1 心專，[三]1 心專一。

臉：[三][宮]2123。

鹼：[甲]1813 世見女。

門：[三][宮]309 猶如龍。

捻：[甲]、收[乙]2390 攝其心，[甲][乙]2390 第四珠，[甲]1816 尋諸本。

捨：[宮]327 若作世，[甲][乙]1822 識身論，[乙]1816 法華六，[元][明]196 此三雖。

拾：[甲]2195 初二義，[元][明]231 得取而。

束：[明]362 其有。

校：[明]2145 之猶多。

驗：[三][宮]1425 問事實，[三]196 威神便，[三]2103 故知，[三]2145 小若苟。

揄：[原]1796 不名善。

援：[甲]2266 餘文問。

摭：[甲]2219 要集。

檢

部：[三][宮]2122。

儉：[三]2063 弊衣蔬，[宋]2059 專節者。

撿：[明]2131 經教具。

挍：[甲]1805 經本作。

斂：[宮]309 心思惟，[甲]2157 意四，[元][明]328 不息嬈。

歛：[元][明]2122 兩足累。

捻：[乙]2404 止。

却：[甲]897 本恐有。

拴：[元][明]2103 之以投。

拾：[甲]2263。

校：[明]2154 群錄護。

驗：[明]、臉[宮]2122，[三][宮]2103 之劉向，[聖]1428 之方知。

總：[乙]2404 諸軌云。

蹇

謇：[甲]2271 孥，[明]2122 所說衆，[三][宮]729 吃重言，[三][宮]1648 生，[三][宮]2123 吃瘖瘂，[三]152 吃兩目，[三]190 澁更重，[三]2112 訥木賜，[乙]2157 與漢殊，[元][明]2059 與漢殊，[元][明]327 吃行

戲，[元][明]658 吃云，[元][明]1509，[元][明]2145 與漢殊，[元][明]2154 與漢殊。

驀：[甲][乙]2223 提釋曰，[甲]2130 大智惡。

褰：[丁]、蹇裳褰衣[乙][丙]2092 裳渡於。

蹇：[甲]2775 者踈謂，[戊][己]2092 產，[乙]2394 荼與石。

謇

蹇：[三][宮]724 吃瘖瘂，[三][宮]2122 吃瘖瘂，[三][聖]190 吃聲不，[三]212 吃是故，[聖][甲]1733 澁故云，[宋][明]1170 訥若軍，[宋]1341 吃或復，[元][明]1602 澁十八。

謹：[三]2059 竭誠猶。

蹇：[明]1153 謇嗢末。

繭

蘮：[三]1332 鼻中二。

襦：[三][宮]2103 而寒入。

璽：[元]2122。

瞼

祠：[三][乙]1092 上見於。

斂：[三][宮]721 眼覗。

臉：[明]2060 下垂淚，[三][宮]2060 銷紅莫，[三][宮]2122 形當自，[三]190 愁憂。

驗：[宮]2058 形當自。

簡

苞：[甲]2274 瓶等一。

報：[原]1776 佛恩隨。

差：[甲]1863 別。

箇：[乙]2218 此一。

苟：[甲][乙]1796 非其人。

漢：[三]2122 州。

脊：[乙]1744 下說之。

間：[甲][乙]1822 擇至非，[甲]2266 第七以，[明]1340 明，[三]、闌[宮]2103 終難獲，[三]202 閑暇共，[乙]1822 隔得名，[元][明]2103 詣蹁於，[原]1212 錯。

蕑：[聖][甲]1763 第二問。

柬：[乙]1092 去惡土。

揀：[宮]2108 略闕言，[甲]1846，[甲][乙]1822 擇，[甲]1736 勝二乘，[甲]1784 何意不，[甲]1786 非二以，[甲]1786 顯名是，[甲]1792 內道中，[甲]1792 異餘時，[明][乙]1110 地訖當，[明]1450 卑族及，[明]1450 求美女，[明]1450 選父王，[明]1450 一有情，[明]1545 擇極，[明]1579，[明]1597 聲聞等，[明]1597 擇諸法，[明]下同 1537 擇乃至，[三]202 擇請不，[三]1459 擇善惡，[三][宮]310 擇力滿，[三][宮]310 擇捨勝，[三][宮]676 擇思惟，[三][宮]1545 何事說，[三][宮]1558 擇力餘，[三][宮]1563 擇而轉，[三][宮]1579 擇法故，[三][宮]2122 選宿舊，[三][宮]300 擇持戒，[三][宮]639 擇，[三][宮]657 擇皆入，[三][宮]657 擇是世，[三][宮]671 擇諸法，[三][宮]721 擇心所，[三][宮]721 擇云何，[三][宮]1458 擇四念，

[三][宮]1463 取上房，[三][宮]1509 擇諸釋，[三][宮]1537 擇極，[三][宮]1537 擇諸蘊，[三][宮]1545，[三][宮]1545 別猶如，[三][宮]1545 擇，[三][宮]1545 擇故云，[三][宮]1558，[三][宮]1558 親疎，[三][宮]1558 擇然佛，[三][宮]1562 擇而轉，[三][宮]1562 擇法時，[三][宮]1562 擇能懷，[三][宮]1562 擇轉，[三][宮]1595 別是波，[三][宮]1595 擇於勝，[三][宮]1620 擇門諸，[三][宮]2034 擇集疑，[三][宮]2060 三大德，[三][宮]2121 藥草自，[三][宮]2122 大小皆，[三][宮]下同 1537，[三][乙]1092 擇，[三][乙]1092 擇勝地，[三]187 選伎，[三]190 取三十，[三]190 選平等，[三]192 擇諸婇，[三]201 擇，[三]310 擇觀待，[三]865 擇何以，[三]1341 擇自取，[三]1346 擇清，[三]1533 僞故請，[三]1534 擇八者，[三]1537，[三]1537 擇極，[三]2122 福田答，[三]2152 得數本，[三]下同 1537 擇極簡，[乙]895 取十箇，[元][明]1579 擇極，[元][明]1579 擇乃至，[元][明]1579 擇捨離，[元][明]1579 擇思惟，[元][明]1579 擇所成，[元][明]2016 金頌云，[元][明][甲]893 擇地定，[元][明]310 擇法所，[元][明]310 擇證入，[元][明]639 器非器，[元][明]639 擇，[元][明]660 擇及遍，[元][明]1007 擇使淨，[元][明]1442 取一人，[元][明]1579 擇補特，[元][明]1579 擇法深，[元][明]1579 擇福田，[元][明]1579 擇句又，[元][明]1579 擇如是，[元][明]1579 擇止觀，[元][明]1579 擇諸法，[元][明]2016 甜苦之，[元][明]2122 選數千，[元][明]下同 1579 擇法極，[元][明]下同 1579 擇覆障，[元][明]下同 1579 擇住云。

蘭：[宮]1689 譯，[宮]2060 時問義，[宮]2122 良等曰，[甲]2173，[甲]1708 別二行，[甲]2174 要壇，[三][宮]2103 陵蕭綱，[三][宮]2059 公俱過，[三][宮]2103 緑字，[三]2146 撰非藥，[聖]2157 絶情，[聖]2157 文帝時，[宋][宮]2103 秀乾光，[宋][宮]2122 集道士。

籣：[元]2061 心曠之。

爛：[甲]2255 也述義。

楝：[甲][乙][丙]2778 者若三，[三][宮]837 擇諸法，[三][宮]2042 選惡人。

練：[乙]895 取一所。

論：[甲][乙]2263 異界異。

前：[甲]1830 第六識。

尚：[乙]1816 非眼見。

省：[甲]2289 意廣開。

説：[甲]1821 或界地。

隨：[宮]1598 清淨法。

筒：[甲]2128 也説文。

聞：[宮]1610 空而生。

問：[甲]2801 師德及，[乙]1796 之誰，[原]1744 三，[原]1744 上界所。

閑：[明]2110 邪中觀。

顯：[甲]1709 外道非，[甲]1840 非句故，[甲]2263 第七以。

修：[原]2425 善事如。

遮：[甲]2263。

鹹

酸：[三][宮]1521 苦臭穢。

鹽：[明]2076 亦無凡。

騫

蹇：[明]184 特長跪，[三]184 特送我，[聖]26，[宋][宮]、褰[元][明]2045 鼻乃能，[元][明]184 特自念。

謇：[三][乙]、[甲]982 禰十一，[三]982，[乙]982。

建：[三]982 那怖嘔。

褰：[宋][元][宮]、塞[明]2045 咽細色，[元][明]384 鼻。

攓：[元][明]1579 脣。

欠：[三][宮]1545 持言汝。

鶱：[明]1451 翥到彼。

鳶：[甲]901 伽唎雞。

件

伴：[甲][乙]1822 除法。

部：[三]2149 其外八。

健：[乙][丙]1056 吒夜引。

使：[丙]2120 李大夫。

順：[明]1442 破僧不。

伍：[三][宮]2060 而貞心。

行：[甲]2183 本西院。

佯：[甲]2286 品已不。

種：[三][宮]1559 類故故。

見

安：[宋][聖]210 禍。

抱：[三][宮]2121 道法不。

悲：[聖]200 却此珠。

貝：[甲]1512 故言即，[聖]643 之時。

悖：[甲][丙][丁]2092 逆人倫。

邊：[甲]2262 同於我，[甲]2266 二見。

別：[明]377。

並：[三]2154 在，[聖]2157 在。

竝：[聖]2157 在。

不：[元][明]1547 可樂不。

長：[宮]1536 壽久住，[三][宮]1421 衆色云，[聖]2157 房録。

乘：[甲]2087 非斥。

尺：[甲][乙]1816 之有異。

出：[三][宮]2122，[三]2153 內典録。

此：[三]2026。

次：[宮]1509 十方無。

當：[三]審[宮]458 視星宿。

道：[三]375 不得解。

得：[甲]2119 來書褒，[明]2076 虚頭，[三][宮]、自[聖]425 佛，[三][宮][另]281 泉水，[三][宮]657 無量無，[三][宮]1808 者擲籌，[宋][明][宮]223 是智慧。

定：[甲]2263 未，[三][宮]1563 四句差，[聖]1585 貪等煩，[原]1833 總顯。

覩：[三]、觀[聖]200 已問其，[三][宮]262 無量智，[三][宮]263 如是微，[三][宮]263 諸佛，[三][宮]638 三世不，[三]100 斯事已，[三]152 其來告，[三]186 其形天，[元][明]383 如來母，[元][明]401。

對：[三]1 色而不。

厄：[甲]1771 此相殺，[原]1771 相師。

兒：[宮]1451 劫比羅，[甲][乙]2219 印眞言，[甲]2036 願公臨。

耳：[宋]1545 無記無。

法：[明]1644 恭敬父，[三][宮]671 及諸餘，[乙]2263 執最勝。

翻：[甲]1811 歸戒善。

佛：[三]196 示導，[三]418 當來無。

高：[明]1435 闡那布。

根：[明]99 處觀察。

觀：[甲]894 神室處，[甲]2006 教，[明]2121 四百由，[三][宮][西]665 如滿月，[三][宮]613 白骨已，[三][宮]613 此乞者，[三][宮]1646 四諦猶，[三][宮]2060 其狀則，[三][宮]2104 殿柱須，[三][聖]190 世間百，[三]174 若入山，[乙]2263 經文得，[元][明][宮]614，[原]1696 秤菩薩，[原]2362 父爲子。

光：[宮]1566 法無自。

昊：[聖]2157 入藏録。

化：[甲][乙]1736 境寛狹，[明]682。

回：[甲]1863 道心苦。

獲：[三]2059 免緹後。

機：[三][宮]2123 殊則同。

即：[明]2131 麁細色。

己：[宋]1546 集所斷。

計：[三][宮]606 有我安。

既：[三][宮]1421 孤窮便，[三][宮]1644 識解何。

濟：[元][明]271 衆生苦。

建：[明]1110 大道。

降：[三]202 顧爾時。

皆：[宮]2123 毒熱唯，[明]816 於是目，[明]1257 怕怖右，[三][宮]397 無有貪。

結：[三][宮]384 法應斯，[三][宮]397 因緣增。

解：[三][宮]374 佛言善，[三][聖]375 佛言善。

戒：[聖]1646 取之過。

近：[三]264。

盡：[甲]2266 故得起。

覲：[三][宮]565 如來以。

徑：[三][宮][聖]586。

竟：[三][宮]310 其味。

敬：[三][宮]598 一。

境：[宋]21 上佛皆，[元][明]1562 根功能。

句：[甲]1789 絶百非，[甲][知]1785 者於一，[三][宮]671 分別說。

具：[宮]263 聞及餘，[宮]616 受樂云，[宮]636 者法，[宮]1494 故諸法，[甲]1891 足優，[甲][乙]1822 修所，[甲]1828 道也，[甲]2196 此三德，[甲]2266 分名染，[甲]2274 依主持，[甲]2428 體法身，[明]340 有三障，[明]2149 僧祐集，[三][宮]345 而生，[三][宮]393 俱夷那，[三][宮]1462 觀度，[三][宮]1559 取云何，

[三][宮]2102 涉倹上，[三]193 大恐懼，[三]278 一切，[聖]26 作如是，[聖]2042 三屍著，[宋][宮]278 眞實義，[宋][元][宮]、懼[明]2060 之不敢，[宋][元]1451 而問曰，[宋]1097 不空羂，[宋]1596 此修有，[元][明]199，[原]1782 到彼國，[知]414 言菩薩。

倶：[乙]2263 本疏。

覺：[甲][乙]2261 故所應，[甲]2219 不可，[甲]2262 由斯三，[三][宮]1588 者乃至。

看：[聖][另]1435 王王作。

可：[三][宮]221 見，[三][宮]636 無處亦，[三][宮]2122 無人家。

苦：[甲]1705。

況：[明]2102 人不蠶。

來：[明]682 殊勝故。

覽：[宋]425。

了：[三][宮]672，[乙][丙]2810 故此。

良：[元][明]278 藥若有。

亮：[三][宮]481 盡三月。

令：[原]1238 惡。

慢：[甲]2266。

貌：[乙]2381。

夢：[三]190 太子乘，[三]2149 將必是。

覓：[宮][甲]1805 故文似，[甲]1736 其便我，[三][宮]397，[三][宮]1442 苾芻唯，[三][宮]1509 初成佛，[三]100 種姓亦，[聖]2157 竺道祖，[原]1818 對治攝。

名：[宮]671 相以爲，[甲]2322 唯。

明：[甲][乙]1822 逼眼闇，[聖]397 無垢穢。

目：[甲]897 如法於，[宋]1092 此露渧。

乃：[乙]2376 知。

尼：[明]414 已復更。

披：[甲]2263 第八第。

皮：[宮]2122。

其：[宮]492 善代其，[三][宮]2102 沮懈而，[三][聖]375 性本無，[三]643 毛正直，[三]2122 毒具足。

齊：[明][宮]2058 時已到。

起：[原]2303 論之。

遣：[煌]1654 亦無少。

親：[三][甲]901 獲無，[三]152 婦問曰。

求：[甲]1778 生滅者。

取：[甲]1736 者即以，[三][宮]671 有無以，[三][宮]672，[三][宮]1435 物應好，[三]1541 云何五，[元][明]1545 此亦。

去：[三][宮][另]1435 不犯四。

缺：[甲][乙]2391 第九贊，[乙][丙]2397 文疏以。

人：[明]2123 貧窮者，[三][宮]263 現究竟。

如：[三]、－[宮]1579 一切色，[三][宮]671 淨心，[宋][元]、知[明]189 是已火。

入：[甲]2266 道以傍，[甲]2312 道位是。

燒：[原]2270 既不類。

捨：[甲]2196 我見即。

射：[三][宮]2121 琉璃王。

身：[宮]322 如山澤，[甲]1735 處差別，[甲]1763 終不見，[三][宮]613 舉身白，[聖]100 及以吾，[聖]225 群生成，[聖]288 己身在，[乙]2249 此等舉，[元][明]2016 無。

甚：[聖]285 諦清淨。

時：[甲]1799 也亦有，[三][宮]271 濁衆生。

實：[明]587 諦答言。

示：[聖]200 教訓其。

似：[原]1840 無常屬。

事：[聖]1548 是名證。

是：[宮]1559 諦所滅，[宮]374 修習四，[宮]617 一佛結，[宮]1421 休息道，[宮]1425 頭脚在，[宮]1521 無福貧，[宮]1566 眞，[宮]1593 色空非，[宮]1632 眞實者，[宮]1911 過失發，[甲]1735 則定慧，[甲]1805 法是毘，[甲]1828 食，[甲]2036 敬使魏，[甲]2266 世間起，[甲]2274 無常也，[甲][乙]1822 攝，[甲][乙]2376 則遠菩，[甲]952 訖哩迦，[甲]1512 初偈第，[甲]1512 故不得，[甲]1731 淨亦如，[甲]1736 壞亂緣，[甲]1782 不斷我，[甲]1782 菩薩往，[甲]1782 下皆准，[甲]1816 煩惱障，[甲]1816 色身五，[甲]1830 分衆緣，[甲]1969 佛是心，[甲]2214 即此印，[甲]2223，[甲]2249 故雖作，[甲]2250 愛行故，[甲]2250 諸法生，[甲]2255 修二斷，[甲]2261 此意也，[甲]2261 汝種族，[甲]2261 聞知我，[甲]2266，[甲]2266 道名，[甲]2266 故者此，[甲]2266 聚，[甲]2266 親迷故，[甲]2266 色等爾，[甲]2266 隨他或，[甲]2274，[甲]2274 非作云，[甲]2299 非取意，[甲]2299 終歸處，[甲]2322 能緣何，[甲]2335 華嚴經，[甲]2837 解脱門，[明]721 善友知，[明]1562 無爲第，[明]310 清淨，[明]384 化衆生，[明]425 奉行是，[明]647 常常住，[明]710 繫衆生，[明]1425 比丘衣，[明]1525 等，[明]1551 己樂等，[明]1558 性者名，[明]1662 集戒定，[明]2131 衆生理，[三][宮]310 第二地，[三][宮][聖]1544 修所斷，[三][宮][聖][另]1548 令不清，[三][宮][聖][石]1509 天眼，[三][宮]221 字亦不，[三][宮]224 不得佛，[三][宮]310 爲邪見，[三][宮]374 諸衆生，[三][宮]632 經尊故，[三][宮]671 法無如，[三][宮]721 不可滿，[三][宮]721 於父母，[三][宮]1425 親舊應，[三][宮]1452 人天之，[三][宮]1505 得身證，[三][宮]1506 他人他，[三][宮]1543 受，[三][宮]1545 道果問，[三][宮]1545 異生或，[三][宮]1546 念我能，[三][宮]1546 現在前，[三][宮]1548 如是等，[三][宮]1563 處三有，[三][宮]1646 具足又，[三][宮]1647 故名聖，[三][宮]1648 曼陀羅，[三][宮]2059 驅逼貧，[三]13 惱意向，[三]125 檀越施，[三]153 現報猶，[三]

154 彼和，[三]270，[三]311 已當遠，[三]374 白鶴及，[三]375 無常相，[三]637 寂明中，[三]1440 他人謂，[三]1548 道人所，[三]1562 斷惑解，[三]1582 說故破，[三]1582 我見復，[聖]、－[另]1543 是邪智，[聖]1425 善見父，[聖]1425 阿利吒，[聖]1425 世尊，[聖]1549 人亦不，[聖]1563 妙食而，[聖]2157 華嚴經，[聖]2157 華嚴淨，[另]613 從虛，[石]1509 衆而有，[宋]、－[宮]397 欲界色，[宋]1 處如是，[宋][宮]585 行亦無，[宋][宮]606 滅婬怒，[宋][宮]1509 佛，[宋][元]1566 眞，[宋][元][宮]1428 已皆譏，[宋][元]676 佛告慈，[宋][元]1428 罪當，[宋]721 非近非，[宋]1809 我犯非，[乙]1796 圓明隨，[乙]2157 法華經，[乙]2215 神也者，[乙]2249 疑其意，[乙]2261 故二境，[乙]2261 說耳，[元][明]224 般若波，[元][明]2122 鬪和解，[元]271 世衆生，[元]375 菩薩摩，[元]670 相一切，[元]1435 少是諸，[元]1577 他受苦，[原]1776 利他始，[原]2270 今救之，[原]1776，[原]2196 波羅蜜。

視：[宮]、現[聖]425 愛欲疾，[明]224 三昧照，[明]1543 苦習盡，[三]、晃[宮]1508 了身本，[三][宮]1425 喚沙彌，[三]156，[三]161 其父死，[三]193 地獄苦，[三]375 諸山川。

釋：[甲][乙]1821 性盡，[甲][乙]2250 等起能，[甲][乙]2263，[甲][乙]2263 大論此，[甲][乙]2263 今，[甲][乙]2263 顯性造，[甲][乙]2263 中第二，[甲]1816 無實虛，[甲]2217 之矣前，[甲]2254，[甲]2254 第一卷，[甲]2263 義勢之，[甲]2290 所入十，[乙]2254，[乙]2254 得智名，[乙]2261 相二分，[乙]2263 皆此意，[乙]2263 說依命，[原]1863 諸難多，[原]2412 此菩薩。

說：[宮]657 何以故，[明]639 菩薩於，[明]651 衆生畢，[聖]1427 欲忍可，[乙]2249 文此文，[乙]2263 通聖者。

思：[宮]2040 惡穢，[三][甲]955 皆令成，[乙]2263 之。

斯：[三]125。

巳：[元][明]1545 至時解。

四：[三][宮][聖][另]1543 諦所斷，[三][宮][另]1543 諦所斷。

所：[甲]1816 攝障入。

他：[聖]278 令見或。

退：[宮]721 善業，[宮]721 諸過。

謂：[丙]2396 有生隨，[甲]1705 文字，[原]1796 有生所。

聞：[宮]674 昔未曾，[三]220 聞響者，[三][宮]743 莫言，[三][宮]2060 未聞勞，[三]1339 耶此華，[三]2122 此事已，[聖]1509 佛說法，[宋]374 已生大，[元][明]1331 何況得。

問：[三]161 之。

我：[三]1 受云何，[聖]200 賜雙眼。

無：[甲]1821 有異色，[三][宮]

1548，[聖]761 道場是，[宋][宮]398 身，[乙]2263 證羅漢。

喜：[聖]100 有汝天。

先：[宮]1550 道，[原]2264 三輪。

顯：[甲]2262 彼爲勝，[甲]2195 現義者，[三][宮]2122。

現：[宮]263 揚聖覺，[宮]1547 於是彼，[宮][甲]1799 而各隨，[宮][聖]1494 賢劫千，[宮]223 佛身在，[宮]263，[宮]263 怪未曾，[宮]263 十方世，[宮]263 斯典又，[宮]279 一切功，[宮]286，[宮]379，[宮]636 用華淨，[宮]657 大力於，[宮]657 諸佛彼，[宮]1558 從過去，[宮]1577 之生於，[宮]2034 寶，[和]261，[甲]1775 何國而，[甲]1795 一切衆，[甲]2036 存，[甲][丙]2397 生證得，[甲][乙]867 世替諸，[甲][乙]1796 其所樂，[甲][乙]1796 色身作，[甲][乙]1799，[甲][乙]1821 顯色青，[甲][乙]2223 證此三，[甲]893 即須禁，[甲]893 與其成，[甲]952，[甲]1080 聞講論，[甲]1698 來無所，[甲]1705 法即第，[甲]1705 是俱時，[甲]1706 在事也，[甲]1718 空而生，[甲]1723 脩成故，[甲]1742，[甲]1805 無窮且，[甲]1816 故言悉，[甲]1848，[甲]1863 禪修行，[甲]1912 身陷入，[甲]1983 至王宮，[甲]2006 在，[甲]2015 於空心，[甲]2270 其過遂，[甲]2425 天者正，[甲]2792 八種惡，[別]397 神力亦，[明]228 色不見，[明]374，[明]2076，[明][和]261 種種色，[明][甲]1177 在世一，[明][甲]1175 身獲得，[明][甲]1227 種種身，[明][乙]1174 成就佛，[明]191 在諸，[明]261 轉輪王，[明]278 一切未，[明]285 己身在，[明]293 無邊法，[明]310 八功德，[明]414 善哉奇，[明]1450 爲王未，[明]1455 先旗兵，[明]1479 在身口，[明]1509，[明]1571 見謂無，[明]2041 在，[明]2059 當有高，[明]2060 遷曰但，[明]2076 存，[明]2076 前愚，[明]2076 在學師，[明]2122 照州，[明]2149，[三]192 於今，[三]278 眞實，[三]474，[三]682 皆非實，[三]1341 在壽命，[三]1441 乃，[三]2088 無方權，[三][宮]、[聖]1547 覩可現，[三][宮]308 在前三，[三][宮]309 色身顯，[三][宮]310 彼諸菩，[三][宮]397 身神通，[三][宮]607 行可知，[三][宮]1595 在彼受，[三][宮]1598 苣勝與，[三][宮]2102 世福報，[三][宮]2122 一，[三][宮]2122 之一切，[三][宮][金]1666 得利，[三][宮][聖]278 皆如夢，[三][宮][聖][另]1442 神變，[三][宮][聖]222，[三][宮][聖]278 聲聞緣，[三][宮][聖]310，[三][宮][聖]310 前不動，[三][宮][聖]379 一佛坐，[三][宮][聖]425 佛所初，[三][宮][聖]613 觀像手，[三][宮][聖]1562，[三][宮][另]1428 諸長老，[三][宮][知]384 佛身二，[三][宮][知]384 還至天，[三][宮]225 慧身及，[三][宮]263 此，[三][宮]263 佛前，[三][宮]263 其身相，

[三][宮]263 瑞應放，[三][宮]263 神足化，[三][宮]263 於目前，[三][宮]263 終始亦，[三][宮]285 縛流布，[三][宮]288 世法於，[三][宮]310 即於前，[三][宮]337 在答女，[三][宮]381，[三][宮]397 紫及以，[三][宮]401 大，[三][宮]402，[三][宮]409 三十五，[三][宮]443 最上大，[三][宮]461 十方恒，[三][宮]468 有罪爾，[三][宮]478，[三][宮]532，[三][宮]532 爾時，[三][宮]564 有動搖，[三][宮]598 滿火其，[三][宮]606 無數形，[三][宮]626 其床，[三][宮]630 其威神，[三][宮]656 光明以，[三][宮]657，[三][宮]657 時此世，[三][宮]671，[三][宮]672 當見大，[三][宮]810 瑞應顯，[三][宮]810 尋，[三][宮]818 得三昧，[三][宮]1424 論七盤，[三][宮]1434 前二自，[三][宮]1519 諸不善，[三][宮]1522 行千世，[三][宮]1526，[三][宮]1545 見故，[三][宮]1546 二門二，[三][宮]1546 天中受，[三][宮]1592 非一器，[三][宮]1646，[三][宮]1646 知若信，[三][宮]2040 光明是，[三][宮]2040 象寶馬，[三][宮]2059，[三][宮]2060 生穢土，[三][宮]2060 於天際，[三][宮]2103 夜明如，[三][宮]2104 生忍土，[三][宮]2109 在立試，[三][宮]2112 之流翻，[三][宮]2121 大光明，[三][宮]2121 光明從，[三][宮]2121 樓炭，[三][宮]2121 其形說，[三][宮]2121 身，[三][宮]2121 神變於，[三][宮]2122 存自像，[三][宮]2122 論云，[三][宮]2122 形多寶，[三][宮]2122 亦復如，[三][甲][乙]2087 諸神，[三][甲]951 成道爾，[三][聖]178，[三][聖]210 身，[三][聖]291，[三][聖]310 習學書，[三][乙][丙]1076 前速證，[三][乙]953 雲聲道，[三][乙]953 在智如，[三][乙]1028 種種雜，[三]1 神變化，[三]1 世尊時，[三]23 天帝釋，[三]24 有影何，[三]100 法中自，[三]125 起苦樂，[三]125 王曰拔，[三]152，[三]154 門，[三]154 前諸，[三]154 之遙試，[三]186，[三]186 神足來，[三]186 無量眞，[三]190 我身釋，[三]193 其起滅，[三]193 乳哺力，[三]196 表虔會，[三]196 泥洹，[三]196 衆失所，[三]199 佛前，[三]202 生埋自，[三]220 在宣說，[三]291，[三]310 前利益，[三]643 既見佛，[三]682，[三]744 才明啓，[三]1093 在莊嚴，[三]1096 持香，[三]1096 神變成，[三]1336 其前而，[三]1340 住如是，[三]2087 前衆次，[三]2088 存，[三]2102 在當來，[三]2103 神通力，[三]2110 本座神，[三]2112 實豈曰，[三]2121，[三]2121 世能却，[三]2122 至今，[三]2145 世間經，[三]2145 形神曰，[三]2149 在佛名，[三]2149 在瑞經，[三]2151 帝帝因，[三]2153，[三]2153 在佛名，[三]2154 外國分，[聖][甲]953 毘那夜，[聖][另]342 者爲實，[聖]125 殊特欲，[聖]224 說三昧，[聖]225 無怒佛，

[聖]376 復次善，[聖]397 時魔復，[聖]397 諸法名，[聖]514 日欲，[聖]613 諸聲，[聖]643 映蔽衆，[聖]664 三世過，[聖]816 身行離，[聖]953 眞言增，[聖]1435 不應，[聖]2157 二秦録，[宋][宮]310 一切諸，[宋][宮]702 莊嚴諸，[宋][元][宮][聖]1464 時守門，[宋][元][宮]1559 說見乃，[宋][元][宮]2121 遇佛得，[宋][元]196 王，[宋][元]1670 在事是，[宋]279 三，[宋]2122 形詣協，[乙]1171 世證得，[乙]2263 爲本也，[乙]2263 文就本，[乙]2263 文依光，[元]1487 迷惑者，[元][明]270 被五繫，[元][明][宮]309 在諸，[元][明][宮]310 諸天第，[元][明][宮]614 不出五，[元][明]125 爾時長，[元][明]186 身樹下，[元][明]212 法中能，[元][明]322 息心形，[元][明]322 衆人所，[元][明]999 身成就，[元][明]1038 稱心從，[元][明]2110 阿練託，[元][明]2110 因奏獲，[元][明]2110 樂有樂，[元]220 四正斷，[元]1525 一切有，[原]1212 眞身光，[知]266 八等。

相：[宮]1596 是應知，[甲]1841 自證即，[明]1541 相應無，[三]220，[三][宮]414 妨礙，[三][宮]1592 意言彼，[三]118 牽掣欲。

詳：[原]2339。

心：[三][宮]1552 倒。

星：[三]375 無物名。

行：[三]278 所行，[原]2196 法界凡。

性：[三]672。

修：[宋][元]1546 道所斷。

言：[甲]2266 見諦聖，[甲][乙]1736 行於世，[甲][乙]2263 淨土舍，[甲]1092 旖暮伽，[明]25 壽命亦，[三][宮]721 不見下。

眼：[甲]、眼[乙]1821 名爲見，[甲][乙]1816 已，[三][流]365 見無量。

也：[三]2154 僧祐録。

一：[三][宮]1543。

依：[三][宮]2121，[乙]2263 所。

疑：[甲]1806 根聞犯。

已：[宮]356 文，[明]100 婆羅門，[三][宮]2121 離八地，[三]263 脱門，[聖]613 臍光七，[元]589 有爲之。

亦：[明]816 有。

因：[三][宮]671。

用：[三][宮][聖]816。

由：[三][宮]、曰[聖]1443 汝威儀。

有：[宮]1546 道斷苦，[宮]1799 疑，[甲]1733 此相攝，[明]220 竟不可，[明]1545 苦所斷，[明]1451 惡相心，[三][宮]318 妄想如，[三][宮]796 未得道，[三][宮]278 人天趣，[三][宮]310 已，[三][宮]381 莊嚴以，[三][宮]613 事此想，[三][宮]2121，[三][聖]26 親族憐，[三][聖]643，[三]643 事，[聖]221 有爲無，[聖]1582，[宋][元][宮]1425，[乙]2249 深意所，[乙]2249 也即見，[原]、有[甲]1782 半

無因。

於：[明]25 世作如，[三]100 修福者。

語：[元]1435 諸比丘。

遇：[三]212 惡縁我。

元：[甲]2053 僧徒雲。

縁：[甲]2312 作用是，[甲]2371 三千界。

曰：[三][宮]263 父。

閱：[甲]2219，[甲]2219 從。

云：[甲]2249 取戒，[甲]2263 此體性，[甲]2322 唯境耶。

在：[三][宮]1525 施，[聖]223 諸法實，[聖]1563 離得已，[元]2016 生死相。

則：[宮]2121 日出時，[三][聖]26 無我是。

占：[甲]1203 火相如。

照：[明]143 玉耶，[三][宮]374 人面像，[三][宮][聖]278 一切世。

者：[宮]1548 中，[甲]1227 歡喜，[甲]1248 皆福，[甲]1921 心猛利，[三][宮]1546 從阿毘，[宋]2122，[元][明]279。

正：[三][宮]1641 思惟麁。

證：[三]397 無修無。

之：[宮]1558 苦集所，[甲][乙]2249 可云，[三][宮]638 慧得平。

知：[宮][聖]1509，[宮]650 何所斷，[甲]1848，[甲]2196 謂，[甲]2299，[三][宮]223 何以故，[三]26 拘婆羅，[石]1509 皆是不。

値：[敦][燉]262 佛或不。

智：[宮]671 見諸，[甲]2249 此鴿從，[三][宮]1543 見現在，[聖][另]1543 現在前，[另]1543 等見也，[另]1543 現在前。

質：[乙]2263 種生從。

中：[宋]201。

種：[另]1428 可親見。

諸：[宋]1546 集所斷。

著：[三][宮]221 亦不斷。

自：[明]606 燒，[三][宮]671 分別隨，[三]125 圍遶生，[乙]1822 力起而，[元]553 家生恒。

作：[博]262。

坐：[明]452 一蓮花。

建

不：[三]、－[宮]2059 遠精舍。

達：[宮]2060 塔所，[宮]2060 齋但有，[甲]850 摩尼，[甲]2036 使事○，[甲]2067 都止南，[甲]2087 也雕木，[甲]2129 墜二曜，[甲]2263 立○，[三][宮]288 菩，[三][宮]288 神通分，[三][宮]288 諸行地，[三][宮]403 其因縁，[三][宮]606 第三無，[三][宮]1464 陀利樹，[三][乙]1092 字門解，[三]985 帝窔婢，[三]1093 囉三十，[聖]222 立，[聖]291 立皆示，[聖]1552 立明非，[另]285 立，[宋][宮]、之[元][明]2058 獨處靜，[元][明]288 無過者，[元]2016 立八萬。

逮：[宮]315 立於斯，[宮]263 要誓至，[宮]433 立尊上，[宮]664 康譯三，[宮]2102 愚，[甲]2052 也然昆，

[明][宮]263 立定已，[明]193 正法，[明]263 立住此，[明]318 佛道，[明]2108，[三]、－[宮]325 諸佛法。

達：[宮]1602 立一，[甲]1830 立准此，[甲][乙]1822 立宗過，[甲]1816 立之非，[甲]1833 又復三，[明][宮]1562 立我語，[三][宮]263，[宋][元][宮]、韋[明]387 馱作。

問：[聖]425 立風種。

悉：[甲]2195，[甲]2409 云所服。

延：[三][宮]2034 初元符。

遠：[宮]244 想曼拏，[甲][乙]2296，[宋]、逮[元][明][宮]1549 道，[原]2339 極。

造：[三]、告[宮]585 立顯親，[三]2145 精舍洞，[乙][丙]2092 並為父，[原]2408 立形像。

鐘：[聖]2157 山定林。

荐

存：[三]135 發普而。

薦：[甲][乙][丙][丁]2092 食河北，[明]2103 食衣冠。

荏：[三][宮]2060 令者曉，[元][明]、莊[宮]2060 令姨夫。

健

側：[甲][乙]2385 拄一。

堅：[明]2149 椎。

犍：[宮]2121 猛令天，[明]1450，[明]333 闥女，[明]725 闥婆作，[明]760 二爲，[三][宮]1425 復有言，[三][宮]1442，[三][宮]2040 長者，[三][宮]2121 陀賴國，[三][乙]1022，[三]1406 陀摩訶，[三]1545 荼書一，[宋][元]、揵[明]2125 稚法凡，[宋][元][宮]1425 走者若，[宋][元][宮]2121 惡心興，[宋][元][宮]2121 非凡然，[宋][元][宮]2123 擔輕負，[宋]2121 必當死，[元][明][宮]下同 333 闥婆女，[元][明]876 闥婆城，[元][明]1459 稚。

建：[宮]374 陀憂摩，[宮]2060 德之季，[甲]1268 陀蔭都，[甲]1728 提天中，[三][聖]210 行是謂，[三]375 提力十，[聖][另]303 行三，[宋][明][宮]824 成就義。

揵：[明]220 達縛阿，[明]244 致引呼，[明]1450 連左右，[明]2152 度跋渠，[三][宮]387 度第二，[三][宮]561 其國名，[三][宮]665 陀哩，[三][宮]760 陟淚出，[三][宮]1458，[三][宮]1462 捨是第，[三][宮]1462 陀子當，[三][宮]1509 子，[三][宮]1521 迅疾如，[三][宮]2043 連摩訶，[三][宮]下同 374 提力十，[三][聖]125，[三][聖]125 子復有，[三]985 達婆主，[三]1018 連汝當，[三]2102 椎鋸用，[聖]485 力者今，[宋]、犍[元][明]2106 陀勒者，[宋]、健[元]26 不懈諸，[宋][宮]、犍[明]2034 陀經一，[宋][宮]、犍[元][明]270 闥婆衆，[宋][元]、犍[明]310 闥婆等，[宋][元][宮]、犍[明]263 沓恕，[宋][元][宮]、犍[明]1621 達婆城，[宋][元][宮]、楗[明]1459 稚，[宋]26 平復如，[宋]423 闥婆餓，

[元]、犍[明]759 連及天，[元]、犍[明]1442 椎上，[元][明]387 度第二，[元][明]387 度第三，[元][明]985 陀利羅。

健：[元]384 六牙成。

楗：[甲][乙]2190 地迦華，[甲]2130 地摩譯，[宋][元]、揵[明]2125 稚授事。

鍵：[石][高]1668 舍。

捷：[甲]1786 飛空，[明]2076 意趣玄，[三][宮]1552，[三]1 疾如王，[三]193 疾無比，[三]384 疾天子，[三]1549 疾，[元][明]158，[元][明]309 利速疾。

進：[宋]、猛[元][明][宮]374 者若處。

利：[石]1509 是。

偼：[宋]1092 馱縛底。

律：[三]992。

猛：[三]220 靜慮安，[三][宮]481 獨步度，[三][宮]657 具足諸，[三]138 意。

乾：[明][甲]1101 闥婆阿，[明]1450 連爲諸，[三]100 陀中間，[三]1331 陀龍王，[三]1331 陀羅，[聖]224 何所心，[宋][元]1057 陀。

揵

搥犍搥[宋][元][宮]、犍椎[明]1435 搥集尼。

打：[三][宮]2122 稚。

犍：[宮]1421，[宮]1435 子老，[甲]1721 連下第，[甲]1763 以其不，[甲]1804 稚又，[甲]2128 稚所打，[甲][乙]2317，[甲]1799 連及舍，[甲]1805 度必先，[甲]1964 三半月，[甲]2193 連慧，[甲]下同 1789 闥婆城，[甲]下同 1789 闥婆城，[明]、[石]1509 闥婆城，[明]、建[丙]1056，[明]154 連及大，[明]339 連尊者，[明]1546 度作如，[明]1598 連五百，[明]1646 連，[明][宮]1546 度四大，[明][宮]2034 達，[明][甲]989 囊引誐，[明]34 連心念，[明]140 陀賴國，[明]154 有四姉，[明]156 連神力，[明]186 沓和，[明]200 連欲設，[明]221 連摩訶，[明]263，[明]263 沓，[明]293 連，[明]309 連阿，[明]310 沓䎗，[明]310 陀羅眞，[明]316 闥，[明]376，[明]379 闥婆等，[明]397 連等，[明]401 沓和阿，[明]414，[明]414 連長老，[明]414 子，[明]445 陀波勿，[明]468 連此言，[明]694 連汝可，[明]721 闥緊那，[明]815 連咸請，[明]1139 連具壽，[明]1450 連，[明]1450 連曰汝，[明]1462 連子帝，[明]1464，[明]1464 搥比丘，[明]1464 連將羅，[明]1509 連摩訶，[明]1543 度論卷，[明]1546，[明]1546 度，[明]1546 度愛敬，[明]1546 度不善，[明]1546 度大章，[明]1546 度人品，[明]1546 度思品，[明]1546 度所説，[明]1546 度無慚，[明]1546 度無義，[明]1546 度相應，[明]1546 度依七，[明]1546 度智品，[明]1546 度中，[明]1546 度中論，[明]1546 度中所，[明]1546 連於

僧，[明]1546 子便爲，[明]1547，[明]2034 達國三，[明]2034 陀國王，[明]2042，[明]2042 連摩訶，[明]2121，[明]2121 連，[明]2122，[明]2122 經云若，[明]2122 連，[明]2122 連如是，[明]2122 連所以，[明]2122 子，[明]2131 闍婆城，[明]2153 陀國王，[明]下同 671 闍婆，[明]下同 1450 連，[明]下同 1450 連出家，[明]下同 1450 連汝可，[明]下同 1546 度大章，[明]下同 1546 陀若提，[三]、健[宮]1442，[三]、乾[宮]730 連現神，[三]2154 度跋，[三][宮]、－[另]1435 連阿那，[三][宮]、健[聖]1451，[三][宮]、健[另]下同 1442，[三][宮]、乾[聖]1428 闍，[三][宮]2060 度中脱，[三][宮]2121，[三][宮]285 沓，[三][宮]285 沓和阿，[三][宮]721 闍婆龍，[三][宮]721 陀食氣，[三][宮]749 稚號叫，[三][宮]1421 無有風，[三][宮]1425，[三][宮]1425 闍根如，[三][宮]1425 塔及餘，[三][宮]1425 提花莖，[三][宮]1425 提邑有，[三][宮]1425 椎時，[三][宮]1425 椎時難，[三][宮]1425 鎡著自，[三][宮]1425 子掉臂，[三][宮]1425 子復有，[三][宮]1425 子自手，[三][宮]1428 大自出，[三][宮]1428 子不足，[三][宮]1435，[三][宮]1435 連阿那，[三][宮]1435 連白佛，[三][宮]1435 陀若，[三][宮]1435 駝阿耆，[三][宮]1435 椎集，[三][宮]1442，[三][宮]1452，[三][宮]1505 度戒息，[三][宮]1505 所説念，[三][宮]1505 提極香，[三][宮]1507 搥適鳴，[三][宮]1507 國問佛，[三][宮]1507 連昔三，[三][宮]1507 椎大集，[三][宮]1546，[三][宮]1549 度，[三][宮]2040 連等大，[三][宮]2042 連所持，[三][宮]2042 連塔令，[三][宮]2059 度，[三][宮]2059 陀勒，[三][宮]2059 陀勒一，[三][宮]2060，[三][宮]2060 陀囉國，[三][宮]2102 陀勒夷，[三][宮]2103 槌捨戒，[三][宮]2103 搦管，[三][宮]2121 等心皆，[三][宮]2121 連，[三][宮]2121 連等及，[三][宮]2121 連禮拜，[三][宮]2121 連是時，[三][宮]2121 連説此，[三][宮]2121 連子帝，[三][宮]2121 我時欲，[三][宮]2121 陟前世，[三][宮]2121 陟四天，[三][宮]2123 連等爾，[三][宮]2123 提迦地，[三][宮]2123 齋三者，[三][宮]下同 1435 連與受，[三][宮]下同 1442，[三][宮]下同 1507 子，[三]189 連名，[三]189 陟來爾，[三]1301 陀羅急，[三]1336 連舍，[三]1336 陀鬼狂，[三]1421 比丘昔，[三]1435 連阿那，[三]2085 陀衞國，[三]2087，[三]2087 稚願，[三]2088 搥比，[三]2110 之旨五，[三]2145 度阿毘，[三]2149 連遊四，[三]2154 度字初，[三]2154 齋經一，[三]下同 1336 陀羅當，[宋]、健[聖][另]1453 稚乃，[宋][宮]2040 沓和書，[宋][元]1435 連阿那，[宋][元]2154 連與佛，[宋][元][宮]、健[明]1442 陀愼若，[宋][元][宮]、揵槌[明]1421 搥令一，[宋]

[元][宮]、健[聖][另]1453，[宋][元][宮]1421 揵若唱，[宋][元][宮]1435，[宋][元][宮]1443 稚敷，[宋][元][宮]2121 連是出，[宋][元][宮]2121 陀國王，[宋][元][宮]2121 陟前，[宋][元][宮]下同 1421，[宋][元][宮]下同 1435 槌欲説，[宋][元]1009 連往，[宋][元]1433 度據，[宋][元]1435 椎，[宋][元]1549 度第三，[宋][元]1549 陀越國，[宋][元]2106 陀，[宋][元]2154 度等論，[宋][元]2154 蘭腹經，[宋][元]2154 陀惟衞，[乙]1929 連多聞，[元]、鍵[聖][另]1453，[元]、楗[明]、健[宮][聖]1459，[元]、楗[明]、健[聖][另]1459 稚誦，[元][明]、健[聖]1453，[元][明]1660 等，[元][明][宮]2121 陟諸本，[元][明]156 連以弟，[元][明]157 子等諸，[元][明]186 沓，[元][明]197 筭術及，[元][明]222 沓惒阿，[元][明]397 連等出，[元][明]397 陟放闡，[元][明]425 沓和王，[元][明]425 連疾解，[元][明]816 連白佛，[元][明]816 連於是，[元][明]1341 連，[元][明]1341 連彼等，[元][明]1341 連彼佛，[元][明]1435 連在耆，[元][明]1442，[元][明]2042，[元][明]2087 稚者擊，[元][明]2122，[元][明]2122 連設欲，[元][明]2123 連設欲，[元][明]2123 椎應知，[元][明]2145 度阿，[元][明]下同 2087 稚招集，[元][聖][另]1453 稚，[元]816 連於佛，[元]1546 椎晚彼，[元]2122 爲南安。

建：[三][宮]1545 立故不。

健：[甲]1721 撻婆後，[甲][乙]2309 馱羅國，[甲]936 闥婆等，[甲]1828 利故名，[明]144 連是賢，[三]2145 既爾外，[三][宮][敦]450，[三][宮][聖]1462 陀迦跋，[三][宮][聖]1549 勇猛亦，[三][宮][西]665 闥婆等，[三][宮]271 菩薩大，[三][宮]599 達，[三][宮]673 如來魔，[三][宮]721 風之所，[三][宮]1435 那舍佛，[三][宮]1470 如，[三][宮]1549 妄無志，[三][宮]2040 陀利，[三][甲][丙]2087 國，[三]374 陀大力，[三]1130，[聖]125，[聖]125 連將五，[聖]125 子來語，[聖]190 陀雞，[聖]1428 往瞿，[聖]1456，[聖]1509 連摩訶，[宋]、犍[明]1452，[宋]、犍[元]、健[宮][聖][另]1453 稚言，[宋][宮]、犍[明]1442，[宋][宮]、犍[元][明]1442 椎廣，[宋][宮]、犍[元][明]1442，[宋][宮]、犍[元][明]1442 稚諸，[宋][宮]、犍[元][明]1453 稚以，[宋][宮]、犍[元][明]2123 提迦地，[宋][宮]、犍[元][明]下同 1442，[宋][宮][另]下同、犍[元][明]1442，[宋][聖]、犍[元][明]1452，[宋][元][宮]263 沓，[宋][元][宮]1463 度中，[宋][元][聖]、犍[明]1453 稚作，[元][明][甲]901 荼此是。

揵：[宮]721 尼皆壞，[明]397 吔。

健：[聖][另]1453 稚言。

楗：[甲]下同 2129 稚梵云，[明]、乾[聖]663 陀主雨，[原]904。

鍵：[聖]1425 鎡。

捷：[宮]、犍[甲]1804 者，[甲]1828 疾迴，[明]1342 悉使入，[明]1470，[明]2122 算術，[明]2131 疾亦云，[三][宮]1550 疾行故，[三]2122 利語三，[宋]1464 天文，[乙]913 疾欒叉，[原]2425 迅疾。

律：[元][明]271。

虔：[甲]2792 度中佛。

乾：[明][聖][甲]983 連皆著，[明]310 闥婆，[明]545 闥婆阿，[明]1342 闥婆阿，[明]1450 連而作，[三]278 馱香天，[三][宮]2103 闥婆王，[三][宮][聖]223 闥婆語，[三][宮]231 闥婆阿，[三][宮]397 連等力，[三][宮]673 闥婆阿，[三][宮]1464 抵越園，[三][宮]1464 陀越國，[三][宮]1546 闥婆中，[三][宮]1690 闥婆城，[三][宮]2103 斷皮革，[三][宮]2103 所見如，[三][宮]下同 671 闥婆城，[三][宮]下同 674 連汝見，[三][聖]211 梵志先，[三][聖]223 闥婆語，[三]200 闥婆阿，[三]223 連摩訶，[三]223 闥婆阿，[三]223 闥婆緊，[三]1331 波頭字，[三]1331 連大迦，[三]1331 陀離，[三]1331 陀羅阿，[三]1331 陀尸吁，[聖]224 陀羅亦，[聖]334 連在大，[聖]397 闥婆等。

揵：[三][宮]1465 高足下，[聖]1440 椎衆。

挺：[甲]2778 生注云。

彥：[三]、健[甲][乙]982 達。

雜：[甲]2036 然稱善。

椎：[三][宮]1507。

健

健：[明]2131 副陛下。

釼

釵：[乙]2390。

釣：[宋]2103 何其。

鉤：[甲]2400 印行四，[甲][乙]2391 笈而用，[甲][乙]2390 二手持，[甲]2400，[乙]2391 當於額，[乙]2391 西，[乙]2391 像私云。

劍：[甲][乙]2390，[甲]2039 得術爲，[甲]2130 應云陀，[甲]2290 皆現神，[甲]2394 鉢吒羅，[甲]2394 華鉢吒，[三]、斂[宮]2066 霜凝斬，[三][宮]2123 強，[三][甲]865 形住佛。

劒：[宮]2121 輪地獄，[三][宮]2121 林地獄。

劫：[甲]2167 眞言一。

鈴：[乙]、杵[乙]2391 形同日。

鈕：[三][宮]1457 孔皮替。

叙：[甲]2337 清辨護。

葥

荊：[甲]2129 王篲也。

楗

槌：[乙]2397。

犍：[甲]1912 經云有，[甲]1804 稚唱令，[明]、健[宮][聖][另]1458，[三]2145 槌說此，[三]422 梵志天，[三]2103 椎既鳴，[宋][宮]2103 自綢繆。

健：[宋][元][宮]、犍[明]1451，[宋][元][宮][聖]、犍[明]1451。

揵：[甲]1804 稚衆僧，[甲]1804 椎一切，[甲]2130 陀摩陀，[甲]2130 陀尸呵，[三][宮]、健[聖]1428 外道來，[宋][元][宮]、犍[明]、健[另]1458，[宋][元][宮]、犍[明]1546 度雖。

鍵：[明]2076 徒衆常。

捷：[甲]2067 旋旆途。

犍

犍：[甲]2128 稚所打。

賤

財：[三]606 國脱，[宋][元]45 可。

惡：[三][宮]1521 小貴大。

賦：[三]201 役。

弓：[三]23 堅賤王。

煎：[三]190 及以現，[聖]190 困乏當。

陋：[三]1 下劣凡。

滅：[三]154 處命盡。

淺：[三][聖]99 猶如群。

窮：[三]643 家爲人。

頭：[三]201 甚可惡。

則：[明]156 甚於瓦。

賊：[聖]211 國人咸，[聖]1425，[聖]1547 中無明，[聖]1552 可，[宋]152 豈是仁。

僭

愆：[宮]299 尤復能。

漸

別：[原]2317 斷捨障。

慚：[宮]2060 之永誡，[甲]1832，[甲]1786 除五蓋，[甲]1828 爲體不，[明]1523 次説自，[三]1546 無愧及。

大：[甲]2075。

調：[三][宮]657 伏惡心。

斷：[甲]893 其威自，[甲]2266 不同修，[甲]2266 法，[甲]2266 法文義，[甲]2266 善，[甲]2339 伏初地，[甲]2358 朽毘尼，[三][宮]1563 勝進理，[三]1548 少煩惱，[宋]1558 次成熟，[乙]1796 至頸令。

頓：[明]1544 捨耶答。

伏：[甲][乙]1822 難調者。

近：[元]1425 愧。

浸：[三]2034 未信樂。

溥：[三]、溥[宮]222 首菩。

潛：[三][宮]2102 五典勸。

輕：[甲][乙]1822 微故無。

稍：[三][宮]263 長大是。

漱：[三][宮]2102 水闕叟。

斯：[三][宮]1558。

所：[宋]190 次而有，[乙]1816 勝故。

微：[甲][乙]894 路緊寧，[甲][乙]1723 有，[甲][乙]1822 劣前因，[甲][乙]1822 乃至於，[甲][乙]1822 細寂靜，[甲][乙]2328 細名第，[甲]1733 故次第，[甲]2195 有八部，[聖][甲]1733 增故八，[乙]1816 高信心，[乙]1822 少又破，[乙]2087 溫。

悟：[乙]2263 耶。

新：[三]100 增長能。

欲：[甲]1828 今此中。

暫：[三][宮][聖]383 悦如蓮，[三][宮]397 離，[三][宮]1453 廣知聞，[宋][宮]1509 行餘功，[元][明][宮]、慚[知]384 解謂是。

增：[三][宮]1648 長遍此。

斬：[宮]1646 積則斷，[甲][乙][丁]2244 反，[甲]1719 長行既，[明]1299 決兇逆，[聖]613 解學觀，[宋][元]1563 斷二俱。

轉：[三][宮]2121 深我若。

蔺

屐：[三]1487 入。

妷：[宋]、挃[元][明]152 摩身。

賤

暗：[三][宮]2122。

財：[甲]、賤[甲]1782 如故施，[甲]1724 因故遍，[甲]1816 者此由，[另]1451 極高貴。

殘：[宮]1674 業生衆，[三][宮]2123 死墮地。

踐：[甲]2128 也説文。

錢：[三][甲]895 財乃至，[聖]1421 價直二。

窮：[三][宮]2121 常無衣。

視：[明][宮]2087 身如朽。

則：[三]1673 大富，[三][宮]2103。

賊：[敦]450 作人奴，[宮]1435，[宮]1435 人受食，[宮]2123，[甲]2035 侵値遇，[甲][乙][丙]1246 不，[甲]1728 二乘不，[甲]1813，[甲]1816 者常住，[甲]2039 屯次于，[三][宮]1428 人在高，[三][宮]1464 人作，[三][宮]2122 父母無，[聖]1421 於高處，[宋][元][宮]2121 於是世。

智：[聖]790 不。

踐

跋：[聖]200 塔地，[另]1721 涉艱辛。

殘：[三][宮]410 害憂愁，[宋][元]2061 果也凡。

蹈：[三][宮]1690 欲。

跡：[宋][元]2122 祚方蒙。

賎：[三]193 及無苗。

跳：[甲]2227 驀下至。

戲：[甲]2001 自在底。

踺

蹇：[三]1393 鬼痛狂。

箭

創：[石]1509 時不知。

煎：[三][宮]1609 引燒發。

剪：[明]1459 等。

前：[甲][乙]1821 初位應，[甲]1709，[三][宮][聖][另]1543，[三][宮][另]1543，[三][宮]1579 內，[三][宮]2123 內稀名，[聖]1509，[元][明]187 持授與。

矢：[三]125 使。

劍

刀：[三][宮][聖]1428 欲如利，[乙]1736 口誦神。

釰：[乙]850 上欠上。

伽：[原]1238 藍迷帝。

鉤：[丙]1184 左執青，[甲]1156，[甲]1067，[明]1175 勢，[三][丙]954 形以二，[三][宮]2121 樹上復，[三]643 樹上復，[乙]867 輪印，[乙]2391 言，[乙]2408 印外縛。

釼：[丙]862 眞言加，[丙]973 七，[丙]973 五莎嚩，[丙]973 右手揚，[甲][乙][丙]1184 娑，[甲][乙]850 婆在西，[甲][乙]981 是金剛，[甲]1211，[甲]1239 毘沙門，[甲]2006 覲，[宋]993 龍王黄，[乙]850 六，[乙]852 欠儼儉，[乙]852 下羂索，[乙]914。

箭：[三]1331 矛戟不，[原]、箭[甲]2006 鋒有路。

劒：[甲][乙]2390 形二風，[乙]2390 等二十，[乙]2390 印。

歛：[明]1225 等按之，[三]2145 他經一，[乙]1174 誦此收，[元][明]100 摩耆所。

歛：[明]1401 尾囊引。

滅：[乙]2408 外道九。

鈕：[宋][元][宮]1451 走。

鐱：[三][宮]2122 褌帝。

刃：[三]186 戈矛跳。

誦：[明]1199 眞言歸。

細：[三][宮]1644 割其肉。

鍼：[宮]721 風之所。

澗

洞：[甲]2087 有大。

間：[三][宮]810 化爲佛，[三]2151 王顒鎮，[宋][元]263 山谷不。

潤：[甲]2309，[聖]272 水入入，[聖]311 窟舍捨。

淵：[三][宮]1425 五熱炙。

薦

塵：[宮]2074 二律師。

床：[三][宮]1435 席。

法：[甲]2266 福三藏。

供：[三][宮]2123 奉是以。

韉：[三]374 馬薦，[元][明]26 四疊敷。

廌：[聖]211 所應當，[宋][元]、薦福乃至也十四字宋本元本俱作夾註 1003 福大和，[宋][元][宮]2122，[宋][元]2061 號曰廣。

鍵

犍：[三][宮]1435 瓷有比，[宋]、楗[元][明]2110 善結無，[宋][元][宮]1425 鎡器上。

健：[高]1668 怚，[三][甲]1024，[聖]1579 南即此。

揵：[三][宮]1425 鎡瞋破，[聖]1435 鎡，[宋][宮]2108 也且致，[元][明]1425 鎡，[元][明]1435 鎡小。

劔

釰：[甲]974 莎嚩訶，[乙]1796 婆在西。

諫

謗：[元][明]、誘[聖]790 我爲自。

陳：[甲]2035 貶潮州，[聖]2157 王，[元][明]2060 訶毀極。

掉：[三][宮]1579 悔位煩。

護：[甲]2787 人破事。

揀：[原]2362 獨德執。

蹇：[三][宮]2122。

見：[明]1463 之此比。

教：[三][宮][聖]1436 汝大。

救：[宋][元][宮]2122。

練：[甲]1921 曉如平。

議：[甲]1799 大夫同，[宋][明]945 大夫同，[元][明]2152 大夫同。

詠：[三]2110 尚書以。

諛：[甲]2128 也從言，[甲]2128 也經。

語：[宮]1458 令其息。

讃：[宋][元][宮]1463。

責：[三][宮]1428。

瀰

底：[明]2076 巖曰在。

儞：[明]2076 師因有。

轞

轞：[元][明]2053 魚龍幢。

鑒

監：[甲]1721 明也六，[明]1425 食典知，[三][宮]1425 知食事，[三][宮]2045 罪福之，[三][宮]2060 檢甚具，[三][宮]2060 年中卒，[三][宮]2066 者足不，[三][宮]2103 四年文，[三][宮]2123 察，[三][宮]下同 2059 三年，[三]185 寶七聖，[三]202 眞僞，[三]2060 内樹道，[三]2060 雖遭廢，[三]2151 徒莫不，[三]2151 元年歳，[三]2154 舃。

鑑：[甲]1886，[甲]2039 易卦乎。

覽：[三][宮]2060 有時住，[聖]2157 曲臨鴻，[宋]200 達選擇。

濫：[三][宮]2053 是。

筌：[甲]2261 洞照有。

驗：[原]1818 明也二。

瑩：[三]639 治截此，[原]1695 鑒淨無。

鑿：[三][宮]2103 涅槃固，[三][宮]2122 氷。

證：[原]1863 故號能。

鑑

監：[甲]2053 照弘法，[三][宮]2060 五年卒，[三]2121 不得自，[元][明]210 取天誰。

鏡：[宮]2112，[甲]1928 下明。

檻：[三][宮]2121。

攬：[三]37 玄照斯。

濫：[宮]2103 良可悲。

塗：[乙]1775 無照未。

江

法：[元]2061 南之人。

功：[三][宮]285。

河：[明]583 水邊在，[三]2059

洛左右，[聖]291 河浴池。

恒：[三]、洹[宮]222 河，[三][宮]、－[聖]425，[三][宮]263 河，[三][宮]318 河沙劫，[三][宮]342 河沙劫，[三][宮]433 河沙心，[三][宮]585 河沙諸，[三][宮]627 河，[另]1428 水，[宋][宮]433 河沙讃。

紅：[甲]2129 反律文。

洹：[元]、恒[明]310 河沙數。

豇：[三][丙]1202 豆。

受：[甲][乙]1822 海因何。

汪：[甲]2036 伯彥宗，[明]2149 泌女比。

正：[甲]2168 寧牛頭。

姜

彊：[三]2153 梁婁至。

將

薄：[元][明]1335 蝕而得。

必：[三]1339 無疑也。

蔽：[宋]212 隨馬良。

邊：[三]1 無數鬼。

布：[宋][元]154 無於此。

採：[聖]627 養一切。

成：[乙]2309 佛故。

持：[宮]278 兵衆悉，[甲][乙]、藥本亦同 897 水而研，[甲][乙]1822 義者譬，[甲][乙]2254，[甲]974 香水盞，[甲]2044 珍寶遍，[甲]2230 説所以，[甲]2266 因屬果，[甲]2350 汝等著，[明]310 身彼當，[明]1559 故復於，[三][宮][聖]1421 入諸比，[三][宮][聖]1428 去或命，[三][宮][石]1509 兵終身，[三][宮][西]665 諸供具，[三][宮][知]384 用上佛，[三][宮]272 置彼不，[三][宮]461 是事告，[三][宮]468 火來燒，[三][宮]606 養其體，[三][宮]632 諸佛者，[三][宮]656，[三][宮]746 與道人，[三][宮]1425 去於是，[三][宮]1425 愚人付，[三][宮]1428 去若命，[三][宮]1451，[三][宮]1459 一，[三][宮]1488，[三][宮]2034 炎，[三][宮]2059 經去不，[三][宮]2085 燈繞佛，[三][宮]2085 入龍宮，[三][宮]2085 種種衣，[三][宮]2103 乃輕衰，[三][聖]125 將生死，[三][聖]200 與，[三]1 四兵隨，[三]25 大火炬，[三]98 至無爲，[三]154 行假使，[三]186 來出八，[三]190 是太子，[三]190 小座邊，[三]195 及弟子，[三]206 明月珠，[三]1341 文句，[聖][另]、侍[石]1509 徒衆，[聖][另]1453 上，[聖]210 無目，[聖]376 彼諸，[聖]397 護自他，[聖]627 護，[聖]2042 一侍者，[乙]2408 五色線。

垂：[三][宮]2041 滿。

從：[三]201 諸妓人。

大：[原]2163 部曼荼。

待：[甲]1781 都集然，[三]1 訖。

當：[甲][乙]2263，[明]1225 止息，[三][宮]481 來不得，[乙]2263 於土石，[元][明]2016。

導：[三][宮]650。

得：[宮]309 護衆生，[宮]2123

臥，[甲]897 一一弟，[甲]2367 入唯一，[明]1450 女乳來，[三][宮]382 來見佛，[三][宮]606 到彼設，[三][宮]2122 去還於，[乙]2249 此定已，[原]1311 長。

鬪：[宋][元][宮]1484 劫賊等。

對：[甲]2339 法花一。

扶：[三][宮]1458 入衆若。

浮：[三]1440 盡必先。

歸：[甲]2195 入大乘，[元][明]266。

好：[別]397 導愛者。

後：[乙]1822 欲釋記。

呼：[三][宮]1428 去無犯。

喚：[三][宮]1428 入塔中。

減：[甲]2367 此利生。

漿：[三][宮]1453 至番。

蔣：[三]2110 國襄公。

獎：[丙]2120 借恩廏。

獎：[三][宮]1462 衆萬善，[三][宮]2108 同名教，[三]2085 無功業。

奬：[明]1299 惡人下，[三][宮]1505 導思惟。

礁：[甲]2035 鄞人聞。

解：[甲]2250 終時作。

今：[三]100 欲種。

金：[宋]、全[元][明]1442 導者。

淨：[原]2409 好泥地。

就：[甲]2036 終命靈。

擧：[原]、[甲]1744 勝況劣。

來：[聖]200 來世得。

埒：[三]2145 可得上。

令：[聖]211 至佛所。

輪：[甲]2337 大乘初。

捋：[三]643 左指頭。

旅：[三][宮]2102 送命於。

明：[甲][乙]1239 此呪極，[甲]1783 此，[甲]1841 元一向，[乙]2376 知諸出。

命：[三][宮]2109。

撚：[知]2082 其腹腹。

女：[甲]1260 之女娉。

駢：[原]2339 填果人。

傾：[另]1721 倒梁棟。

却：[明]1988 鼻孔來。

捨：[甲]2196 身時發。

聖：[甲]2266 聖則廣。

時：[甲]2223 彼金剛，[甲]1202 來相見，[甲]1834 還與，[甲]2266 成大等，[三]171 至，[三]193 五十童，[聖][另]1451 命終蒙，[聖]200 小兒往，[聖]2042 復重苦，[宋][元][宮]2121 所貪乎，[宋]2154 彼經勘，[乙]1821 作不律，[元]184 節失所，[原]1289 作佛前。

侍：[三][宮]2121 從化人，[元][明]329 從衆多。

恃：[甲]2296 藥破病。

收：[甲]1828 此文爲。

手：[甲]1705 付汝法。

守：[甲]1964 恬靜了。

所：[甲]2249 修無想。

探：[宋][元][宮]1464。

特：[丙]2087 非佛像，[甲]2129 說文從，[甲][乙]1822，[甲]1709 說經前，[甲]2230 爲當來，[明]2131 未

有一，[三][宮]496 出世間，[聖]190，[石]1509 歸有所，[乙]、埒[乙]2157 美嵩華，[乙]2777 顯淨名。

偸：[聖]1442 去我恐。

投：[宋][宮][聖]、救[元][明]425。

陀：[乙]2092 江。

爲：[三]2154 乖也其。

物：[三][宮]1462 去此比，[聖]1451 好花鬘。

相：[三]、－[宮]2122 送速到。

消：[原]2126 息宜保。

引：[乙]1736 昔之。

涌：[甲]1723 出花現。

用：[甲]1718 論解南。

有：[三]212 五百弟。

與：[聖]1428 五百大。

臓：[明]2016 則無明。

障：[甲]952 護其身。

正：[三]192 爲顯其。

證：[原]1782 涅槃所。

執：[元][明][宮]627 御正法。

衆：[三]193 軍。

住：[元][明]433 人上世。

轉：[甲]1816 滅時分，[乙]2296。

壯：[三][宮]2122 美莊。

僵

殭：[三]、強[宮]2121 屍草覆，[三][宮]1563 鞕各出。

強：[三][宮]2122 臥屎尿，[三]101 在地不，[宋][宮]、殭[元][明]2122 不毀。

漿

將：[甲]1007 密漿果，[聖]1421 應。

奨：[明]375 石蜜黒。

醤：[宮]620 膿血是，[三][宮]606 霧露浴，[聖]1462 供養世，[聖]1462 又獻塗。

醬：[三][宮]1443 及醋乳。

炙：[甲]2130 譯曰染。

飲：[三][宮]1425，[三]152 寒衣熱。

汁：[三][宮]1425 得夜分。

壃

薑：[甲][乙][丁]2244 土稱大。

彊：[乙]2296 而靈覺。

礓：[三]187 石或持。

壙：[甲]2128 仰反包。

薑

橿：[明][乙]1110 木亦得，[三][甲][乙]901 木，[宋]、檀[元][明][宮][甲]901 木替取，[宋][元][宮][甲]、[明]901 木是四，[元][明][甲]901 木也作。

礓：[明][乙]953 石安於，[乙]953 石一一，[元][明]2123 石草。

畺：[三]190 迦羅。

薫：[甲]1238 一遍搗。

吒：[明][甲]1176 二合。

彊

弘：[甲]1792 徹。

壃：[宋][元]2061 艱棘却。

疆：[甲][乙][丁]2092 也皇魏，[甲]1795 擾我觀，[甲]1795 域偈讚，[明][宮]2122 雖生茲，[明]610，[明]640，[三][宮]、彊皇帝問太子省表并見所製大法頌詞義兼美覽以欣然二十二字[明]2103，[三][宮]2034 梁婁至，[三][宮]2053 之福玄，[三][宮]2059，[三][宮]2103 豈，[三][宮]2103 之福早，[三][宮]2122 直數犯，[三]210 開，[三]2034 梁譯者，[三]2125 流漫者，[三]2154 梁婁至，[宋][宮]313 王在大，[宋]2059 暴以綏，[元][明]2053 既。

強：[宮]279 難可，[甲]1728 時節麁，[甲]1804 破命終，[三]212 聞僑在，[聖]291 普。

橿

薑：[宋][宮]901 木大如，[宋]1333 木寸截。

攎：[三]956 木。

檀：[元][明]901 木削作。

殭

疆：[宋][宮]、僵[元][明]2103 伏地。

礓

壃：[三][宮]1425，[宋][聖]190 石或眼，[宋]190 石糞穢。

薑：[三][宮]1425 石草木，[三][宮]1425 石糞灰，[宋][元][宮]2122 石草木。

砂：[三]25 石瓦。

疅

壃：[三]1 畔計。

彊

壃：[宮]2040 畔。

彊：[宮]2122 畔其衆，[明]2076 禪師僧，[三][宮]1521 界戰鬪，[聖]2157 之祐不，[宋][宮]2053 子孫所，[宋][元]2061 志機警，[宋]2103 四部，[乙]1821 盡界，[元][明]313。

境：[三][宮]588 界故法。

量：[三][宮]656 虛空無。

強：[宮]656，[甲]1912 修，[甲]1783 用有而，[明]165 勝，[三][宮]656。

韁

繮：[三][宮]1459 棄乃至。

皺：[三][宮]741 皮。

蒋

薄：[三][宮][甲]2053 狩期於。

將：[元]2122 州鄭州，[元]2108 眞冑等。

奨

將：[聖]2060 喜。

獎

將：[三]201 我令死。

奬

弊：[宋][明][宮]、斷[元]2122 百王。

將：[三][宮]1546 導之令，[三][宮]585 濟賢，[三][宮]2104 務弘。

獎：[宋][元][宮]2053 而貞觀。

耩

構：[三]2110 地玄都。

講

諳：[三]2151 阿毘曇。

稱：[宮]1521 說正法，[甲][乙]1822 時廣云，[甲]2195，[甲]2285 其離機，[甲]2290 說聽，[明]598 稽首善，[三][宮]460 說所以，[三]2110 虛談還，[聖][另]342 我等僥。

此：[元]125 堂至。

諜：[三]2145 爲録，[知]598 法聲時。

讀：[宮]481 誦爲他，[三][宮]493 經戒敷，[原]2349 師音次。

佛：[宮]342 說。

遘：[三][宮]334 侍與師，[元][明]335 侍與師。

搆：[宋][元][宮]、構[明]2060 華嚴衆。

構：[甲]1717 人獎，[三][宮]2060 難精拔，[三][宮]2060 玄津以。

護：[乙]1705 爲正大。

誨：[甲]、誨講[甲]2195 等法，[三][宮]425 無數人。

謹：[明]2060 寺內悉。

經：[三][宮]2103 律師親。

論：[三]154 經法未。

請：[甲]2035，[三][宮]2060 多以法，[乙]1705 說也百，[元][明]585 問經疑。

識：[三][宮]263 大法，[三][宮]398 誼眷。

說：[甲]2266 此論圓，[三][宮]585，[三]292 一切無，[三]2063 三昧祕。

誦：[宮]397 說之者，[甲]2035，[甲]2073 此經賢，[甲]2084 經爾，[甲]2167 大方廣，[三][宮]2060 法華勝，[三][宮]263 讀書寫，[三][宮]2060 法，[三][宮]2060 法華經，[三][知]418 受是三，[三]2063 法華經，[三]2063 經馨其，[聖]99 地獄經，[宋][元]309 論二十。

談：[聖]1582 論不爲。

言：[宮]606 是。

筵：[三][宮]2060 纔訖第。

譯：[三][宮]1595 論竟說。

議：[聖]1788 舍利佛。

讚：[宮]266 不退轉，[宮]460 妙辭，[三]157 說佛之，[三][宮]397 法處授，[三][宮]397 說常勸，[三][宮]627 不動菩，[三][聖]291 詠無有，[聖][另]342 法當然，[聖]292 說，[元][明]598 無盡藏。

製：[三]2149。

諸：[聖]1421 堂食堂。

匠

臣：[明]2110 匹我天。

工：[聖]211 調角水。

近：[丙]2777 器彼淳，[甲]1719 眞一之，[三][宮]2103 市處中，[三][元]1092 反，[三]212 火燒鐵，[三]2123 臣將窮，[聖]1670 圖作，[宋][宮]2059 乃手執，[宋][元][宮]2122 道。

進：[甲]2261 石。

匡：[明]2153 導名重。

師：[甲]2395 七宗乃。

通：[甲]2250 物適機。

像：[明]950。

迎：[甲][乙]1796 歌羅羅。

降

陳：[三]2103 不可勝。

除：[宮]567 伏諸根，[甲][乙]2227 慢曲躬，[甲]1007 伏一切，[甲]1065 魔觀自，[甲]1705，[甲]2244 種種諸，[三][宮]1523 成，[三][宮]1674 斯六識，[三][宮]1548 伏稱無，[三][宮]1562 怨發憤，[三][宮]1680 邪毒，[三][宮]2043 伏之，[三]266 制諸塵，[三]1288 雷雹者，[聖][甲]1733 魔事已，[聖]125，[聖]125 鬼諸神，[另]279 伏，[宋][宮]398 魔塵勞，[乙]2249 緣法境，[乙]2227 佛以下，[乙]2394 四，[乙]2397 波旬故，[原]1776 妄名清，[原]1289 惡風雨，[原]2196 四倒名。

摧：[三][宮]2053 邪安禪。

調：[三][宮]1521 伏其心。

洚：[元][明]2102 水流凶。

絳：[三][宮]2104 州天火。

壞：[三][宮]657 諸魔衆。

際：[甲]2239 三時也，[甲]2244 下，[明]821 降外道，[三]、－[宮]2121 雨熱灰，[三]186。

夅：[明]2087 兵。

絳：[三]2149 州南孤。

淨：[甲]923 地陀羅，[三][宮]2122 雨若水。

覺：[宮]1425 四指八。

隆：[甲][乙]2087 年不永，[甲]2196 世間如，[明]2060 行通感，[明]2103 行懲五，[三][宮]606 衆花順，[三]2110 休寶下，[聖]1788 五放光，[宋][宮]282 意思惟。

器：[甲]1268 伏呪。

適：[三]26 大雨極。

隨：[三]2110 精精化。

邪：[宮]882 三世相。

徐：[另]279。

陰：[三][宮]1523 伏一切，[聖]291 雨。

有：[聖]200。

餘：[三]205 者今有。

雨：[三]125 災變壞。

霑：[聖]2157 雲雨之。

障：[甲]2323 解脱得，[甲]1816 伏者是，[原]907 一人不。

終：[宮]2103 生下土。

諸：[三]1506 根者若。

作：[明]310 群生勝。

弶

疆：[宋]、強[宮]606 懸頭竹。

搉：[宋][元][宮]1439 作網。

殑：[明]1450 伽河側，[明]1450 伽河作，[三][宮]239 伽河中，[三][宮]1442 伽河已，[三][宮]1442 伽河吉，[三][宮]1451 伽河，[三][宮]1451 伽河方，[三][宮]1451 伽河爲。

網：[三][宮]1435 作撥若。

絳

峰：[甲]1918 霄無上。

降：[宮]2122 衣。

終：[甲]2128 反三蒼。

畺

疆：[三][宮]2087 土奕葉，[宋][元][宮]、彊[明]2087 畫界此。

滰

強：[三][宮][聖]1425 粥次須。

摾

弶：[三][宮]2121 乞與子，[元][明]、栴[宮]374 獵羅。

掠：[三][宮]1509 害鹿如。

醬

漿：[宮]2121 水之，[三]186。

艽

芃：[元][明]2145 野之西。

交

遨：[元][明]、放[宮]、効[聖]222 遊自在。

必：[元][明]1442 見貧窮。

叉：[丙]1184，[明][乙]1225。

臭：[三][宮]720 穢滿此。

大：[三]2110 戰。

對：[乙]2263 也。

反：[甲]2128，[明][甲][乙]1254 叉二小，[明]2110 違老氏。

鋒：[三]2145 出自旦。

父：[宋]2103 渠綺錯。

更：[甲]2299 集也，[甲]2371 不可有。

合：[三][宮]2122 會身犯。

横：[明][聖]663 流舉身，[明]663 流。

火：[三][宮]1509 來切身。

跏：[三][宮]744 趺坐住。

夾：[甲]1728 炎餓鬼，[乙]2408 灰云。

郊：[明]721 巷，[三]99 道平正，[三]2103 門。

絞：[宮]279 絡百萬，[明][和]261 絡，[三][宮]263 絡於虛，[原]1238。

挍：[聖][另]285 露帳具，[宋][宮]263 露有無。

教：[三][宮]1425 共相貿，[三]1435 與我一，[宋][元]2110 夫易婦，[原]1212 兒癡或，[原]1212 小兒一。

界：[三]1058 道金花。

來：[明]1211 臂。

吏：[三][宮]2103 兵都無。

刃：[甲]、又[乙]931 忍願。

投：[原]2897 以。

文：[甲]1782，[甲]2015 不穩便，[甲]2036 孚與夫，[甲]2299 此中耶，[甲]2397 衆傴同，[三]186 餝清淨，[三][宮]635，[三]203 鱗瞽目，[元]1173 進面想。

校：[三]、挍[聖]125 具身能，[三][宮]263 餝其地，[三][宮]401 露而自，[三][宮]1509 絡八萬，[三][宮]2122 餝，[三]203 戲脱尸，[宋][元][宮][聖]481 露帳覆，[宋][元][宮]481 露帳幔，[宋]202，[宋]293 城縣開，[元][明]、挍[聖]125 餝身能，[元][明]365 餝於其，[元][明]2122 餝在上，[原]1890 量文故。

矣：[甲]下同 2254。

亦：[明]1464 是請主。

永：[原][甲]1851 絶而。

友：[甲]2039 人彝倫，[三]2059 世人呼，[元][明]190 故朋親。

灾：[甲]952 亂。

災：[甲][乙]2376 無由是，[甲]1239 如索申，[三][宮]680 横纒垢，[三]2112 起，[三]2122 無供世，[乙]2227 障四悉，[知][甲]2082 終。

丈：[甲]2095 不窮視。

支：[甲]1709 因律儀，[元][明]703 急用之。

郊

邦：[三]2087 背三河。

交：[明]2103 迎而可，[三]25 大衢道。

慰：[甲]2073 勞見其，[三]2059 勞見其。

哉：[三][宮]2102。

教

法：[甲]2300 耳，[乙]2263 衆生。

故：[甲]2261 唯一無。

經：[甲]2299 中。

數：[甲]2261 出體，[甲]2261 者得後。

蛟

神：[元][明]813 龍而來。

蚊：[宮]263 阿須倫，[宮]310 虻蠅蚤，[宮]1670 雌鼉雌，[甲]1782 之流擧。

妖：[三]152 龍處之。

焦

煩：[宮]374 惱嫉妬。

集：[甲]2129 反切韻，[三]76 盡無餘，[宋][元][宮]1562 熱故名，[元]1442 熱諸苦。

蕉：[宋][宮]1443 種不復。

膲：[三]、腸[宮]2122 蟲七名。

燋：[甲]1783 乾乃至，[乙]895。

爝：[三][宮]2104 火不息。

憔：[三][宮]2122 即失顏，[三]125 意惱常。

樵：[三][宮]374 木莫。

熱：[明]310 惱。

煙：[元][明]721。

焳

樵：[甲]1723 濕即能。

蕉

焦：[明]2016 木亦悉，[明]1579 如狂，[三][宮]2122 芽三明。

膠

交：[三]1982 香眞五。

嘐：[三][宮]2122 泥恐鼠。

摎：[聖]1462 油及已。

漻：[聖]1462 出相續。

戮：[博]262 漆布嚴。

澆

灌：[三][宮]1435 頂大王，[三]2040 頂大王。

浣：[乙]2795。

激：[三][宮]2121 亦復。

僥：[三][宮]2060 情趨競。

燒：[三][宮]1462 亦如是，[聖]1425 火滿者，[聖]1440 知水有，[宋]26 或坐鐵。

沈：[三]2149 浮餘波。

洗：[宮]2121，[甲][乙]2317 仙仙亦，[甲]1225，[甲]2317 灌，[三]、洒[宮]1458 之隨意，[三]、洒[宮]1470，[三][宮][聖]1421 浴諸居，[三][宮][聖]1435 鉢底若，[三][宮]1425 脚時以，[三][宮]1425 若以葉，[三][聖]99 王心面，[三][石]2125 三遍外，[三]202 肉消骨，[三]2125 非過小，[聖][另]1435 手攝，[聖][另]1451 濕餅須，[聖]26 或坐鐵，[聖]1421 之生疑，[聖]1428，[聖]1428 身，[聖]1441 諸比丘，[聖]1462 盈滿出，[聖]1464 爛十二，[石]2125 以熱，[乙]2795 鉢時十。

憍

高：[甲]1811 奢，[三][宮]376 慢故於，[三][宮]1559 慢無明，[三][宮]1581 慢又於，[三]99 慢使，[三]99 慢者，[三]187 慢幢起，[三]192 慢意，[聖][另]1541 害，[聖]1547 貴人無。

堅：[明]220 慢之。

嬌：[甲]1239 奢耶衣，[三][宮]2049 尸迦有。

驕：[和]293 慢心無，[和]293 慢高擧，[和]293 慢爲欲，[和]293 慢心離，[和]293 慢心無，[和]293 薩羅國，[和]下同 293 慢不，[甲]1786 由染自，[明]1428，[明]1450 慢起不，[三][宮][別]397 桀不知，[三][宮]309，[三]100，[三]198 下不懼，[三]201 逸，[三]210 蓮華水，[三]211 蹇永不，[聖]2042 慢之心，[元]2122 桀何能。

矯：[甲][乙]1822 亂論後，[甲]1709 此四足，[三][宮]272 詐欺，[三][宮]1558 前。

拘：[聖]99 薩羅國。

憍：[三]99 財者。

慢：[宮]660，[甲]2823 等，[三]397 者不毀，[三][宮][別]397 慢增，[三][宮]1545 害恨惱，[三][宮]1546 問曰若，[三][宮]1546 者說，[三]125 甘露跡，[石]1509 以是故。

喬：[甲]1772 荅摩是，[三][宮]

1545 答摩懈，[三][宮]1545 答摩有。

僑：[三][宮]2040 曇彌即，[宋][宮]、驕[元]2103 陵欲階。

橋：[宮]2026 桓鉢律，[宮][聖]425，[甲]1709 睒彌國，[甲]1782 梁贊曰，[甲]1828 拉婆此，[甲]2261 陳如於，[三][宮]397 如來致，[三]196 炎鉢四。

瞿：[三]202 曇彌令。

傷：[甲]1782 名正直。

責：[三][宮]397 教誨具。

嬌

憍：[明]1450，[明]1450 薩羅，[宋][元][聖]190 兒，[元][明]674 尸迦，[元][明]2103 奢志能，[原]1212 慢不得。

驕：[明]1692 奢亦復，[三][宮]2103 明日分。

矯：[三][宮]1648 身，[宋][宮]2103 俗如斯，[元][明]2103 張遂引。

橋：[三][宮]222。

燋

煩：[明]397 惱亦不，[三]157 惱三昧。

集：[宮]330 貪内熱。

焦：[明]42 擧足肉，[明]157，[明]212 形，[三][宮]423 惱而懷，[三]190 纔有皮，[元][明]2016 爛道芽。

燋：[石]1509 炷爲用。

憔：[明]1546 悴是苦，[三]196 悴婆，[三][宮]721 悴生諸，[三][宮]1462 悴身體，[三][宮]1462 小形體，[三][宮]2123 悴呼嗟，[三][宮]2123 悴即便，[三]157 悴此諸，[三]200 悴叵，[三]202 悴便，[宋][元]、嶕[明]203 悴形，[元][明]157 悴其眼。

樵：[三][宮]1546 薪如是，[三][聖]200 木，[三]99 炭云何。

譙：[明]2123 悴形容。

燃：[宮]2122 兎置。

礁

嶕：[乙][丙][戊][己]2092。

鮫

蛟：[明]1331 龍魚黿。

驕

憍：[明]165 天四大，[三][宮]606 樂不忍，[三][宮]1442 逸由此，[三]87 樂天上，[三]100 奢貞廉，[三]154，[三]203 豪詭因，[三]361 慢弊懈，[三]945 陳那五。

嬌：[三][宮]584 恣之物，[三][宮]2122 恣飲食，[元][明]2123 弄脣口。

矯：[聖]225。

鷦

蟭：[三]2110 螟皆有。

角

北：[乙]2228 羅剎后。

觸：[三][宮]2034 義慇懃，[聖]1428。

甬：[甲]2053 未可縷。

負：[三]100 勝無。

各：[乙]2309 成宗互。

劬：[三][宮]2122 通部，[宋][元][宮]2122 通部降。

捔：[明][和]293 力求，[三]125 力設彼，[三][宮]1579 力戲等，[三][宮]2121，[三][宮]2121 現神力，[三][聖]190 鬪決勝，[三][聖]190 試一求，[三]1 伎一，[三]187 力相撲，[三]198 飛經第，[三]2087 神力舍，[三]2145 能經一，[三]2149 力道士，[宋]、捔[元][明][聖]190 法行摧，[宋][宮]、犄[明]2034 能經一，[宋][宮]2121，[宋][明][宮]2121 術，[宋][元][宮]2121 術九，[宋][元][宮]2121 現神力，[宋]200 試。

桷：[三][宮]1462，[三][宮]1546 力乃至，[三][宮]2123 高簷。

覺：[甲]2266 先得六。

馬：[三][宮]671 驢駝。

南：[甲][乙]897。

捅：[宋][元][宮]1483 力犯何。

筒：[宮]1457 内藥器。

用：[明]721 絡其體，[三][宮]1443 説此小，[乙]1821 等三難。

有：[三][宮]224 所。

喻：[甲][乙]2263，[甲][乙]2263 獨覺百，[甲][乙]2328 佛無轉，[甲]2263 獨覺者，[甲]2263 名言表。

争：[三][宮]2103 營寺塔。

諸：[三]1579 武事當。

自：[乙]2249 界加行。

佼

俊：[甲]2039 徹嘉問。

校：[三][宮]2059 長生捨。

狡

扶：[原]2301 共起故。

姣：[三][宮]2102 以爲瘮，[三][宮]2122 人，[元][明][宮]2122 兇惡人。

挍：[聖]639 猾多縱。

狭：[甲]1723 獵中原。

狹：[甲]2068 内寛其，[甲]2217 如何答，[甲]2217 是別後，[甲]2266 不同自，[甲]2266 不須簡，[甲]2266 次第順，[甲]2266 故，[甲]2266 故言所，[甲]2266 簡過乃，[甲]2266 文義演，[甲]2266 異生性，[甲]2266 障寛所。

執：[甲]2266 我等已。

晈

昉：[明]2154。

胶：[甲]2207。

皎：[三][宮]2103 夢照東，[三]187 然最勝。

校：[三][宮]2103 星連鴻。

映：[甲]2244 鏡昔毘，[甲]1782 無涯注，[原]2339 形。

皎

昉：[聖]2157。

杲：[乙]1909 日普照。

歸：[甲]2183 然和尚。

晈：[宋][元][宮]2103 日。

曒：[明]156 然不論。

曉：[乙]913 鏡復於。

昭：[宮]2053 日麗天。

脚

髀：[三][宮][聖]1425。

額：[原]2003 馬師顧。

許：[三][宮]1425 後失火。

節：[宋][宮]901 指。

脛：[乙][丙]1076 竪膝吉。

脈：[元]1425 勿使蟲。

磨：[丙]2392 膝今案。

却：[甲]1920 行次第，[明]2016，[三][宮][聖]1425 令汝知。

眼：[甲]2882 今請中。

耶：[三][宮]1425 時賊恐，[乙]2207 此云神。

御：[甲][乙]1709 又曰昔。

肘：[三]1341 應不得。

足：[三][宮]1435 革屣若，[三][宮]2121 及，[三][甲]1039 亦作種，[元][明]、－[宮]310 横亂不。

絞

駮：[明][宮]2104 於六。

婇：[元]2121 切心痛。

交：[甲][乙]913，[三][宮]、絞絡玟珞[聖]278 絡其上，[三][宮][博]262 絡垂諸，[三][宮]278 絡其，[三][宮]278 絡之百，[三][宮]313 露精，[三][宮]1425 絡羅，[三][宮]2122 死，[三][甲]901 絡，[三]155 絡八萬，[宋]、校[元][明]155，[元][明][甲]901 絡座下。

疞：[三]1548 病身，[乙]1909 痛，[元][明]1341 痛因大。

繳：[元][明][甲]901 肚。

挍：[聖]1462 車牽離。

經：[三][宮]2121 樹上影。

紋：[聖]1199 結纒身。

噏：[三]211 殺新王。

校：[三]、流布本作交 360 飾周匝，[三][宮]664 飾張施。

敫

敷：[三][宮]2060 曹昆敫，[三][宮]下同 2060 者弱年。

勦

剿：[明][甲]1094 當累殲。

僬：[宮]1435 健多力，[宮]1435 健強力。

摷

攪：[三]2121 罪人痛。

僥

幸：[原]1098 無慳惜。

鉸

鈔：[丙]2120 具用。

校：[三]228。

撹

攬：[三][宮]1562 一實成。

儌

激：[宮]2122 恈曰當，[三][宮]2122 妙無爲，[宋][宮]638 錯不可。

交：[明]2121 道中若。

儌：[宋][宮]350 冀常自。

撽：[宋][宮]1470。

衢：[三]、激[聖]125 道，[三]194 道。

微：[三][宮]2122 妙縹。

邀：[甲]1828 延施設。

曒

皎：[三]26，[三]26 潔明淨。

矯

憍：[甲]1821 誹撥彼，[甲]2087 其志凡，[三][宮]350 稱，[三]220 害嫉慳，[聖]1579 詐而取，[元][明]220 等隱蔽。

嬌：[明]2103。

驕：[三][宮]2122 誕若順。

撟：[聖]1585 設方便。

譎：[宋][元][宮]1545 亂言。

倦：[甲]1782 無嫉儉。

嶠：[宋]、嶠[宮]2103 既傷於。

橋：[聖]1579 設方便，[聖][知]1579 詐威儀，[聖]1579 示形儀，[知]1579 設呪願。

皦

激：[宋]2122。

晈：[宮]279，[三][宮]2060 日慚明。

皎：[三][宮]263 潔光徹，[三][宮]292 然出普。

曒：[明]190 潔無諸，[宋][元][宮]729 若星中。

撆

效：[甲]1761 前修舒。

繳

徼：[三][宮]263 道中，[三][宮]2104 在慮斯。

皦：[三]930 右中指。

撽：[宋]、[元]、逆[明]1092 相纏各，[宋][甲]1092 樹上標，[宋]1092 標式界。

攪

挍：[宋]1341。

攬：[三][宮][聖]1456 而飲用，[三]190 酪木塔，[宋][元][宮]2102 其方寸。

托：[三]201 羹飯語。

擾：[元][明][宮][聖][另]1509 水則不。

叫

嗷：[聖]26 衆多人。

別：[聖]379 喚舉聲。

吽：[明]1674 無間下。

呼：[甲]1792 調御昇，[三][聖]199。

喚：[宋]182。

叩：[三][宮]2108 鳳闍而。

門：[甲]2299 喚言瞿。

鳴：[三][宮]1451 增養見。

咷：[三][宮]721 悲惱四，[三][宮]2040 啼哭擧，[三][宮]2123 啼哭又。

呴：[三]190 時諸小。

洲：[甲]2068 �門外。

挍

拔：[宮]2122 人民立。

定：[三]2153 事須改。

格：[三][宮]690 量當何，[三][宮]2122 量。

恨：[元][明]、效[宮]533 三曰若。

交：[三][宮]263 飾，[元][明][宮]310，[元][明][宮]310。

絞：[甲]1723 反正應，[聖]425 飾蓋貢。

鉸：[三][甲]1007 威儀或，[三]下同 1050 飾之種，[乙]1132 飾在大。

珓：[三][宮]425 飾蓋貢。

教：[甲]1958 量願生，[三][宮]1523 量勝不，[三]194 授起滅。

較：[明]1522 量勝如，[明]837 量當取，[明]847 量趣路，[明]1522 量，[宋][元]2149，[元][明]172 九劫今。

據：[三][宮]2060 行事非。

披：[三]2149 閱群録。

授：[甲]2068 古訓講，[甲]2195 計所。

文：[聖]125 飾復以。

狹：[甲]1805 界寬若，[甲]2214 次乾葉，[原]2196。

校：[甲][乙]901 口不能，[明]157 樹散種，[三]1301 書，[三][宮]398 飾或明，[三][宮]398 飾紫金，[三][宮]1646 計因，[三][聖]125 計邪見，[三][聖]190 外以石，[三]125 計爾時，[三]125 計分別，[三]190，[三]190 立爲神，[三]302 得其邊，[三]1301 計算，[宋]、交[元][明][聖]157，[元][明]398 是爲慧。

挾：[高]1668 量。

修：[三]、收[宮]1549 飾。

押：[三][宮]1478 奉持十。

嚴：[三][宮]512 眞珠羅，[三][聖]158 瓔珞形，[乙]1723 贊曰。

莊：[三][宮]2123 飾若有。

珓

交：[元][明]622 露精舍。

校：[三][宮]288，[三][宮]598 遍覆四，[三][萬][聖]26 嚴飾白，[元][明]26 餝但爲。

窌

淚：[元][明]152 屎尿涕。

教

般：[甲][乙]2309 若等經。

報：[明]2122 故別疏，[原]1749 二者應。

必：[別]397 令依止。

變：[宮]616 化令衆。

部：[甲]2223 主眞言。

乘：[甲]1736 言六度，[甲]2336

論法相，[甲]2396 通教別，[乙]2396 佛分爲，[乙]2396 人但見，[原]2339 宗即別。

持：[原]、[甲]1744 四此經。

勅：[三][宮]2040 撾打尼，[三]196 即便往，[三]1331 便承佛，[聖]200 遍往，[元][明]186 往。

處：[三][宮]263。

道：[三]2103 并陳表。

都：[三][甲]1229 攝録，[聖]26 滅善法，[聖]1425 著囊中。

敦：[甲]2035 身通三，[三][宮]1469 作者無。

而：[三]125 令得證。

發：[甲]1846 此等並，[甲][乙]2408 願，[甲]1709 此地菩，[甲]1821 事究竟，[甲]2394 行勿生，[三][宮]1545 語言乃，[聖]278 難，[聖]613 如上數，[乙][丙]2218 金剛寶，[原]2339 心修行。

法：[甲][乙][丙]2081 遂請無，[甲]2434 中有，[明]2149 流東夏，[三][宮]493 觀，[三][宮]657 好，[三][宮]813 無量無，[三]1016，[聖]223 乃至菩，[乙]1723 普滋不，[元][明][宮][聖]223 從，[原]、教法[甲][乙]2261 本意爲。

放：[甲]1735 光無不，[三][宮]1464 我使去，[三][宮]1648 爲覺久，[三][聖]190 令出家，[聖]834 化者上。

敷：[甲]1805 具故論。

改：[甲]2381，[原]1863 者。

敢：[甲]1782 善法種，[三]2060 附後。

告：[明]1450 女曰若，[明]1450 他人算，[三]125 諸人民。

故：[甲]、－[乙]2434 也彼諸，[甲]1805 制防約，[甲]2339 入一乘，[甲][乙]2219 名阿賴，[甲]1731 是能表，[甲]1821 能顯理，[甲]1828 其識與，[甲]1841 全不相，[甲]1961 念佛三，[甲]2017 有明文，[甲]2250 雖然不，[甲]2250 歳爲三，[甲]2285 也，[甲]2299 爲末但，[甲]2339 四縁，[甲]2339 知三車，[甲]2434 者説初，[明]99 者云何，[宋][宮]1509 修福事，[宋][元]1510 授依離，[宋]1428 授故不，[乙][丙]2397，[乙]1736 又，[乙]1816 諸菩薩，[乙]2194 三藏大，[乙]2396 此有三，[乙]2812 若已建，[元][明]26 令所及，[元][明]292 不利財，[元][明]1595 四拔濟，[元]680 成熟解，[元]1421，[原]1879 有。

觀：[甲]2371。

果：[聖]1721 也昔説。

後：[甲]2035 漸初不。

護：[三][宮]314 者名曰。

化：[三][宮]2059 無益有，[三][宮]2103 無方不，[宋]2060 先被中，[原]1863 菩。

幻：[三][聖]291 化所潤。

極：[乙]1724 清淨二。

家：[甲]1918 初有五，[明]2105 化亦無。

見：[明]17 相危殆。

交：[三][宮]1452。

挍：[三]186 中。

接：[甲][乙]1929。

戒：[明]2110 之職禁，[三][宮]606 斷諸塵。

界：[宮]1515 力增強，[明]220 若略若。

經：[甲]1983 體豈同，[甲][乙]1929 用別圓，[甲][乙]2219 中唯明，[甲][乙]2328 中但於，[甲]1731 金光明，[甲]2195 云云，[甲]2223 有五種，[甲]2266 等第三，[甲]2266 體中總，[甲]2266 同説文，[甲]2266 至教即，[甲]2299 文在第，[甲]2328 等義故，[甲]2339 頓教，[明][宮]653 者世世，[乙]2228 三部眞，[乙]2263 説智品，[乙]2263 中明無，[原]2339 兼通頓，[原]2396 自可准。

淨：[三][宮]619 令明，[三][宮]1488 化衆生。

敬：[敦]1960 清昇彼，[甲]1026 寺大德，[甲]1788 心三除，[甲][乙]957 重三寶，[甲]1828 田二解，[甲]2183 撰，[甲]2250 法必具，[甲]2261 相故者，[三]2145 耳又杯，[三][宮]2059 耳又杯，[三][宮]2102 存，[三][聖]1435 起第二，[三]154 非吾所，[三]203 四者遊，[元][明]2060，[元][明]2060 寺初達，[原]1776 嘆維摩。

境：[甲]2266 三證成，[甲]2266 文義演。

究：[三][宮]397 者爾時。

救：[宮]614 以，[甲]2084 我兒等，[甲]1821 彼正釋，[甲]1829 生自行，[甲]2266 不成何，[三][宮][知]598 於眞諦，[三][宮]2041 接佛聞，[三]186 衆生於，[聖]1763 義而聞，[聖]2157 傳，[聖]2157 和上法。

覺：[三]277 已懺悔，[聖]272 無諸一。

開：[三]2125 既受戒。

離：[三][宮]657。

理：[原]2339 迷之甚。

力：[三]192。

兩：[甲]2192 有威德。

令：[聖]223 他。

録：[聖]2157 故不存。

輪：[宮]676 諸佛如。

門：[聖]476 我等今。

密：[甲]2396 故有造，[甲]2434。

名：[甲]2273 云。

命：[三]196 推問吾。

牧：[宮]1421 往佛爲。

破：[元][明]375 汝善男。

起：[甲][乙]2261 亦有五。

啓：[原]1771 具。

巧：[甲]2130 辭，[甲]2195 昔。

懃：[甲]1705 化衆生。

趣：[三][宮][聖]310 行智力。

勸：[聖]222 化一切。

散：[甲]1816 與假解，[甲]2073 曹僕射，[甲]2266。

殺：[丁]2244，[宮][甲]1804 生又不，[宮]405 人取是，[宮]423，[宮]1437 死若，[甲]2266 婆七補，[明][宮]1548 取教，[明]89 人殺生，[三]

203 如王者，[三][宮]1428 前人擲，[三][宮]1544 造煮，[三][宮]1559，[三][宮]1644 他，[三][宮]1646 者得殺，[三][宮]2103 不求不，[三]1462 者不知，[聖]1428 若遺書，[聖]1441 人，[聖]1441 汝殺耶，[聖]1579 命依行，[聖]1763 能，[元][明]790 事，[原]1974 及因縁，[原]1309 治皆得。

聲：[甲]2270 人口誦，[三]642 從他求，[三][宮]403 以此天，[乙]2263 故五識。

施：[甲]2339 修行布，[三]193 汝等善，[聖]2157 迴駕鳳。

使：[敦]450 人書恭，[三][宮]1425 人舉貪，[三][宮]1435 人敷。

示：[三][宮][聖]1509 諸菩薩，[三][宮]1579 誨因告，[乙]1724 五稟。

螫：[宋][元][宮]、赦[聖]1547 他亦盲。

釋：[甲]2266。

授：[三]99 汝當答，[乙]2396 何以故。

書：[宋][元][宮]2102。

數：[甲][乙]1821，[甲][乙]2250 餘四成，[甲]1763 縁滅不，[甲]1782 於，[甲]1828 學，[甲]1828 有六十，[甲]1832 如不放，[甲]1851 法名法，[甲]2255 不，[甲]2266 也，[甲]2274 論本，[甲]2274 論師立，[甲]2289 者二教，[甲]2290 小於聲，[甲]2298 七遣蕩，[甲]2362 繁多，[甲]2396，[三][宮]585 不知法，[三][宮]1549 漸漸諷，[三]70 授何所，[三]221 菩薩成，[聖]2157 旨者通，[乙]1709，[乙]2795 歸三寶，[原]1837 若依顯，[原]1954 斯乃普，[原][甲]1825 不申，[原]1771 天，[原]1898 覺問侍，[原]2261 即。

説：[甲]、起[乙]2261 故不取，[甲]1929，[三][宮]1428 若一切，[乙]2397 修行不。

聽：[三][宮]2040 已即詣。

微：[聖]1763 密問旨。

爲：[甲][乙]1822 應依後，[甲][乙]2396 答。

我：[三][宮]2122 屬己故。

悟：[甲]2314。

相：[丙]2397 我立一，[甲]2371 行也若，[乙]1796 一一能。

孝：[甲]1805 順心救，[三][宮]630 誡有謙，[三]152。

効：[明]154 爲慚愧。

校：[甲]2095 別看名，[三][宮]458 計而。

效：[三][宮]739 人受法，[三][宮]2040 乃至併，[知]418 習奉行。

行：[甲]2371 分五種，[三][宮]263。

形：[另]1721 亂下。

言：[宮]1439 求和上，[甲][乙]、教言[丙]2396 無不，[三]375 佛法無，[三]375 如來常，[三]375 我今所，[三]375 諸佛如，[元][明]375 一切諸。

揚：[明]1602 論卷第。

夜：[甲]2035 施鬼神。

葉：[三][宮]2060 典日誦。

義：[甲]1736，[甲]1799 一切皆，[甲]1913 不須別，[甲]2195 付經顯，[乙]1736 包博，[乙]1736 彼立四，[原]1960。

因：[甲][乙]1709 興廢，[乙]1709 興廢於。

語：[三][宮]443 如前所，[三]375 便。

欲：[甲][乙]1822 者正。

喩：[甲]2801 三顯勝。

縁：[甲]1736 二假名，[甲]2204 成。

政：[原]1251 若違此。

之：[甲]2255 終歸非，[原]2339 義之。

執：[三][宮]459。

制：[三][宮]2122 皆雜凡。

致：[乙]2297 故。

中：[乙]1736 末後而。

衆：[甲]2339 生根鈍。

住：[原]1764 斷由佛。

轉：[三][宮]1488 化衆生。

宗：[甲]2305 故以經，[甲]2792 大。

較

轂：[甲]1782 衆相無。

角：[宋]、[元][明][宮]374 其道。

捔：[三][宮]374。

繫：[聖]1579。

校：[宮]2078，[甲]1717 量中，[明]2076 王老師，[三][宮]2122 用，[三][宮]425 本末使，[三][宮]2122 得，[三][宮]2122 數法一，[三][宮]2122 于時道，[三]189 其勇健，[三]2103 之，[乙]2092 數及太。

軼：[宮]2103 而考定。

斠

較：[宮]2121 不舍利，[宋][宮]、角[元][明]下同 2121 術沙門，[宋][元][宮]、角[明]2121 其伎術。

酵

醪：[三]375 煖等從。

噍

遺：[宋][明][宮]2122 類城今。

噭

叫：[三][宮]2122 喚唯願，[三][宮]2122 堂内當，[三][宮]2122 躍立空，[三][宮]2121 獄，[三][宮]2122，[三][宮]2122 悲哭懊，[三][宮]2122 悲泣愁，[三][宮]2122 常聞空，[三][宮]2122 瘡皆崩，[三][宮]2122 此人卒，[三][宮]2122 二名，[三][宮]2122 方復説，[三][宮]2122 駭畏難，[三][宮]2122 號慟酸，[三][宮]2122 呼母時，[三][宮]2122 呼無常，[三][宮]2122 呼獄何，[三][宮]2122 呼之響，[三][宮]2122 呼自稱，[三][宮]2122 喚，[三][宮]2122 喚都無，[三][宮]2122 喚聲，[三][宮]2122 及填平，[三][宮]2122 筋骨碎，[三][宮]2122 裂眼中，[三][宮]2122 亂，[三][宮]2122 鳴，[三][宮]2122 人常以，[三]

[宮]2122 聲徹數，[三][宮]2122 聲動地，[三][宮]2122 聲號疼，[三][宮]2122 聲也於，[三][宮]2122 時，[三][宮]2122 巡房響，[三][宮]2122 於是箭，[三][宮]2123 鳴吼騰。

𠯗：[宮]534 震動八，[三][宮]2122 犇隱守，[三][宮]2122 喚跳躑。

爝

爝：[三][宮]2060 法師成，[元][明][宮]2060 公處座。

爵

爝：[三][宮]2060 公成實，[三][宮]2060 之疇河。

皆

百：[宮][甲]2053 欣，[甲]2036 邪也朕。

傍：[明]1985 不得如。

背：[宮]1551，[甲]2036 空多言，[甲]2249 空三摩，[甲][乙]2263 此理故，[甲]1238 使，[甲]1512 不同凡，[甲]1782 類觀彼，[甲]1795 眞理，[甲]1813 捨既乖，[甲]1828 無常之，[甲]2249 能觀自，[甲]2249 問答首，[甲]2324 如緣苦，[明]2076 舊本作，[明]2016 圓乘台，[三][丙]1202 光勢名，[三][宮][聖]1602 修所得，[三][宮]349 棄諸惡，[三][宮]1523 無，[三][宮]2060 負籧篨，[三]901 上下相，[三]1301 骨肉及，[三]2103 借不兼，[聖][另]342 於正律，[聖]983 由無始，[聖]1512，[宋]984，[乙]2408 著云云，[元][明][宮]882 施他即，[原]2001 一面古，[原]2339 生死愚，[原]2339 痛口痛。

倍：[三]159 增五者。

輩：[聖]190 來見於。

比：[宮]1507 詣我，[宮]2060 委於願，[甲]2270 量智及，[明]312 得，[三][宮]222 入一切，[三][宮]522 盡年命，[三][宮]632 言者，[三]26 集在彼，[三]46 爲苦何，[三]202 復食盡，[聖]189 使華麗，[聖]278 我同行，[聖]1421 已縫染，[宋]、所[元][明]1351 得從願，[宋][元][宮]1439 是盈長，[宋]202 悉具足，[宋]1262 屬摩尼，[元][明]2145 法條貫。

彼：[三][宮]1546 見道邊。

必：[三]26 生善處，[三]154 當見斬。

便：[明]2110。

別：[三]1058 晝金剛。

並：[甲]1735 皆缺故，[甲]2012 是境上，[三][宮][甲]2053，[三]1346 得消除。

不：[宮]621 見佛來，[元][明]1451 食佛言。

厠：[三][宮]587 反自下。

曾：[宋]476 除滅是。

長：[甲]1789 行本明。

出：[三]1568 無有果。

此：[甲][乙]1822 名業道，[甲]1821 是無漏，[甲]2261 從此發，[甲]2266 智亦緣，[甲]2401 皆說中，[聖]1763 悉是伏，[乙]1724 爲起意，[原]

1744 且，[原]1744 是三車，[原]1771 人曩。

大：[三]185 喜言佛，[乙][丙]2092 笑焉。

但：[甲]1736 是地相。

當：[明]212 悉露現，[三][宮]1579 作四。

得：[甲]1736 解脱疏，[三][宮]1435 突吉，[三][宮]1458 越法得，[三][甲]1080 圓滿。

等：[三][宮]1509 無。

斷：[甲][乙]1822 名。

而：[三]374 有因縁。

法：[甲]2255 而生無，[甲][乙]1821 爾隨其，[甲][乙]1822 義，[甲]1821 是虚妄，[甲]1828 託曾縁，[甲]2425 從，[三][宮]532 悉具足，[三][宮]1562 受現，[乙]1821 修，[元][明]352 空彼虚，[元]1596 滅者謂。

非：[甲]2036 淺非深，[三]220 非相，[宋][元]220 非相應。

負：[乙]1736 自爾非。

復：[三][乙]1145 如是作。

各：[三][宮]2059 近十遍，[三]186 同不異，[宋][元][宮]606 令得其。

共：[三][宮]632 生於彼，[三]26 相愛戀，[三]2145 集。

故：[甲][乙]1822 三，[甲]1821 有四食，[乙]2396 得。

廣：[元][明]1191 大歡喜。

還：[三][宮][另]1458 應禮師。

會：[甲]2195 得迴。

慧：[聖]222 過聲聞。

火：[乙]1723 盡故。

及：[明]1459 獲罪。

即：[甲]1735，[甲]1775 名無利，[三][宮]2043 得阿羅，[三][宮]2122 率化成，[三]211 得法眼，[乙]2812 謂無記，[原][乙]2250 無也。

加：[三][宮]1558 由教力。

堅：[三][宮]266 除猗果。

間：[三][宮]278 寂滅。

見：[和]293 了，[三]125 原捨莫。

劍：[三][宮]2121 到王前。

階：[甲]1795 差二義，[甲]2299 初至七，[明]1175 悉地，[聖]627 有寶樹，[元][明]186，[元][明]272 八道。

堦：[明]1058 側。

解：[三][宮]403 空空是。

界：[甲]2434 一，[三][宮]721 乾一切。

俱：[三]、亡[聖]211 來至此，[聖]375 不可是。

揩：[宮]1559 盡其妙。

開：[三]99 放不而。

令：[明]293 充足令，[三][宮][石]1509 如佛身，[乙]1796 有光炎。

迷：[三][宮]481 惑想見。

蔑：[三]2110 所。

民：[宮]282 使無所。

名：[甲]1763 攝於衆，[三][宮]754 無漏。

莫：[三][宮]443 不値惡。

乃：[三][宮]741 正不。

能：[甲]2035，[甲][乙][丙]1866，

[甲][乙][丙]1866 各總攝，[甲]1512 離無我，[甲]1717 用故云，[甲]1811 令心住，[甲]1821 通無漏，[甲]1841 似現量，[甲]2266 生名若，[明]658 容受，[明]1571 難測，[明]1636 遠離善，[三][宮]410 摧伏何，[三]223 令衆，[三]310，[三]1012 現在前，[宋]220 攝在如，[元][明]616 歡喜定。

平：[三][乙]1092 等濟度。

普：[三][宮]638 發道意，[三]194。

七：[乙]1816 是數名。

其：[聖][另]310。

耆：[三]1336 婆但尼。

人：[三][宮]638 恐怖各。

茸：[宮]2121 覆水大。

如：[乙]2777 佛事也，[元]1579 不應行。

若：[乙]1201 依法。

三：[甲][乙]1822 於因至，[甲]2314。

甚：[甲]1816 多諸，[乙]1816 爲勝妙。

生：[三][宮]822 由菩薩，[三][宮]2060。

師：[乙]1821 不立又。

時：[宮]2122 活芳氣，[甲]2052 一遍，[三][宮]2040 在祇。

示：[原]2362 眞實經。

是：[甲]923 成眞實，[明]1450 大踊躍，[三]223 和合故，[石]1509 佛威神，[乙]1796 傍角加，[乙]2215 佛性何，[原]2396 言。

守：[甲]1736 集吠舍。

受：[三]185 受。

殊：[宋][宮]660 勝彼諸。

速：[明]865 成就。

所：[明]220 依如是，[三]461 能。

同：[甲]1811 制刃。

土：[乙]1816 無高下。

吐：[甲]2120 答福應。

唯：[甲][乙]1822 得戒，[三][宮]1562 通三世，[乙]2250 退分若。

爲：[三][宮]1646 樂以懼，[三]376 與毒藥，[聖]1425 作房舍。

謂：[甲]2339 今釋迦。

聞：[甲]1839，[三][宮]1545 驚歎共。

昔：[宮]262 共圍繞，[甲]1735 無障故，[甲]1789 見之故，[甲]2036 有亂民，[甲]2290 得唯聞，[甲]2339 指三乘，[三]125 在祇洹，[三]2060 委以治，[聖]380 當得般。

悉：[宮]374 得正念，[宮]310 悉知，[甲][乙]1866 遍法界，[甲][乙]1866 有佛性，[三][宮]262 能知，[三][宮]263 共承順，[三][宮]263 使無漏，[三][宮]2123 得休息，[三][聖]643 於中現，[原]1697 見三世。

習：[宮]263 令具足，[甲][乙]2087 兵戰視，[甲]1828 增長界，[三][宮]310 超度諸，[三][宮]1509 滅即是，[宋][宮]、集[元][明]816 盡是諸，[宋][宮]606 從因緣，[乙]1816 是戒學。

先：[甲]1280 當召集，[甲]2266 於財位。

咸：[明]293 以軟語，[三][宮]665 悉發露，[元][明][宮]374 謂我是。

香：[乙]1796 可通用。

想：[三]637 不。

偕：[宮]2078。

諧：[甲]2129，[三][宮]2122 善晋太。

言：[宮]1522 差別説。

野：[甲]867 得成。

依：[甲][乙]1736 智論。

以：[甲][乙]1866 隨本宗。

亦：[甲][乙]2397 爾猶如，[甲]1700 名眞實，[甲]1918 非境，[甲]2814 通二者，[明]220 不可得，[三][宮]294 縁久修，[三][宮]286 作三界，[三][宮]1425 從人受，[三]1568 空，[宋][宮]223 從般若，[乙]2263 應種別。

音：[宮]606 悉護之。

應：[甲]1225 當，[三][宮]2042 當步從。

由：[甲]1828 一切相。

猶：[已]1958 不。

有：[宮]501 歡喜問，[三][宮]2060 弗及，[元]325 爲成就。

餘：[三][宮][聖]1421 如上説。

欲：[三][宮]1537 非眞欲。

願：[知]598 發無上。

約：[甲]1816 能詮。

者：[甲][乙]1250 稱意若，[甲]1724 圓故下，[甲]1828 煩惱輕，[甲]2274 意云疏，[明]670 是，[三][宮]1646 以樂受，[三][宮]2102 精誠乃，[三]1545 知是事，[聖]514 無常之，[原]1700 以。

眞：[乙]2218 常以三。

之：[三][宮][聖][另]1458 無犯又。

旨：[原][乙]2263 不順。

智：[甲]1778 因成假，[甲]2339 虛指約，[甲][乙]2778 明不思，[甲]2217 以大慈，[甲]2305 名意根，[甲]2400 印瑜伽，[明]1493 清淨諸，[三][宮]1521 是一復，[宋]220，[宋]220 無所有，[宋]626 悉令人，[乙]2261 無等，[乙]2261 無漏故，[乙]2396 非非判，[原]1780 者了達，[原]1205 蒙教勅。

中：[宮][甲]1805 上二，[甲][乙]1866 以初二。

諸：[甲]2879 鬼神不，[三][宮]485 經善説。

呰：[乙]1796 是擬儀。

自：[三][宮]410 出摩尼。

字：[明]2076 有衝天。

總：[乙][丙]2812 名契經。

作：[三]873 有已身。

㿽：[甲]1736 就今。

揭

伽：[宋]1154 哩。

曷：[三]985 邏虎雞。

褐：[三][宮][聖]397 勒叉移，[元][明]2060 襆而出。

偈：[甲]1512 答言，[原]2290 他略。

將：[甲]2244。

竭：[甲][乙]2427 陀國菩，[明]300 陀國於，[明]1450 陀國諸，[明]1545 陀國諸，[三][宮]1452 陀主影，[三][宮]310 陀國詣，[三][宮]1451 陀國人，[三][宮]1451 陀國主，[三][宮]1545 陀國諸，[聖]99 曇聚落，[宋][明][宮]1452 陀國大，[乙]2192 多疏即。

羯：[三][宮]2053 羅補羅，[三][甲][乙][丙]1211 抳，[三]985 吒布單，[宋][元]1057 囉。

渴：[甲]974 多五拔。

賴：[甲]2266 陀藥能。

攝：[三]866 多杜。

揚：[甲]1030 靚婆皤，[甲]1821 奧典盡，[甲]2219 佛功德。

楊：[甲]1709 陀此云。

堨：[三][甲]951 於割。

謁：[甲][乙]2194 陀國京。

接

按：[甲]1721 足多寶，[甲]2227 所成物，[甲]2227 物奉請，[聖]1859 教化也，[乙]2087 置座王。

被：[三]2059 遠近斯。

採：[甲][乙]2394 集以爲，[宋][宮]2121 浮雲置。

綵：[元][明]2122 不平致。

煥：[甲][乙][丁]2092 於物表。

及：[三][宮]2103 物孰與。

犍：[三]143 足而去。

疌：[宋]、㨗[明]375 子。

樓：[甲]2087，[元][明]2149 一部六，[原]、接魏[甲]2068 言正無。

佞：[三]2104 姦。

棲：[甲]1969 樂土之。

妾：[三]2060 乃遙應。

擎：[聖]626 諸佛足。

唼：[三][宮]345 採衆花。

攝：[甲]2270 是故不，[甲]874 諸群品，[甲]901 引衆生，[甲]1722 引，[甲]1728 之也問，[甲]1925 引之要，[甲]2217 若見不，[甲]2271 耶答宗，[甲]2274 於餘，[甲]2362 下方便，[甲]2362 下顯上，[明]2131 淨覺問，[乙]1796 之故言，[乙]2408 不動，[乙]2408 印惹，[乙]2434 三賢十，[原]、攝[聖]1818 論五義，[原]1863 彼定性，[原]2248 心觀念，[原]2270 釋因之。

誓：[三][宮]309 度衆。

綏：[元][明][聖]125 納有方。

投：[三][宮]2121 足禮敬。

妄：[甲]2075 引宋朝，[三][宮]2060 持擧者。

迎：[三][宮]2059 屍還葬。

執：[宮]1425。

捉：[三][宮]1435 足作禮。

秸

結：[甲]2128 服孔注。

咎：[三][宮]1521 弟子莫。

階

陛：[宮]721 上生受，[甲]2053 納祐玉，[三][宮]1421 道安置，[三][宮]2103 於峻，[三][宮]2122 而拜縣，[三]2087 甎作層，[元][明]2053 甎龕層。

皆：[宮]2122 滅無遺，[甲]2792 差爲五，[三][宮]1443 樂以法，[三][宮]2122，[三]2103 益乃數。

堦：[甲]2087 陛金銅，[三]982 處，[三]1005。

街：[三][甲]1080 道内院，[三]125 巷成。

界：[甲]901 道外院。

揩：[甲]2006 梯賛國。

陞：[甲]2084 下所夢。

偕：[甲]2067，[宋][元]2103 勝報況。

諧：[甲][乙]2194 稍異准，[甲][乙][丙]1172 證如來。

陰：[三]2110 即寫。

增：[原]1851 有人釋。

正：[三]425。

揭

偈：[甲][乙]1822。

竭：[明]1442 陀國二，[明]1442 陀國勝，[三][宮]1442，[三][宮]1442 陀國到，[三][宮]1442 陀國相，[三][宮]下同 1442 陀憍薩。

喈

階：[甲]1717 聞其碑。

喊：[三][宮][聖]1470 三者不。

嗟

差：[宮]626 之俱共，[甲]2036 五福而，[甲]2053 怪非求，[聖]2157 賞乃謂，[宋]2122。

磋：[三][宮]322，[三]212 無父母。

蹉：[明][聖]222 之門一，[三]、蹉娜[甲]1227 囊或，[三][宮]397 富羅憍，[三][宮]882，[三][宮]2042 王語此，[三][甲][乙]2087 國，[三][甲]2087 國北印，[三]1096 華鬘幢，[聖]440 山佛南，[乙]1244 娑囀二，[元]223 字不可。

美：[三][宮]2028 言。

耆：[三]125 國王名。

嘆：[三][宮]2059 其神異。

笑：[宮]224 歎言善。

讃：[三]186 歎歌。

吒：[三]186 乃以一。

咤：[宮]2122 諷求歆。

街

階：[三][宮][聖]1435 陌，[三]155 邊有一，[聖]1421 巷中視。

衢：[元][明]186 路里巷，[元][明]152 并錢一。

衛：[三]2088 斯立踰，[聖]2157 功德使。

巷：[三][宮]2122 南行十。

行：[三][宮]、術[聖]347，[三][宮]744 樹。

衍：[三]23 大池那。

楷

揩：[聖]643 生下。

戢

戢：[三]、藏[聖]125 在心懷。

嚌

齊：[甲]2087 齒便即。

孑

苟：[宮]1425 諸蟲乃，[宋][宮]、子[元]1425 蟲。

介：[三][宮]2060 爾一身。

了：[三]2125 然獨坐。

兮：[甲]2128 汪洋王。

子：[宮]2053 遺，[宮]2103 遺又於，[甲]2053 爾孤征，[宋]、了[明]2060。

卩

卩：[甲]2128 聲音七，[甲]2129 古文作。

艮：[甲]2128 作。

劫

彼：[乙]1736 一一念。

塵：[明]293 時有劫。

初：[甲]1512 故令流，[甲]1821 滅時方，[甲]1828 一劫成，[甲]1912 皆壞，[甲]2196 逢寶，[甲]2250 復有說，[三]1560 生，[三]1579 後決定，[聖]125 至劫，[聖]1549 阿羅漢，[聖]1582 事入百。

地：[三]2034 定意經。

動：[甲]1805 慮成業。

法：[宮][聖]1549 者不，[三][宮][聖]278，[另]285。

方：[甲]2195 至十信。

佛：[甲]1718 下第二，[三][宮]374 有佛世，[三][聖]375 有。

功：[宮]225 若百劫，[甲]2204 不，[三][宮]738 精進今，[三][宮]2111 畢十度，[聖]1733 之行二，[元][明]1331。

古：[宋][元]、吉[明][宮]2122 貝自纓。

故：[宋]834 盡大地。

何：[三][宮]1521。

及：[三][宮]1595 依聲聞。

級：[三]245 蓮華座，[宋][明]、種[元]245。

際：[宮]278 常化諸。

結：[三][宮]1428 貝作帽。

經：[甲]2266 婆。

劇：[三][宮]2122 賊。

卷：[甲][乙]2309 云世尊。

陌：[元][明]26 害村壞。

起：[甲]2204 相不無，[明]2122 時便入。

千：[三]1485 萬劫現。

切：[宮]1544，[明]312 衆會，[明]449，[明]1435 壽者若，[明]1442 受燒燃，[三][宮]421 若餘殘，[三][宮]423 受苦，[三][宮]815 不可計，[三][宮]1546 報善業，[三][宮]2122

受，[三]224 若百劫，[三]1015 中問慧，[聖]125 復是此，[聖]379 説或無，[聖]397 不盡是，[宋]309 乾燒如，[元][明]1336 稱餘菩，[元][明]1509 受苦聲。

揭：[甲][乙][丁]2244 地洛迦。

勤：[三][宮]2102 一身死。

親：[甲]2391。

佉：[甲]1828 迦等又。

去：[明]221 者是。

却：[丙]2120 將久愴，[宮]223 若干劫，[宮]2123，[甲]1715 奪横取，[甲]1724 讃佛福，[甲]1737，[甲]1737 圓融無，[甲]1782，[甲]2053 具總投，[甲]2219 交雜用，[甲]2274 無異品，[甲]2399 迴不應，[明]424 中修諸，[明]437，[明]1299 舊墟室，[明]1450 我水時，[三]361 後無，[三]1013 乃端心，[東]721 又彼比，[宋][宮]、起[石]1509 若干劫，[乙]2087 比，[乙]2087 比他者，[元][明]186 心塵垢。

如：[宮]397 盡劫説，[元]1520 勇猛精。

時：[甲]2255 轉輪王，[三][宮]1521 猶如一。

始：[宮]2121 初人是。

世：[宮][聖]310，[元][明]721 無法之。

數：[丙]2381 生死之，[甲][乙][丙]2249 中第九。

歳：[甲]1823 減至極，[三][宮][博]262 爾乃得，[宋]1339 不盡善，[元][明][宮]263。

他：[明]310，[明]415 正覺如，[元][明]310 當得供。

通：[甲]1828 他難今。

偸：[甲][乙]2309 盜罪得。

万：[宮]223 百千萬。

萬：[三][宮][聖]480。

物：[三][宮]2102 之塗，[聖]425 消衆罪。

先：[甲]2036 號延康。

劾：[三][宮]2121 王三曰。

幼：[甲]2250 時亦不，[明]2103 年一陪。

賊：[元][明]2122 所得縛。

之：[三][流]360 數不能。

最：[宮][乙]1821 初時人。

拮

桔：[甲]2128 反説文。

桀

傑：[宮]2112 紂是也。

磔：[宮]2121 貪治國。

訐

許：[元]2061。

捷

動：[另]1721 疾譬於。

健：[三]125 步天子，[另]1428 疾於諸，[宋]125 智甚，[元][明]190 壯夫各。

揵：[甲]2128 偃反諸，[甲]2250 疾而斷，[甲]2274 陀弗呾，[明]、搪[宮]2122 善弓射，[明]99 知，[明]

310 辯從坐，[明]665 利辯才，[明]2131 茨建鎡，[三]212，[三][宮]1543 智婆猶，[另]310 利無礙，[宋][元]、－[宮]1547 疾神足，[元]26 疾與正。

絶：[甲]2036 迎合上。

揵：[元][明]1808 土石草。

捷：[甲]2129 也郭注。

速：[三]、楗[聖]125 疾云何，[三][宮][聖][知]1579 於所應。

偃：[三][宮]2102 横塵尸。

婕

婝：[甲]2128 好下左。

絜

潔：[宮]2103 山居協，[甲]2035 志釋子，[三][宮]2103 淑愼心，[三]193 長頸未。

蛣

結：[明]1547 蜣蚑虻。

傑

果：[宮]425 異一人。

架：[三][宮]2040 比丘。

桀：[宮]270 將諸親，[三][宮]1593 神辯，[三][宮]1595 神辯閑，[三][宮]2102 體，[宋][宮]414 大剎利，[宋][宮]414 尠儔匹，[宋][宮]2103 起英略，[宋][知]418 行三昧，[宋]2145 莫能異。

搩：[三]1347 固。

結

倍：[甲][乙]2250 文若依。

遍：[甲]1076 繫於頸。

纒：[三][宮]1545 中，[原]2196 何故唯。

成：[甲]2290 無。

此：[甲][乙]1821 言故迦，[明][甲]1175 散花印。

次：[聖]、次結[丙]1199 轉法輪。

等：[三][宮]1509 所拘是。

町：[三]、結町聹[宮]617 聹鼻中。

斷：[原]1773 結經云。

法：[甲][乙]1822，[甲][乙]1822 無明，[甲][乙]1822 歷六亦，[甲][乙]1822 前起後，[甲][乙]1822 前問起，[甲][乙]1822 攝又爲，[甲][乙]1822 生至現，[甲][乙]1822 也，[甲]1268 印一百，[甲]1816 釋云如，[甲]1821 生唯本，[甲]1821 生有剎，[甲]2192 義謂，[甲]2259 有無差，[甲]2400 寶生印，[明]220 隨，[聖]、結[聖]1733 也此中，[另]1543 未盡又，[另]1543 耶答曰，[另]1548 身口非，[乙]1816 等文故，[乙]2297 得須陀，[乙]2396 云極無，[乙]2778 者即厭，[原]1776 狹淺事。

縛：[宮][聖]1544 者於，[甲][丙]1209 風，[甲][乙]2391 解者解，[甲]1828 七解脱，[甲]2400 檀慧禪，[三][宮][石]1509 等都不，[三][宮]1545，[三][宮]1545 繫無明，[三]201 使繫

縛，[三]1123 奉送印，[另]1543 是謂，[原][甲]1851 者。

蓋：[三][宮][聖][另]1428 令心染。

告：[乙]1816 中出生。

給：[宮][甲]1805 六中初，[宮]1703 孤獨園，[甲]1781 座聲聞，[明]1129 爲妻給，[三]244 鈎召印，[元]1432 不失衣，[原]2248 不涉衆。

垢：[元][明]2060 食訖辭。

果：[三]375。

浩：[甲]2907 無涯。

吉：[三][乙]1092 反二合。

佶：[乙]1816 也什魏。

姞：[乙]1709 栗陀羅。

集：[甲]973 者取好。

計：[宮]656 縛無穢。

紀：[甲]1709 無相相。

髻：[甲]2748 中明，[三]、經[宮]263 明珠離，[三]、前[宮]263 因此臥，[三]2153 菩薩所，[三][宮]222 相放六，[三][宮]263 中醉酒，[三][宮]1462 者束髮，[三][宮]2034 品或直，[三][聖]100 髮作於，[三]100 髮内亦，[三]2153 菩薩所，[聖]、[知]1441 鬘，[元][明]425 佛以離，[元][明]425 上首智，[元][明]2145 經二卷。

繼：[甲]894 縛，[三][宮]2060 衆弘業，[三]2060。

接：[三]2110 火至皆。

劫：[明]156 生死之，[明]156 永消。

詰：[甲]、結[甲]1781 二難作，[甲]2273 應如世，[甲]2217 之文，[甲]2266 問中皆，[三][宮]2104 難云汝，[元][明][宮]330 却身善，[原]1856 之則覺。

潔：[明]594 淨坐彼，[明]1116 淨之人，[三]1007 已則入，[三]1069 淨灌灑，[元][明]2122 心發誓，[原]1078 齊具戒。

界：[聖]100 出過色。

今：[明]1056 蓮華鎖。

經：[宮]2122 難斷不，[甲]1736 云平，[甲]1512 偈中解，[甲]1512 三佛一，[甲]1717 言若信，[甲]1816 云，[甲]2128 反説文，[甲]2223 云是名，[甲]2299 云今轉，[甲]2402 之白色，[明]2060 寒炎度，[三][宮]1546 者意欲，[三][宮]1547 云何行，[三][宮]2060 數旬，[三]5 者弟子，[三]1441 安居已，[聖][另]1543 也或，[聖][另]1543 云何是，[聖][另]1733 一切智，[聖]1562 何緣説，[聖]1763 同我所，[宋]1509 句言我，[宋]2153 誓呪經，[乙]2408 言。

就：[甲]1733 上來一。

絶：[甲]1830 也。

類：[甲]1733 通十方。

立：[甲]908 本羯磨。

絡：[甲]2386 莊飾又，[聖]125 生死。

納：[三][宮]2122 誓死而。

囊：[聖]1435 懸象牙。

能：[甲]1735 趣善，[三][宮]1451 集如。

訖：[甲][乙]2385 末。

佉：[甲]893 持明仙，[甲]1227 差囉細，[甲]2174 使彼金。

祛：[原][甲]1781 斷之名。

然：[甲][乙]1822 也八，[甲][乙]1822 有部也，[三][宮]1549，[原]2271 前二因。

紹：[宮]2060 侶，[三][宮][甲]901 知二合。

設：[三]202 誓汝今。

勝：[原]1764 名大夫。

使：[另]1543。

順：[三]1。

說：[甲]1828 無明有，[甲]2250 今以譬，[明]1428 戒若比。

頌：[乙]1736 上經文。

誦：[明]1119 嚩日囉，[三][甲]950 眞言者。

談：[乙]2263 大師立。

歎：[原]2196 應化希，[原]1721 一土益。

王：[甲]2262 生若如。

往：[甲]1512 明一義。

網：[三][聖]125 我今。

爲：[三][宮]1545 一切隨。

細：[原]2248 犯未禁。

繫：[三]、繼[宮]2121 衣角，[三]、經[宮]309 著四流，[三][宮]720 身著如，[三][宮]1428 之，[三]1058 縛滅八。

線：[甲]、線呪[甲]、線呪[乙]1069 二十。

纈：[明]下同 1595 衣衣無。

絬：[甲]2128 縛也舌。

修：[宮]2059 高公道。

緒：[宮]309 已斷盡，[三][宮]1548。

續：[甲]1828 生等者。

疑：[三][宮]342 網棄捐，[三]309 網則墜。

以：[三][乙]1125 金剛縛。

詣：[乙]2157 經一卷。

語：[甲]2266 體也由，[甲]2266 也假更，[三]882 印相應，[元][明]2122 主恐怖。

欲：[聖]1462 是故不。

緣：[甲]1735 誠勸二，[明]24 爲疆畔，[三][宮]1545 緣識隨，[三]1 使，[聖]211 如葛藤。

約：[甲]1828 於根本。

造：[甲]2262 煩惱。

指：[甲]1834 法也增，[乙][丙]873 加持契。

治：[乙]1796 此心地。

諸：[甲][乙]1822 盡遍知，[三][宮][石]1509 使皆入，[三][宮]1509，[宋][宮][石]1509，[乙][丙]873 如來加，[原]1251 印法先。

轉：[乙]2408 辟除者。

總：[甲]1735 結其所。

作：[乙][丙][丁]865 金剛拳，[乙][丙]873 燒香契。

睫

接：[明]1569 根壞故。

捷：[甲]2128 上甘暗。

睖：[三][宮]579 紺青舌。

唛：[聖]643。

緑：[元][明]2016 極生厭。

眨：[三]721 不停，[三]721 頃百千。

節

背：[甲]954 上眞言。

到：[三][宮]2103 如是等。

第：[聖]395 二，[原]、[乙]1744 二章門。

即：[甲][乙]2385 是，[甲]1805 第二節，[甲]2266 爲二，[甲]2401 段，[三][甲]901，[聖]2157 隋祕，[宋]1604 無邊盡，[元][明][宮]2103 高世，[元][明]1579 差別又。

際：[三][宮]397 故無作，[三][宮]397 云何不，[元][明][聖]397 法性亦。

劫：[甲][乙]2397 有無若。

解：[甲]2181 二卷。

筋：[甲]2131 求果。

面：[甲]2250 以明書。

篇：[甲]2250 文見于。

破：[甲]1700。

請：[甲][乙]1239 曲相。

趣：[三]99 輪常轉。

篩：[甲]1280 相和作。

善：[甲][乙]1822 一破用，[三][宮]1648 量食時。

設：[聖]200 會爾時。

時：[三]196 耘除草。

飾：[宮]2122 施故獲。

順：[三]125 聽法如。

體：[明][聖]663 怡解復。

限：[三][甲][乙]972 或二時。

夜：[甲]1986 與。

汚：[聖]397 無邊無。

指：[甲]1072 小。

櫛：[三]2122 至今不，[石]1509 皮肉具。

種：[甲][乙]1822 即一有。

綜：[甲]1834 之義叙。

祖：[甲]2037 開平二。

詰

法：[甲]2281 云亦欲。

告：[宮]2060 大乘經。

誥：[甲]1848 摩，[甲]1782，[甲]2035 恤而歸，[甲]2036 華人之，[甲]2281 之餘粗，[三][宮]2121 曰以爾，[三]2145 情辯皆，[聖]1458 問事六，[聖]1585 准此，[聖]2157 德能無，[宋][宮]2122 驗臣。

詁：[甲]2128 古文峙，[明]2131 訓音義。

話：[三][宮]2122 經文殊。

鞊：[三][宮]1509，[三][宮]1509 佛，[聖][宮][石]1509。

結：[甲]2196 爲通釋，[三][宮]1545 難不善，[宋]鞊[元]2149 經二卷，[乙]2376 云莫輕，[原]899 跏趺坐，[原]974 印者得。

經：[甲]1802 默。

諾：[甲]2323。

請：[甲]2053 雲，[宋][宮][聖]1562 不相應，[乙]1723 方生慧，[乙]

1822 故非記。

誰：[宮]2034 阿難經。

誤：[甲]1731 云若爾。

語：[宮]1453 問二不，[宮]1547，[宮]2102 堯以土，[宮]2111，[甲][乙]2317 山中起，[甲]1924 問曰若，[明]1544 彼言諸，[三][宮]2122 難故問，[三][宮][聖]1421 阿難言，[三][宮]1507 曰，[三][宮]2121 一言前，[聖]1462 問明，[聖]189 車，[聖]1451 彼尊，[聖]1458 於，[宋][明]220 善現言，[宋]26，[乙]2227 亦不與，[元][明]1442 令捨是。

諸：[宮]309 屈，[乙]2219 意云因。

截

被：[甲]2068 聲叫難。

裁：[三][宮]2060 彼阿，[三]2145 彼阿羅，[三]下同、[宮]1425 縷作淨，[乙]2795 施取者，[原]、裁[甲][乙]1796 餘豪。

藏：[三][宮]2122 取其牙。

斷：[三][宮]606 其頭解。

奪：[聖]1427 已波夜。

割：[宋][元][宮]1425 鼻。

絶：[明]2103，[乙]2092 流變爲。

戮：[三][宮]2102 七十二。

滅：[聖]376 多羅樹，[聖]1441 已作婬。

鐵：[三]643 華滿十。

須：[原]、須[甲]2006 便道古。

載：[三][宮]656 大乘。

指：[明]2076 根源師。

碣

碑：[乙]2173 一本。

竭

端：[宮]807 底過去，[宮]2122 而爲焦，[明]210，[三][宮]2122 情懺悔，[聖]224 優婆夷，[聖]278 提有道，[聖]310 一，[元][明]658 能爲無。

伽：[宮]1912 羅龍王，[三][宮]1435 度，[三]1343 坻竭坻，[宋][宮][聖]664 奇達切。

槁：[三][宮]2104 腐朽而。

涸：[三][宮]2121 山皆洞。

揭：[德]1563 陀，[宮]1912 仁義以，[明]1450 國漸至，[聖]99 衆慶集，[宋][元][宮]、羯[明]1435 馱婆羅。

搊：[三]2088 陀之正。

桀：[宋][元][宮]2122 大魚十。

羯：[甲]1896 道成高，[甲]973 鞞，[甲]1736 拏此云，[明]1428 王瓶沙，[聖]397 囉咩，[元][明]下同 387 帝僧竭。

盡：[聖]189 顏貌痿。

渴：[甲][乙]2394 伽并，[甲]1924 或見膿，[甲]2087 日不足，[甲]2261 天親以，[明]135 姿色憔，[三][宮]374，[三][宮]848，[宋][元]1672，[乙]2394 伽并，[乙]2394 故曰念。

鵴：[甲]2130。

乾：[三][宮]741 盡樹枝。

堨：[甲]2244 施，[三]887 訥諑莊，[乙][丁]2244 地洛迦。

佉：[乙]2394 羅。

陀：[宋][宮][聖]664 提罯十。

蝎：[乙]2394 宮尾箕。

謁：[博]262 羅龍宮，[甲]1816 法施無，[三]152 慕貴覩，[乙]2394 伽。

諹：[三][宮]1451 自餘巫。

羯

達：[甲]2391 磨三昧。

羝：[三][宮]384 羊五百，[三][宮]1425 羊直前，[三]985 麗底里。

羖：[三][宮]2123 羊身盡。

褐：[甲]2087 赭羯。

迦：[乙]867 羯，[乙]867 羯囉。

掲：[丙][丁]866 多阿毘，[甲]2135嘌史哆，[明]1450 陀人間，[宋][元]1154 多囉尼。

揭：[三][宮]1443 路。

楬：[甲]1246 囉譯。

竭：[甲][乙]1796 羅譯云，[甲][乙]2390 二，[乙]2394 伽△婆。

蘗：[三]10982 羅國住。

佉：[乙]2390 羅三忿。

羶：[三][宮]397 帝，[三][宮]397 哆鼻，[三][宮]1547 提羅如。

潔

才：[宮]2122 淨者從。

絜：[宮]2060，[宮]2078 身請奉，[宮]2103 端坐僧，[宮]2103 齋爲諂，[和]293 如，[明]682 如眞金，[聖]1509 故諸天，[宋]374 菩薩定，[元][明]2149 身心外。

結：[宮]2112 齋以，[甲][乙]1239 齋清淨，[明]2060 行之宅，[乙]850 白觀一。

淨：[明]1191 身心專，[三][宮]263 華幢幡，[三][宮]662 四十五，[三]1011 神難勝，[聖]211 是爲長，[聖]224 清潔，[宋][元]1045 無垢解。

累：[三][宮]1646 牆壁等。

廉：[三]125 見棄佞。

明：[三][宮]544 三者常。

素：[三][宮]2059 見重深，[聖]211 王珍其。

繫：[聖]1452 佛言。

絜：[三]204 金寶雜。

一：[三]2122 十其王。

約：[三]2063 有聲京。

執：[三]、縶[宮]2103 志歸依。

解

便：[明]1211 散。

辨：[甲]2219，[甲]2266，[聖][甲]1733 一。

辯：[宮]1595 所顯名，[三]、－[宮]2060 無礙開，[三][宮]1595 智依。

別：[宮]1509 又以世，[甲]2284 釋，[甲]2801 釋分二，[甲]2801 釋分四，[甲]2801 釋分五。

鉢：[甲]1839 非有故。

稱：[三][宮]425 無礙集，[乙]

2385 三昧耶。

穪：[甲]1709 脱合説，[三]478 説者應。

程：[原]2264 事歟。

除：[甲]1839 我口，[明]156 斷手足。

觸：[宮]1598 故，[甲]2214，[甲]2266 者非，[甲]2299 事，[明][宮]1548 無常受，[明]1540 不相應，[三][宮][聖]649 諸樂行，[三][宮][另]675 應化身，[三][宮][另]1548 滅受滅，[三][宮]402 菩提遠，[三][宮]485 證有諸，[三][宮]721 等所棄，[三][宮]1545 謂解，[三][宮]2048 著則無，[三]1452 羯磨具，[三]1545 繫不繫，[另]1548 脱悔不，[宋][宮]305 諸佛如，[宋][元]1584 脱何者，[乙]2249 三觸謂。

辭：[乙]2092 夢孝。

此：[甲]1736 釋冀遐，[聖][另]1453 此大界。

存：[乙]2263 皆以如。

大：[宮]1421。

得：[甲]2250 稍，[三][宮]1489 天子問，[宋][元]982 解脱一，[乙]1744 名也若，[元][明]1546 脱故名。

第：[甲]1816 發。

牒：[甲]2196 上得佛。

度：[三][宮]2122 脱無復，[另]790 脱三解。

斷：[三][宮]268 故禮世。

多：[甲][乙]2263 緣必易。

耳：[三][宮][聖]1462。

方：[甲]1851。

佛：[宮]397 智舍利，[三][宮]403 言。

縛：[甲]、縛[乙]1796 三昧即，[明]220 過去未。

改：[宮]2122 變，[三]2104 張闡茲，[聖]1763 初禪正。

古：[宮]1703 譯無。

谷：[甲]1839 受四。

故：[甲]2371 脱三千。

觀：[甲]1723。

廣：[甲]2801 釋中第。

果：[乙]1723 故佛與。

後：[乙]2263 云事誰。

斛：[宮]1799 之子得，[甲][乙]2250 胡麻有，[甲]1304 脱後生，[甲]2400 時諸佛，[甲]2400 引，[甲]2400 引二風，[三][宮]2122 領牛相，[三][宮]2122 領猶如，[原]904 二。

計：[甲]1799。

偈：[甲]1816 名如。

假：[博]262 説身當，[甲]2274 雖非所。

兼：[聖]2157 製序房。

講：[宮]263 説其彼。

皆：[三][宮]553。

戒：[甲]1973。

界：[甲]974 夢見上，[三]1092。

筋：[甲]1911 當令關。

空：[明]222 耳鼻舌。

列：[甲]1863 十因中。

領：[另]1721 開方便。

漏：[原]、－[甲]1828。

妙：[三][宮]2122 而能與。

名：[宮]1595 譬如人。

明：[宮]263，[三]、－[宮]2122 了，[乙]2263 四智。

難：[明]2103 五眼六。

能：[宮]263 無央數，[宮]403 十，[宮]2034 及論，[甲][乙]2394 此祕密，[甲]1816 後成之，[甲]2270 顯示無，[甲]2274 謂，[甲]2378 了餘無，[甲]2837 破闇，[三][宮]1488 脱四者，[三][宮][聖]639 知淨法，[三][宮]292 了際限，[三][宮]397 了知慧，[三][宮]397 論義説，[三][宮]656 修明慧，[三][宮]765 脱一切，[三][宮]1421 當作方，[三][宮]1563 然於，[三][宮]1563 生名苦，[聖]376 者三世，[聖]1509 義師能，[宋]143 乎玉耶，[乙]2261 脱名有。

槃：[甲]1763 微妙經。

僻：[原]2369 見天親。

品：[甲]1786，[甲]1786 題，[甲]1786 題二，[甲]1786 文二初。

求：[甲]1733 不異。

如：[甲]2223。

入：[宋][宮]278。

殺：[三]1462 弟子答。

善：[甲]1775 律。

聲：[甲]2128 藉也儭。

勝：[甲]2823。

師：[甲][乙]2250 並，[甲]2250，[甲]2250 不判二，[甲]2266 第一難，[甲]2266 解界地，[乙]2249 之釋，[乙]2261 有解云，[原]2248 本部他。

釋：[甲]1736 此了者，[甲]2249 意，[甲]2300，[甲][乙]1709 品名者，[甲][乙]1822 亦不可，[甲][乙]1822 云根本，[甲][乙]2810 題有二，[甲]1709 明，[甲]1733 云以此，[甲]1736，[甲]1736 令入，[甲]1805 問，[甲]1816，[甲]1828 四品九，[甲]2196 佛語異，[甲]2250，[甲]2255 集散品，[三][宮]2059 故，[乙]1821 不然六，[乙]1736，[乙]2263，[乙]2263 有定人，[乙]2263 云事，[原]、[甲]1744 此章名，[原]2266 此言遠，[原]1840 遍無答，[原]1744 歸依初，[原]1764 言前者，[原]1840 相違有，[知]1785 之知一。

疏：[甲][乙]2250。

説：[甲]1842 爲正問，[明]220 脱清淨，[乙]1821，[原]2262 作意云。

所：[甲]1828 又伏四。

體：[甲]2266 説用謂，[甲]2270 宗依，[乙]2296 其意。

頭：[乙]1254 垂下其。

脱：[宮]813 虚，[甲][乙]2317 律儀亦，[甲]2035 髮以覆，[甲]2266 心數法，[三]192 者，[三][宮]397 一切諸，[三][宮]397 亦復，[三][宮]585 邪見法，[三][宮]657 者既不，[三][宮]1649 脱者不，[三][宮]1808 其所犯，[三]375 洗浴清，[三]397 於女身，[三]1331 生死，[宋][宮]810 諦無言，[元][明][宮]402 脱世間。

外：[甲]2339 光明清，[甲]2255 於機縁，[甲]2262 境亦是，[甲]2266

意者前，[甲]2290 助修百，[聖]1721 則堪相，[乙]2263 皆增上，[乙]2391 縛二風，[乙]2394 作印等，[原]1776 道邪智。

違：[三][宮]、－[聖]1464 脱。

謂：[甲]1863 因。

聞：[甲]1705 故舉斯。

問：[甲]1816 波羅蜜。

無：[聖]476。

悟：[甲]2362 第二時，[聖][另]1721 入一乘，[另]1721 第三請，[另]1721 望下立。

下：[甲]2270 現量即，[甲][乙]1822 云及聲，[甲]1112 脱速出，[三][宮]398 脱或，[聖][另]285 脱。

仙：[宮]425 明。

鮮：[宮][聖]425 徹動三，[甲]997 白衣誦，[三][宮]266 甘舌亦，[三][宮]292 明慇懃，[三][宮]481，[三]292 明解諸，[宋][宮]322 經之決，[元][明]309 明洗浴。

顯：[原]1872 在性而。

相：[甲]2262 便謂爲，[甲]2263 見。

詳：[三][聖]125 耶其六。

嶰：[甲]2167 集一卷。

廨：[明]2121 佛默然。

懈：[宮]226 時念於，[宮]338 處在國，[甲]2266 怠皆，[明]638 空行生，[三][宮]481 皆由往，[三][宮][甲]895 獲眞言，[三][宮]1546 作百，[三][宮]1551 怠問曰，[三][宮]2029 極，[宋][宮]342 所歸堅。

行：[乙]1821 如上。

修：[三][宮]1592 行一切，[三]671 毘尼次。

叙：[原]1842 古解次。

學：[甲]2053 究二乘，[三][宮]2060 統釋門，[三][宮]2109 沙門第。

也：[聖]1721 更用譬。

一：[甲]1786 脱無。

義：[甲]1782 名無辨。

引：[甲][乙]1830 有。

於：[宮][聖]376，[三][宮]382 一切福，[三][宮]403 聲聞何。

餘：[甲]1828 涅槃，[甲]1839 人，[甲]1839 四不，[甲]1839 烟喩然，[甲]1839 一切故，[甲]2196 二十九。

與：[三][宮]2121 之給賊。

縁：[甲]2263 性。

之：[甲]2195 信也依。

知：[甲]1718 也所以，[甲][乙]1822 論同，[甲][乙]1822 論曰，[甲]1929 次，[三][宮][聖]586 隨，[三]1 我意今，[元][明]658 有爲法。

智：[甲]1828 測云何，[明][甲]997 脱平等。

製：[甲]2289 矣。

種：[甲]1735 種現俱，[乙]2317 一云。

住：[甲]2196 二。

醉：[宮]495 後明了，[原]2208 咲一醒。

作：[甲]2297 佛，[甲]1847 二。

座：[原]2339 竝指方。

介

不：[宮]2103 封。

爾：[明]1421 意諸長。

分：[宮]2059 心國城，[宮]2103 亦彷彿，[甲]2068 意時一，[甲]2120 修大乘，[三][宮]1817 綱理無，[三][宮]2059 兼，[三][宮]2102 守所見，[三]984 那，[三]984 那柯梁，[三]2063 年八十，[宋]、芥[明]969 於三舍，[宋][宮]2103 然居其，[宋][元][宮]、介[明]2103 石人握，[宋]984 夜叉尼。

个：[三]984 國摩尼。

箇：[明][丙]1277 於黒月。

沠：[三]2145 或以大。

髻：[甲]、吉[乙]、[乙]852 羅刹王。

戒：[三][宮]2112 剛之用。

芥：[明]26 罪常懷，[三][宮]2102，[三][宮]2103 之隙青，[三]26 罪常懷，[三]2145 之虚聲，[原]2431 子。

木：[宮]2111 如石焉。

念：[三]193 轂處中。

戒

變：[乙]2317 乃至五。

病：[宋]、－[聖]395 不能攝。

才：[三]197 德何以。

裁：[聖]222 不忍不。

成：[丙]2381 而得增，[宮]310 是菩，[宮][甲]1805 究竟非，[宮]1545 義如有，[宮]2121，[宮]2121 優鉢羅，[甲][乙]1822 異此明，[甲]1736 性空故，[甲]1795 六道三，[甲]1805 後法故，[甲]2035 異説，[三][宮]1595 若人住，[三][宮][聖]318 照忍辱，[三]639 身無垢，[三]2149 品經二，[三]2153 品經第，[宋][元][宮]2043 行功德，[宋][元]1562 類當，[宋]1123 方舒成，[中]440 勝佛南。

誡：[明]2076 之曰汝，[三]362 甚深，[乙]1736 子無聲。

持：[宮]659 者諸佛。

德：[甲]1792 行。

貳：[三]2145 王自臨。

法：[宮]1421 應如是，[甲][乙][丙]2381 身能令，[甲][乙]1822 生時方，[三]、法法[聖]1441 僧上座，[三][宮][聖]1421 應如是，[三][宮][聖]1428 應和合，[三][宮]325，[三][宮]2029 但更，[聖]211 若能解，[聖]1421 應如是，[宋][宮][聖]1421 應如是。

犯：[三]157 懺。

關：[明]2122 齋文持。

慧：[三]184 定得變，[乙]2396 以爲根。

或：[宮]721 三昧智，[宮]1523 定者此，[宮]1648，[甲]1828 唯依施，[甲]1830 故，[甲]2266 是共有，[甲][乙]1821 二種道，[甲][乙]1822，[甲][乙]1822 不竝，[甲][乙]1822 得所作，[甲][乙]1866 爲四乘，[甲][乙]2350 本云垂，[甲]897 汝，[甲]1512 取疑證，[甲]1512 修福德，[甲]1733 有，[甲]1782 調伏他，[甲]1782 增

上心，[甲]1813 塵沙如，[甲]1816 得，[甲]1816 等佛皆，[甲]1816 即，[甲]1816 有功德，[甲]1821 近時，[甲]1828 入，[甲]1830 取攝，[甲]1851 非心法，[甲]1851 要具乃，[甲]1851 異時非，[甲]2068 日惟，[甲]2266 二從來，[甲]2266 非色非，[明]2103 形具佛，[三][宮][聖]1579 見悉皆，[三][宮][石]1509 色無色，[三][宮]269 具眞有，[三][宮]1421 復有七，[三][宮]1462 向天，[三][宮]1558 十晝夜，[三][宮]1559 謂波羅，[三][宮]1563 慧學所，[三][宮]2060 愚智衆，[三][宮]2122 復方之，[三]193 具神眞，[三]212 隨時跪，[聖]1440，[聖]2157 三十四，[宋]、惑[元][明]278 及以香，[宋][宮]639 淨心柔，[宋][元][宮]1548 過去不，[宋][元]603 者爲轉，[宋][元]1582 行慧，[宋]1694，[乙]1822 多雖，[乙]1821 立，[乙]1821 能爲轂，[乙]1821 有三，[乙]2317 有四名，[乙]2381 遇是數，[乙]2394 七授齒，[原]2347 堅持不。

惑：[宮][聖][知]1581 又復誹，[甲][乙]1929 之義推，[甲]1512 十善而，[甲]1733 此亦是，[甲]1763 五方，[甲]1782 淨二心，[甲]1823 爲堤塘，[甲]1830，[甲]2266 七支功，[甲]2792 亂群情，[明]220 忿恚懈，[明]1503 林殄滅，[三]653 取行事。

見：[宋][宮]657 壞威儀。

教：[宮]687 爲君即。

皆：[宮]268 有名稱。

結：[三][宮]1546。

節：[聖]318 無缺漏。

解：[明]220 亦爾如。

屆：[三]2110 節嘉苗。

届：[宮]2103 旦便飄。

界：[宮]－[知]384 或在山，[宮]309 無盡，[甲]1717 故也故，[甲]1735 亦能息，[明]220 波羅蜜，[明]1435 作，[三][宮]271 勤進修，[三][宮]1432 法第一，[三][宮]1432 文應次，[三][宮]1433 場唯除，[三][宮]1552，[聖]278 解脱究，[宋]374 經鳩留。

誡：[宮]292 淨何謂，[宮]310 業周滿，[宮]292 三昧自，[宮]374 諸子修，[宮]502 教授善，[宮]541，[宮]607 不受慧，[宮]630 三穢六，[宮]732 比丘僧，[宮]810 清，[宮]2108 之禁實，[宮]2121 精進懃，[甲][乙]2376 法師者，[甲]1893 益汝身，[甲]2214 偈中最，[別]397 復有菩，[明]189 勿使太，[明]1549 我有所，[明]2122 勵宜崇，[明]2122 云我尚，[三]6 行在在，[三]362 開導悉，[三][宮]281 當願衆，[三][宮]292 見諸衆，[三][宮]292 禁訓，[三][宮]292 無虚布，[三][宮]351 善語，[三][宮]374 兵吹貝，[三][宮]402 不於衆，[三][宮]403，[三][宮]458 佛言善，[三][宮]1507 深惟無，[三][宮]1525 禁九者，[三][宮]1549 成就又，[三][宮]1549 我有所，[三][宮]1549 語説人，[三][宮]2034 比丘，[三][宮]2059 几杖施，[三][宮]2060 約誦習，[三][宮]2060

約者殷，[三][宮]2102 隨俗變，[三][宮]2102 縱復微，[三][宮]2103，[三][宮]2103 以爲口，[三][宮]2103 之義，[三][宮]2121 勑汝等，[三][宮]2121 勑諸比，[三][宮]2121 當隨佛，[三][宮]2121 涕泣從，[三][宮]2121 王，[三][宮]2121 心即，[三][宮]2121 永離生，[三][宮]下同 374 勑家屬，[三][宮]下同 1548 法入攝，[三]21 當以是，[三]86 諸比丘，[三]125 勑賓頭，[三]210，[三]212 或起無，[三]418 習，[三]1441 突吉羅，[三]1549 語説此，[三]2060 汝各宜，[三]2110 約皆令，[三]2145 羅云經，[三]2145 也安不，[三]2146 羅雲經，[三]2154 德香經，[三]2154 經舊録，[聖]649 成就何，[聖]291 娯樂弘，[聖]324 行得，[聖]538 皆大歡，[聖]1428 日，[聖]1549 語，[聖]1549 語也問，[聖]2157 德香經，[聖]2157 地夷而，[聖]2157 經舊録，[聖]2157 經一卷，[另]281 當願衆，[宋]1013 亦，[宋]1424，[宋][宮]221 成作佛，[宋][宮]322 定慧所，[宋][宮]403 反矣不，[宋][宮]623 忍護行，[宋][宮]2121 專守十，[宋][明][宮]2121 誨依義，[宋][元][宮]2121 因縁經，[宋][元][明]310 度無極，[宋][元]185 謙卑忍，[宋][元]2121 誨依義，[宋][元]2155 經或直，[宋]196 而退佛，[宋]212，[宋]212 猶若事，[宋]624 忍辱精，[宋]626 者爲作，[宋]657，[宋]1006 成就大，[乙]2376，[元][明][宮][聖]345 二百五，[元][明]156 佐，[元][明]189 過於，[元][明]309 無所傷，[元][明]627 勑若犯，[元][明]2121 佛言莫，[元][明]2121 誨之我，[原]1203 勸殘食，[原]1796 故即覺，[知]414 功德定，[知]598 從今日。

禁：[甲][乙]1822 取邪，[三][宮]266 此戒無，[三][宮]425 其行柔，[三][宮]606，[聖]397 善思惟。

經：[甲]2157 九紙，[三][宮]2034。

離：[三][宮]721 復於後。

禮：[聖]1646 法故能。

律：[甲]1735 唯戒心。

滅：[三][宮]1424 經云戒，[三][宮]814 無增減，[三][宮]1542 若思若，[聖]586 當住於，[聖]816 不思惟。

尼：[明]2151 本一卷。

齊：[甲]2250 不若不。

前：[甲][乙]1822 取，[甲][乙]1822 境至於。

戎：[三][宮]2059，[宋][元]2061 或踵門。

入：[甲]1122 滿月檀。

識：[宮]292 度無極，[三]、誡[宮]292 無，[三]、拭[宮]2122 塵執發，[聖]291 香鼻自，[聖][另]790 人所欲。

市：[乙]1724 行種種。

式：[宮]721 滅衆惡，[甲]1007 反鷄七，[甲]1811 儀，[甲]2323 淨影天，[三][宮]281 修行，[三][宮]1499

標洪譽，[三][宮]2034，[三]152 之常也，[三]196 雅正，[三]1424，[元][明]2121 時諸比，[原]、戒儀儀軌[甲]862 儀。

事：[三][宮]1435 四。

所：[元]421 不雜戒。

威：[宮]741，[甲]2223 忍辱波，[三]、誡[宮]2059 纂不納，[三][宮]487 儀既具，[三]2145 纂不，[宋][元]653 德者墮，[元][明]350 德之，[元][明]2103。

爲：[三]2151 心。

我：[丙]2381 身滅不，[宮][甲]1805 來世得，[甲][乙]1822 已，[甲][乙]2390 所持儀，[甲]1929 心云應，[明]316 無領解，[三][宮]299 無行彼，[三]201 聞及專，[聖]210 意安靜，[聖]1429 法半月，[另]1431 經，[另]1442 不許苾，[宋]2060 德堅明，[乙]2296 初時教，[元][明]99 今授汝，[元][明]310 俱生舍，[元][明]1810 律如法，[元][明]2016 又斷人，[元][明]2110 難思卓，[元][明]2149 見之牽。

相：[三][宮]2122 德重於。

懈：[元][明]309 慢有放。

信：[聖]211 多致寶。

行：[甲]2381 云若。

形：[宮][甲]1804 色而可，[甲]2217 十善修，[元][明]1509 墮罪罪，[原]2248 有縱有。

戍：[甲]1782 達羅此。

學：[宮]1435 法不捨，[三][宮]1428。

也：[甲]1806。

夷：[三]1331 提，[三]2154 名如來，[聖]1421 不聽我，[聖]1440 當體各，[聖]1463。

義：[甲]1736 一者外，[甲]2339 經云下，[三][宮]266 觀瞋恚，[三][宮]2121 律儀禪，[宋]2122 實語昇。

於：[甲][乙]1822，[甲][乙]1822 八衆中，[甲][乙]1822 支不同，[乙]1723 定，[乙]1723 足雖羸，[乙]1724 住增上。

哉：[三][宮][聖][另]285 道意，[三][宮][聖]1549 我不生。

臧：[宮]721 共他婦。

賊：[甲][乙]2194 背可傷。

齋：[三]1440 若唄若。

遮：[明]1435 某比丘。

者：[明]212，[三][宮]374 亦二一。

住：[甲]1920。

足：[甲]2354 既爲大，[三][宮]1425 人同，[三][宮]1435 若與，[三][宮]1435 深知於，[三][宮]1435 已得得，[三]1426 者已出，[三]1441 時作方，[三]2063 指從大，[三]2122 成就無，[聖]1436 者已出。

諸：[甲]2792 惡願護。

芥

艾：[明]2131 事長於。

芬：[甲]1333 子三種，[三]2145 闔手覆。

瓜：[甲]2879 子假，[三][宮]1428 芥，[宋][元][宮]1464 子瘡漸。

介：[甲][乙]2396 爾一心，[三]201 況，[聖]26 罪常懷。

疥：[明]125 子轉如。

緤：[三][聖]、[乙]953 子和毒。

芥：[明]682 子。

玠

玢：[宮]2059 交謂其，[宮]2103 史目陶。

界

愛：[三][宮][聖]1602 性，[三][宮]1543 纏退餘。

礙：[甲]1724 故於，[甲]2239。

八：[甲][乙]2250 齋也又。

報：[宋][元]1548。

畢：[宮]397 如空無。

辨：[甲]1822 貪瞋。

弁：[甲]2266 五識所。

不：[宮]656 所攝識，[甲][乙]2309 爾體用，[乙]2309。

藏：[乙]2408 大日。

嗔：[乙]1724 貪愛纏。

乘：[甲]2339 一乘若，[甲][乙]2397 義故與，[甲]2339 所求果，[乙]2396 三藏顯。

持：[甲][乙]2219 所不攝，[石]1509 中所不。

處：[宮]1530 相非十，[甲]1828 爲顯，[三][宮]1435 得問頗，[宋][元]220 清淨若，[原][乙]、境界[乙]2263 文。

道：[宋][宮]2045 無復生。

地：[三][宮][另]1585 五地爲，[原][甲]2263 煩惱耶，[原]2208。

等：[三][宮]1546 善根耶，[宋][元]220 亦。

頂：[乙]2408 淺略，[原][乙]871 瑜伽略。

定：[原]、定界[甲]1828 果也欲。

毒：[明]293 蛇所纒。

斷：[三]1552 見苦斷。

對：[三]1562 處縁起。

法：[甲]、法界[乙]2396 地獄餓，[甲]1918 恒現前，[三][宮]675 平等無，[聖][另]1541 十一入。

方：[甲]2378 諸衆生。

分：[甲]1705 境四威，[甲]2323 亦爾云，[聖]1851 中非想。

根：[三][宮]1552 若色界。

故：[三][宮]1611。

鬼：[元][明][宮]656 無所著。

貴：[甲]1828 螺音然。

國：[石]1509，[石]1509 復次以，[石]1509 至一，[石]1509 至一佛，[石]1509 終不離，[元][明][石]1509 至一佛，[元][明]387 人民一。

果：[宮]425 使無邪，[宮]1544 結答無，[宮]1545 化第二，[甲]1778 廣行佛，[甲][乙]1822 分是其，[甲][乙]1866 不在，[甲][乙]2261 爲利爲，[甲][乙]2297 有分段，[甲][乙]2396 故云，[甲]1735 後五依，[甲]1735 爲宗亦，[甲]1772 自在化，[甲]1778 可知皆，[甲]1782 土自，[甲]1828 故，

[甲]1828 乃至觸，[甲]1830 論，[甲]2035 師爲天，[甲]2263 處起者，[甲]2299 形量反，[甲]2339，[甲]2371 本有法，[甲]2371 究竟即，[明][宮]1545 染，[明][宮]1550 彼亦非，[明]1563 第六無，[三]1562 而要用，[三][宮]1525，[三][宮]224 若有菩，[三][宮]656 獨立無，[三][宮]848 周匝金，[三][宮]1545 故平等，[三][宮]1546 苦在下，[三][宮]1547 分別種，[三][宮]1552 所攝，[三][宮]1647 有三由，[三]1527 者猶是，[聖][另]1552 亦如是，[聖]222 度一佛，[聖]423 不能成，[聖]1546 斯陀含，[宋][元][宮]1559 并第八，[乙][丙]2397 分且依，[乙]1736，[乙]2192 故名安，[乙]2218 菩薩然，[乙]2261 生死有，[乙]2397 於衆生，[元][明][聖]120 報當知，[原]、[甲]1744 德二乘，[原]1851 但應非，[原]2220 無不説。

還：[另]310 是。

海：[和]293，[甲]2192 心月現。

慧：[原]2339 念與作。

火：[甲]1921 被燒也。

及：[元]1579 諸煩惱。

卽：[乙]2263 及水火。

寂：[原][甲]1851 體。

家：[甲]1763 故，[甲]1921 有十欲，[三][宮]397 如毒蛇，[三][宮]2121 山窟去，[乙]2190 摧怨敵。

間：[甲][乙]2390 次安立，[甲]1799，[甲]1828 第一法，[甲]1828 業如本，[甲]1960 極難信，[甲]2217 於一一，[甲]2263 者以宿，[明]415 大地盡，[明]1522 無障淨，[明]293 因，[明]400 之中廣，[明]1153 常安，[明]1538，[明]2123 相勝過，[三][宮]278 敗世界，[三][宮][知]1581 唯一如，[三][宮]415 其間所，[三][宮]420 飾好故，[三][宮]657，[三][宮]657 所不測，[三][宮]657 所不轉，[三][宮]657 所有，[三][宮]657 亦不見，[三][宮]2122 所有我，[三][聖]227，[三]1 吹種子，[三]24 諸比丘，[三]192 火，[三]279 安立之，[聖]227 所難値，[聖]397 二者具，[宋][宮]657 皆一青，[宋][明]293 極微塵，[宋]125 邪爾，[元][明]377 復覩山，[元][明]1522 成壞餘，[原]、間[甲][乙]1799 永無相，[原]1796 海門法。

見：[明]423 有二十，[三]774 不等病。

階：[甲][乙][丙]973 道每輪。

解：[宮]598 靜亦如，[明]1458 時既知。

介：[宮]309 色，[宮]1594 無數量，[三]2088，[聖]953 見無量。

戒：[宮]1558，[甲]1821 生故所，[甲]1811 十願第，[甲]2266 乃至是，[明]220 乃至不，[明]246 常淨解，[明]222 菩薩生，[明]627 如來成，[明]1525 作不作，[明]1581 力至處，[明]2154 文經一，[三][宮]1432 故，[三][宮]1442 場大衆，[三][宮]1559 陰入色，[三][宮]下同 1428 場上見，[三][聖]1354 某甲擁，[三]987 結呪

使，[三]1582 於四衆，[三]2066 道場既，[聖]397 衆生怖，[聖]1354 守護作，[原]2248 義無戒，[原][乙]917 門第十。

堺：[宮]1425，[聖]1462 東方安，[聖]1462，[聖]1462 答曰，[宋][元][宮]1425 用之若。

誡：[甲]1260 須臾。

居：[乙]2263 天名戲。

累：[三][宮][知]384 有，[三][宮]1545 法而能，[聖][知]1579 教一者。

里：[明]1433 用擬。

量：[乙]2309。

劣：[甲]1828。

令：[甲]、眼界[乙]2259 非眼及，[乙]2249 下地有。

略：[甲]2261 解云又，[甲]2266，[甲]2266 文略纂，[甲]2284 無所不。

沒：[明]1543 沒不生。

昧：[三][宮]223 是名度，[三][宮]278 所有功，[三]174 照，[另]281。

明：[甲]1709 空。

男：[甲]1969 等無譏，[甲]2157 爲首三，[明][宮]1547 繫，[明]2145 成及從，[三][宮]425 衆諸安，[三][宮]1435 部經波，[三][宮]1545 方，[三][宮]1546 處，[三][宮]1547 義者眼，[三][宮]1547 中婬稷，[三][宮]1549 頗成就，[三][宮]1648 當觀者，[三]220 便字金，[三]1340 迦那迦，[聖]627 其佛號，[聖]1451 人民日，[宋][元]220 便字金，[原]1890 得不退。

南：[甲]2053 白力城。

内：[甲]2337 等，[甲][乙]1929 方便明。

品：[甲]2299 三界無。

起：[乙]1821 非諸身。

前：[乙]1821 品廣明。

權：[甲]2219 置化城。

若：[乙]1821 無船等。

三：[甲][乙]2263 地。

色：[明]1541 一切遍，[原]923 無色界。

身：[宮]1555 壽識離，[甲]1728 衆，[甲]2006 古德，[甲]2412 之義行，[明]2016 説時不，[乙]2296 第一體，[原]、身[聖]1818 藏無上。

升：[元][明]2103 德施山。

聲：[甲]2219 文。

十：[甲]1719 界界十。

時：[三]682。

識：[三][宮]1551 六入造，[乙]2263。

世：[宮]572 殃，[甲]2400 力無畏，[甲]2907 受身時，[三][宮][另]285 無所，[三][宮]263 猶如大，[三][宮]384 其有聞，[三][宮]425 有功勳，[三][宮]477 厄若世，[三][聖]291 無有邊，[三][聖]397 不依界，[宋][宮]292 如風，[宋][元][宮]448 尊阿彌，[乙]、世界[丙]2397 諸法種，[元][明]2016 中無所。

是：[甲][乙]2211 也復次。

樹：[三]185 上取藥。

思：[宮]468 惱，[甲]1786 故受無，[甲]2266 未起發，[聖][另]1543 通一切，[聖]222 自然之，[聖]425 是曰，[聖]1509，[另]1543 一，[宋][宮]1548 心觸名，[乙]1821 資下異，[元][明]186 皆苦吾，[元]1548 意識界。

所：[原]2248 必依地。

天：[甲]2266 中。

土：[甲]2207，[三][宮]657 復至一，[三][宮]657 而不爲，[元][明][宮]374 閻浮提。

畏：[三][宮]278 城開解，[三][宮]585 懼亦復，[三][宮]606 難畏苦，[聖]481 識遊其，[聖]1523 取空閑，[另]1509 入因緣，[宋][宮]721 隨有身。

繫：[明]1558 如次除。

相：[宋][明][宮]397 名捨覺。

心：[宮]1543。

性：[宮][聖]223 乃至十，[宮]482 十二因，[甲]1881 無佛無，[三][宮]585 等以斯。

姓：[甲]1828 者。

秀：[原]905 香。

涯：[甲]2412 也修生。

要：[甲]2401 而自師。

曜：[三][宮]2102 胤自紫。

也：[甲][乙]2263。

葉：[乙]2396 三地萬。

異：[宮]1421 疑於比，[甲]2266 熟，[三]1562 治故雖，[三][宮]665 眞如，[三][宮]1551 處相續，[聖]1552 禪律儀，[乙]2263，[元][明]810。

勇：[甲]、界[甲]1782 力次令。

有：[宮]2122 有二初，[三][宮]273 心，[原]1223 能護於。

隅：[原]973 護身及。

與：[乙]2215 法然果。

欲：[甲][乙]2250 未離名。

在：[三][宮]1428 外二宿。

者：[甲][乙]1909 皆悉令，[明]1552 有，[三][宮]1458 量事。

中：[甲]1851 一切種，[三]220 如。

衆：[甲]1512 作微塵，[三][宮][聖]1509 無常乃，[三][宮]1584 不清淨，[三]99，[三]99 俱與界，[三]1582 知諸法，[聖]2157 經録或，[宋]1596 心不得，[元]223 無常乃。

總：[甲][乙]1821 攝入十。

罪：[甲]2266 之行攝。

尊：[甲][乙]957 以金剛，[明]432 滿中七，[三][宮]816 我，[三]157 震動大，[宋][甲]1027 贍部洲。

作：[高]1668 思惟門。

疥

爪：[三][宮]1425 瘡。

借

備：[甲]2129 音無遠，[甲]2259 用無分，[甲]2299 爲千歟，[甲]2299 無性破，[甲]2299 心以忘。

措：[甲][乙]2250 作一體，[聖]1462 衆僧床。

錯：[原]2271 叙也以。

得：[甲]1731 異以破。

供：[元][明]2106 問今日。

假：[明]222 號而有。

倩：[三][宮][聖]1435 他若能，[元][明]2154 書人路。

僧：[甲]2068 衆聽以，[聖]1421 倩亦可。

惜：[甲]2367 指後教，[甲]2255 力竭有，[甲]2748 身命第，[甲]2748 無上道，[甲]2901 内外壽，[明]2076 口喫，[乙]2795 財，[原]1890 身命修。

笑：[原]、笑[甲]2006。

修：[甲]、借[甲]1782 其二。

債：[甲]2244 汝故以。

佇：[甲]、待[甲]2366 八辯而。

惐

城：[甲]2348 島金剌。

堺

界：[三]2145 謝鎮。

境：[甲]、界[乙]2309 無教時，[甲]2434 界之分。

誡

成：[三]190 實至，[三]197 宿縁經，[三]202 可謂。

誡：[甲]、制[乙]2207，[甲]1840 於小欲，[甲]1934 無等等，[甲]1709 若非大，[甲]1795 取邪證，[甲]2227 勸此即，[甲]2270 言人也，[明]220 教授諸，[明][丙]1266 愼也，[明]1597 故財法，[明]2153 王經一，[明]2154 於後其，[三][宮]2121 以實施，[三]152 無飽，[聖]2157 經一卷，[另]1721 門，[另]1721 勸二門，[宋][元]156 勅言，[宋]2103 矣深可，[元]413 如教理，[元]1451。

化：[三][宮][聖][另]1435 比丘尼，[三][宮][聖]1435 不應重。

悔：[三]125。

或：[明]1428。

介：[三][宮]2060 意不久。

戒：[宮][聖]1435 法佛如，[宮]588，[宮]656 云何世，[宮]2034 王經一，[甲]1789 云莫令，[甲]1782 勅勿，[甲]1789，[明]322 就除饉，[明]769 皆自各，[明]1462 比丘尼，[明]2060 歟原，[明]2154 宿縁經，[三]、－[宮][聖]1509 令知破，[三]、誡[宮]2059，[三]144 我人者，[三]157 已即便，[三]212 小比丘，[三]212 周訖便，[三][宮]263 有缺漏，[三][宮]309 而受其，[三][宮]729 師教人，[三][宮]1425 隱處癰，[三][宮]2058 永即流，[三][宮]2103 云道學，[三][宮][博][燉]262 所行安，[三][宮][聖][另]281 願俱行，[三][宮][聖][另]下同 1463 法十五，[三][宮][聖][知]1579 一能分，[三][宮][聖]278 或以説，[三][宮][聖]350 禁也若，[三][宮][聖]397 勅之善，[三][宮][聖]1423 及羯磨，[三][宮][聖]1425，[三][宮][聖]1425 兒婦已，[三][宮][聖]1428 勅彼故，[三][宮][聖]1428 已獨在，[三][宮][聖]1437 善者能，[三][宮][聖]1470，[三][宮][聖]下同 1463 法二部，

[三][宫]263 誨説斯，[三][宫]274 從來，[三][宫]278 普爲衆，[三][宫]309 光以爲，[三][宫]309 所趣歸，[三][宫]309 心雖無，[三][宫]309 亦無厭，[三][宫]332 國民巨，[三][宫]349 二者於，[三][宫]374 不能受，[三][宫]384 所度無，[三][宫]468 出家者，[三][宫]511 當所奉，[三][宫]572 以道禁，[三][宫]585 不以爲，[三][宫]606 定意，[三][宫]656 普潤有，[三][宫]738 者，[三][宫]748 語後世，[三][宫]811 入于深，[三][宫]1421，[三][宫]1423 善者能，[三][宫]1424 故愚闇，[三][宫]1425 如天牛，[三][宫]1425 我欲到，[三][宫]1425 猶如天，[三][宫]1428 佛説如，[三][宫]1428 以不被，[三][宫]1430，[三][宫]1431，[三][宫]1435 比丘尼，[三][宫]1435 是中有，[三][宫]1470 某賢，[三][宫]1477 以酒蒸，[三][宫]1509 如大恒，[三][宫]1579 教授修，[三][宫]1644 是人令，[三][宫]1648 令其攝，[三][宫]1808 法告囑，[三][宫]2034 比丘法，[三][宫]2034 羅云經，[三][宫]2040 勅家屬，[三][宫]2040 災變之，[三][宫]2043 勅於我，[三][宫]2045 勅慇懃，[三][宫]2058 更造衣，[三][宫]2102 不殺則，[三][宫]2102 萬一影，[三][宫]2102 無匙筋，[三][宫]2102 也犯而，[三][宫]2103，[三][宫]2103 符，[三][宫]2103 功篇序，[三][宫]2103 懼，[三][宫]2103 也故比，[三][宫]2121 而退羼，[三][宫]2121 濟衆危，[三][宫]下同 1428 至日暮，[三][宫]下同 385 來至忍，[三][聖][知]下同 1441 不眷屬，[三][聖]1 勅已出，[三][聖]125，[三][聖]125 百歲一，[三][聖]125 三者忍，[三][聖]190 勸汝等，[三][聖]210，[三][聖]210 愼品者，[三][聖]224 心不懷，[三][聖]375，[三][聖]1440 尼者一，[三][聖]1441 偸羅遮，[三]1 到安，[三]5 所當奉，[三]13 故亦如，[三]13 行亦依，[三]13 學，[三]26 甚深甚，[三]43 各前作，[三]50 君當，[三]68 大人一，[三]99 教，[三]99 已獨一，[三]100 知時不，[三]101 不復犯，[三]101 從佛受，[三]125 其有犯，[三]152 勃然恚，[三]152 曰衆生，[三]152 之，[三]152 之曰，[三]186 諸弟子，[三]194 當，[三]197 解，[三]201 令，[三]206 爲親耳，[三]212，[三]212 初無差，[三]212 當習五，[三]212 教化，[三]360 甚深甚，[三]1341 中而修，[三]1427 善者能，[三]1433 故今須，[三]1433 行何等，[三]1549 語也又，[三]1582 衆生或，[三]2125 門徒日，[三]2145 經一卷，[三]2151 羅云經，[三]2153 見世間，[三]2154 地夷而，[三]2154 經或直，[三]2154 經一卷，[聖]1425，[聖]99 者心不，[聖]120 令生，[聖]125 不選，[聖]125 而勅我，[聖]125 誡也爾，[聖]125 其法説，[聖]125 其義如，[聖]125 如是比，[聖]125 汝等當，[聖]125 已在，[聖]125 有篤信，[聖]

125 在，[聖]210 無後患，[聖]211 如風枯，[聖]376 調伏威，[聖]376 欲令成，[聖]383 又以所，[聖]1421 諍，[聖]1425 子言，[聖]1426 比丘尼，[聖]1435 故遇賊，[聖]1440 弟子故，[聖]1441 語不犯，[聖]1470，[聖]1470 三者當，[聖]1552 示現令，[聖]2157 經一，[聖]下同 1441 比丘尼，[另]1428 無犯無，[另]1442 教授不，[宋]、[宮][聖]1435 法餘比，[宋]99 比丘此，[宋]375 勅即白，[宋][宮]、誠[明]309 即從坐，[宋][宮][聖]1437 波夜提，[宋][宮]309，[宋][宮]309 爾時，[宋][宮]309 衆生有，[宋][宮]656 神足德，[宋][宮]1421 及羯，[宋][宮]1421 一者神，[宋][宮]1435 法，[宋][宮]1471 不得還，[宋][宮]1484 法師者，[宋][宮]1581 攝取衆，[宋][宮]2121 勅如前，[宋][聖]、誠[元]1582 一切衆，[宋][聖]125 佛告比，[宋][聖]125 便成無，[宋][聖]125 向弟子，[宋][聖]189 演説，[宋][另]1435 法翅舍，[宋][元]2122 勅我共，[宋][元]125 勅已即，[宋][元]2103 枯死，[宋]148 佛言王，[宋]309 福田清，[宋]1582 他分別，[元][明][宮][聖]345 是，[元][明]125 三昧行，[元][明]212 諸比丘，[元][明]345 諸餘，[元][明]401 立又復，[元][明]2059 不自懲，[元][明]2108 之法謙，[元][明]2122 勗勿起，[元][明]2145 經一卷，[元][明]2145 行第三，[元][明]2154 見世間，[元][明]下同 328 者何時，[知]1441 弟，[知]1441 比丘尼，[知]1441 年少。

離：[三][宮]416 諸過非。

滅：[宮]2034 經一卷。

民：[聖]1441 比丘尼。

聲：[聖]1544 異。

識：[甲]1733，[三]2145 虚，[三][宮]、試[甲]2053 中庸非，[三]150 何等爲，[宋][宮]、誠[元][明]2121 言願，[宋]21 不多聞，[乙]2263 後學迷，[元][明]602 便生。

式：[甲]2792 叉摩。

試：[宮]1488 心，[宮]2059 等追蹤，[宮]2122 勅失王，[宮]2122 心之源，[甲]1717 之，[甲]1723 勅，[甲]2087 告門人，[甲]2193 問也言，[三][宮]459 皆見十，[三][宮]2059 智明，[三][宮]2121 勅國，[三][宮]2122 倆，[三][聖]606 其志，[三]212 而自，[三]606 其心或，[三]2146 火恩經，[宋][元][宮]2104，[宋]99 汝云何，[乙]866 已令，[乙]2157 因縁經，[元][明]2145 經一卷，[原]1744 聽也佛，[原]1899 掬智術。

受：[甲]2792 弟子一。

授：[三][宮]1428 比丘尼。

説：[甲]1821 有學應。

威：[甲]1717 四結示。

語：[宮][聖]1421 愚無所，[三][宮]2122 許曰，[三]1336 前爲佛，[三]2154 諸比丘。

諸：[宋][元]1169 約弟子。

暨

概：[三]185 然而自。

巾

中：[甲]2128 丑列反。

甲：[甲]2349 袈裟持。

金：[明]2102 妖惑之。

内：[聖]1470 拭中外。

篋：[三]2122。

小：[宋]1433 三應善。

中：[宮]1459 水土鹵，[宮]2034 一部，[宮]2122 攬垢，[甲]2129 反字書，[甲]2128 覲反已，[甲]2250 是也又，[明]2060 之族連，[三]1424 皆突吉。

斤

撥：[甲]2128 會意字。

斥：[宮]2060 絶絃於，[明][甲]1988 師因齋，[元][明]2145 重去。

會：[明]2121 有宮去。

劬：[明]1662，[明]2123 國諸獵。

近：[宮]1505。

片：[宮]2053 今猶現，[三][宮]1546 麻不能，[元][明]1451 上妙。

巧：[三]2125 斧等匠。

升：[明]22 斗尺。

釿：[三][宮][聖]1428 剉斬和，[三]1428 纚籤伊。

斫：[元][明]721 其骨爲。

今

本：[宮]2121 人頭何，[甲]、今棲[甲]2039 作孫舜，[甲]2249 論餘，[甲][乙]1822 有非，[甲][乙]2778 唯言，[甲]1512 解二，[甲]2039 冥州也，[甲]2217 釋衆文，[甲]2270 亦示法，[三][宮]224 般，[三][宮]318 無斯深，[三][宮]1421 與某甲，[三][宮]2121 宿命已，[三]125 恒，[三]153 與汝所，[三]1202 日已後。

不：[甲]2035 改元詔，[三]311 爲如實。

成：[甲][乙]1822 得成也。

此：[丙]2249 解釋者，[甲][乙]2288 釋論顯，[甲]1718 經放白，[甲]1728 擧其重，[甲]1736 文者，[甲]2314 倶生，[明]293 我心亦，[三][宮]415 無所依，[另]1721 明機，[乙]2263 頌證第，[原]、此[甲]1796 眞言門。

次：[知]1579 當略辯。

當：[甲]1077 說我今，[甲]2255 説七覺，[明]118 規圖必，[三]945 爲汝分，[三]1435 與某甲，[乙]1723 代汝遂。

得：[三]203 爲。

等：[三]374 大衆三，[三]375 大衆三，[宋]842 諦聽當，[宋][宮]657 問世尊。

多：[甲]2266 疏所言，[明]1547 亦多遊，[原]1856 有自害。

而：[甲][乙]2254，[甲][乙]2254 令衆生，[甲]1742 見佛，[三][宮]1428 此波斯，[三][宮]2121 發大，[三]202 乃前却，[乙]2263 見十六。

尒：[原]、[甲]1744 豈非生。

爾：[宮]405 此大士，[宮]263 吾普告，[宮]310 得住佛，[宮]385 當入微，[宮]2122 將去隨，[宮]2122 贍待賓，[宮]2123，[甲]2290 此邪魔，[甲]2290 相大一，[甲]2339 亦由第，[甲]2396 多佛集，[甲]2428 心之體，[明]549 時作無，[明]1450，[明]1450 摩耶夫，[三]1545 時速，[三][宮]1646，[三][宮]1646 喜亦無，[三][宮][聖]1421 日，[三][宮]415 日爲勝，[三][宮]1425 世如是，[三][宮]1442 時，[三][宮]1562，[三][宮]1595 當説此，[三][宮]2028 時比丘，[三]24 日四大，[三]96 所到便，[三]99 日五百，[三]125 持此餅，[三]125 身亦受，[三]152 之後世，[三]190 大王亦，[三]190 日當得，[三]193 時彼梵，[三]199 乃消殃，[三]549 時作無，[聖]100 爾衆伴，[聖]125 日，[聖]311 者永無，[聖]613 我此身，[聖]1788 四句應，[另]310 具足大，[另]1442 有罪應，[另]1721 説生死，[宋][宮]674 者難遇，[宋][宮]1509 於四衆，[宋]202 十羅漢，[宋]211，[乙]2408 亦用心，[元][明]1071 時得聞，[元][明]2122 當死爾，[元]200 得，[知]384 此座中。

二：[宮]2121 世二家。

方：[宮][聖]288 説當説。

分：[甲]、箇[乙][丙]2392 珠以左，[甲]2255 因若識，[甲][乙]1709 目然今，[甲]1709 別説二，[甲]1709 此言住，[甲]1709 三且，[甲]1731 釋有如，[甲]1735 初答出，[明]1610 自有聰，[三][宮]1559 此二立，[元][明]1545 俱時得。

復：[甲]2255 有此，[三]125 世尊捨，[三]125 至此三。

箇：[乙]2381 別行高，[乙]2390 珠也以。

根：[三]1602 不以如。

恭：[元][明]847 敬禮。

故：[三]2154 具條件，[三]1339 語汝，[三]1339 語汝勅，[三]1339 語汝無。

含：[宮]2034 長阿含。

合：[宮]2047 附佛法，[甲]1828 前爲十，[甲]1830 爲量，[甲]2084 十六今，[甲]2196 日輪是，[甲]2339 得意引，[甲][乙]1816 説界塵，[甲][乙]2396 佛性，[甲]1736 答云就，[甲]1828 此頌四，[甲]1828 名五現，[甲]1835 各約別，[甲]2128 正字從，[甲]2204 私謂此，[甲]2227 斷，[甲]2270 答中，[甲]2290 本自有，[甲]2434 説故以，[明]1425，[明]2131 用門一，[明]2131 云姑栗，[明]2145 闕釋僧，[三][宮]1509 問前世，[三][宮]2108 當遠慕，[聖]1509，[聖]2157 云二十，[聖]2157 質文有，[宋]、－[宮]340 聞説文，[乙]2261 説或於，[元][明]193 捨家覺，[元][明]212 當引喻，[元]266，[元]1583 眞實是，[原]1791 斷障得。

後：[三][宮]233 更還得，[元]276 説。

會：[甲]2195，[甲]2266 謂如理。

亼：[甲]2128 音精入。

及：[三]100 弟子説，[聖]200 諸餘鬼。

即：[宮]589 當杻械，[甲][乙]1821 第十六，[甲]1715 頌上雨，[明]2110 太史承，[乙]1723 證説明。

既：[甲]1918 得解。

見：[明]99 耕田下。

皆：[三]297 勸請諸。

金：[甲]1119 説印相，[甲]1735 棺北首，[甲]1736 且融，[甲]1771 明發心，[甲]1918 諦觀心，[甲]2400 軌可詳，[三][宮]1521 集世界，[三][宮]1546 輪，[三][宮]2122 雖改，[三]201 雖捨施，[三]1424 粟淨施，[三]1441 婆羅龍，[三]2149 國俗殊，[聖]1425 此弊惡，[聖]2034 端，[宋]2154 並見，[乙]2408 毘，[元][明]730 已棄，[原]2408 毘羅。

盡：[三][宮]1425 受之是。

經：[甲]2036 稱佛名，[甲]2195 吾能人。

卷：[三][宮]2121。

科：[三][宮]2042 次最下。

可：[三]200 取此金。

來：[聖][石]1509 衆生生。

令：[丙]2249 自證道，[博]262 欲顯發，[德]1563 次當辯，[丁]2244 棄家爲，[宮]231，[宮]310 何處去，[宮]310 略説四，[宮]1451 已往勿，[宮]1545 略説爾，[宮]1566 經部執，[宮]1585 四地中，[宮][甲]1912 識此之，[宮][甲]1912，[宮][甲]1912 境生滅，[宮][甲]1912 破戒鬼，[宮][甲]1912 欲破壞，[宮][甲]1912 止可，[宮][聖]231 度生死，[宮]222 我如是，[宮]263 故爲之，[宮]310 汝見我，[宮]310 我皆當，[宮]310 我以此，[宮]315 復重加，[宮]334 我後亦，[宮]378 寢臥於，[宮]402 爲説，[宮]414 還修菩，[宮]416 乃爲彼，[宮]460 文殊師，[宮]461 文殊師，[宮]539 此二人，[宮]565，[宮]624 吾等聞，[宮]626 身皆安，[宮]835 我身是，[宮]839 離怯弱，[宮]1421 集爲一，[宮]1425 亦當三，[宮]1428 已，[宮]1428 與二沙，[宮]1432 與比丘，[宮]1435 不應言，[宮]1435 是戒應，[宮]1442 於我所，[宮]1451 後非釋，[宮]1462 斷言以，[宮]1462 説，[宮]1470 某獨來，[宮]1509，[宮]1545 正，[宮]1546 力能造，[宮]1552 當説，[宮]1562 世識即，[宮]1562 詳彼釋，[宮]1608 思量意，[宮]1609 應思，[宮]1884，[宮]1912 成圓，[宮]1912 入中道，[宮]1912 文雖引，[宮]2040 復遣使，[宮]2040 欲相屈，[宮]2043 爲王，[宮]2045 具説不，[宮]2058 共子，[宮]2087 德踰於，[宮]2087 印度諸，[宮]2103 出，[宮]2112 從，[宮]2121 持爾，[宮]2122 此小，[宮]2122 日諸賢，[宮]2122 於僧中，[宮]2123 復値佛，[和]293 得見時，[甲]、今[甲]1782 辨彼事，[甲]1735 悲願彌，[甲]1735 發種故，[甲]1735 絶其因，[甲]1735

能忍故，[甲]1735 汝下辯，[甲]1736 各配摘，[甲]1778 執權者，[甲]1784 準大經，[甲]1805，[甲]1805 即，[甲]1828 分，[甲]1828 身自在，[甲]1829 成論議，[甲]1830 此文，[甲]1830 第二地，[甲]1912 被接破，[甲]1912 讃小善，[甲]1969 入斯定，[甲]1973 以偈普，[甲]2035 稱佛名，[甲]2266 應離如，[甲][丙][丁]1141，[甲][丙]973 有此事，[甲][乙]1736 皆離則，[甲][乙][丙]1833 生不斷，[甲][乙][丙]2089 稱餘姚，[甲][乙]1709 我四部，[甲][乙]1709 於大明，[甲][乙]1736 見入故，[甲][乙]1751 此觀位，[甲][乙]1796 憶本所，[甲][乙]1821 彼受用，[甲][乙]1822 得成故，[甲][乙]1822 得亦爾，[甲][乙]1822 更重破，[甲][乙]1822 還將同，[甲][乙]1822 前師言，[甲][乙]1830 忿等，[甲][乙]2223 遊入此，[甲][乙]2254 諸法成，[甲][乙]2309 現此土，[甲][乙]2317，[甲][乙]2391 大印，[甲]897 坐一處，[甲]952 我釋迦，[甲]1089 説之，[甲]1512 將答此，[甲]1512 明實無，[甲]1700，[甲]1700 此總合，[甲]1708 四天及，[甲]1709 對治也，[甲]1709 始得生，[甲]1709 欲説經，[甲]1719 一科一，[甲]1723 答三指，[甲]1728 得清淨，[甲]1729 入下明，[甲]1733 此地如，[甲]1733 入法等，[甲]1733 西方過，[甲]1733 有好相，[甲]1735，[甲]1735 不壞次，[甲]1735 復反此，[甲]1735 進大心，[甲]1735 利益滿，[甲]1735 身等皆，[甲]1735 問生如，[甲]1735 一剎那，[甲]1735 依此知，[甲]1735 證大，[甲]1736，[甲]1736 彼不異，[甲]1736 不續名，[甲]1736 此空慧，[甲]1736 得，[甲]1736 解脱月，[甲]1736 六段盡，[甲]1736 略要知，[甲]1736 屬對則，[甲]1736 體聲二，[甲]1736 遠惡近，[甲]1736 展轉謂，[甲]1736 諸衆生，[甲]1736 準思之，[甲]1744 初發心，[甲]1763 勝修也，[甲]1781，[甲]1781 安身處，[甲]1781 身子，[甲]1782 得果時，[甲]1782 他喜由，[甲]1784 歸，[甲]1786 具引之，[甲]1795 修觀之，[甲]1805 不失其，[甲]1805 如上三，[甲]1805 生信，[甲]1805 往害之，[甲]1805 言布薩，[甲]1805 重受耶，[甲]1816，[甲]1816 既翻於，[甲]1816 前前故，[甲]1816 釋之，[甲]1816 説，[甲]1816 雖不起，[甲]1816 爲，[甲]1816 者，[甲]1821 譯和上，[甲]1828 果差別，[甲]1828 來乞者，[甲]1828 離斷見，[甲]1828 趣佛，[甲]1828 衆緣所，[甲]1828 諸行寂，[甲]1830 此且據，[甲]1830 此文以，[甲]1830 説由行，[甲]1834 相續，[甲]1841 立爲常，[甲]1841 作有緣，[甲]1847 其念者，[甲]1911 此空慧，[甲]1911 繫念逆，[甲]1912，[甲]1912 歸去佛，[甲]1918，[甲]1928 皆融泯，[甲]1963 即日取，[甲]1969 妙明居，[甲]1969 託彼勝，[甲]2035 道士欲，[甲]2036，[甲]2036 元等所，[甲]2082 擇人吾，

[甲]2084 貧女二，[甲]2087 羯若鞠，[甲]2087 天人師，[甲]2119 見成五，[甲]2128，[甲]2183 江表盛，[甲]2194 謂華表，[甲]2194 言力者，[甲]2195 永出三，[甲]2214 法眼道，[甲]2214 離，[甲]2261 若解脱，[甲]2261 惜我身，[甲]2261 造此至，[甲]2262 者我我，[甲]2266，[甲]2266 不同故，[甲]2266 更對外，[甲]2266 名，[甲]2266 破云汝，[甲]2266 言似者，[甲]2266 易，[甲]2266 者經部，[甲]2270 共許遂，[甲]2270 爲此等，[甲]2274 相違之，[甲]2290 此凡小，[甲]2299 度，[甲]2299 菩薩進，[甲]2299 入無餘，[甲]2299 室廣二，[甲]2299 有凡夫，[甲]2299 餘同類，[甲]2299 約隱顯，[甲]2339 定三劫，[甲]2390 依正文，[甲]2397，[甲]2397 何所斷，[甲]2399 離惡趣，[甲]2434 開顯彼，[甲]2779 修定娑，[甲]2826 知彼此，[甲]2837 向西方，[明]、－[石]1509 與無餘，[明]、分[宮]、久[聖]1452 皆，[明]220 得聞此，[明]220 度生死，[明]220 皆，[明]220 入涅，[明]220 世尊能，[明]279 此迴向，[明]397 我，[明]1450 得，[明]1546 世間所，[明]1562 觀彼法，[明]1562 於所緣，[明]2016 析此六，[明][宮]310 當供佛，[明][宮]585 族，[明][宮]632 若等護，[明][和]261，[明][甲]997 諸世界，[明][甲][乙]994 所求者，[明][甲]893 方正其，[明][聖]225，[明][乙]1092 此明王，[明][乙]1092 何所作，[明]32 爲説是，[明]99 此尊者，[明]99 領此閣，[明]99 於眼起，[明]153 施二日，[明]155 除衆生，[明]157 成阿，[明]167 此大王，[明]187 得，[明]190 者宜令，[明]191 他人得，[明]193 吾等瑕，[明]199 還得人，[明]200 悉，[明]220 賣三事，[明]220 聽汝，[明]220 諸聖賢，[明]224 集所見，[明]310 可去營，[明]310 諸大衆，[明]316 得又復，[明]342 執利劍，[明]374 乃説受，[明]375 不應作，[明]384 乃得觀，[明]397 悉付囑，[明]475，[明]486 文殊師，[明]602 福遂安，[明]653 將空，[明]721 生大厭，[明]730 得作人，[明]804 此經典，[明]945 時從佛，[明]1191 爲汝及，[明]1336 新作坐，[明]1421 共布薩，[明]1421 受作迦，[明]1425 布薩爾，[明]1425 恕奴二，[明]1435 佛知，[明]1440 得自在，[明]1442 可往共，[明]1442 宜可作，[明]1442 者欲作，[明]1450，[明]1450 大衆咸，[明]1450 覆，[明]1450 我報，[明]1450 我發斯，[明]1450 一滴順，[明]1451 爲制戒，[明]1451 欲，[明]1509 入攝心，[明]1509 諸衆生，[明]1509 自行般，[明]1530 受如是，[明]1537 生起離，[明]1545 不流者，[明]1545 熟諸，[明]1545 應廣分，[明]1546 此蘇尸，[明]1546 欲廣分，[明]1552 當次第，[明]1558 滯一境，[明]1562 得解脱，[明]1562 無能釋，[明]1579 此種子，[明]1597 世間佛，[明]1607 時專注，[明]1644 善得希，[明]2053 送師到，[明]

2060 命彌匿，[明]2060 寺宇，[明]2060 重受者，[明]2060 住勝光，[明]2088 寶，[明]2102 欺天罔，[明]2122 得百，[明]2122 與君別，[明]2122 致尊貴，[明]2123 還天宮，[明]2123 可禮優，[明]2131 此舍利，[明]2145 闕此經，[明]2145 爲二阿，[明]2149 其，[明]2154 准祐録，[三][宮]1605 受無常，[三]99 得現法，[三]190 不見作，[三]220 一切法，[三]721 得如是，[三]1451 遣空還，[三]1491 修，[三][宮]402 一切諸，[三][宮]532 數習起，[三][宮]664 是衆生，[三][宮]1546 解脱如，[三][宮]1562 觀行者，[三][宮]1579 諸菩薩，[三][宮]1585 但取二，[三][宮]1656 到世尊，[三][宮]2103 形服不，[三][宮]2121，[三][宮]2121 身命盡，[三][宮][聖]223 一切衆，[三][宮][聖][另] 1451 ，[三][宮][聖]268 我大歡，[三][宮][聖]383 釋種不，[三][宮][聖]1458 此衆中，[三][宮][聖]1462 欲發起，[三][宮][聖]1462 知而置，[三][宮][聖]1562 明非有，[三][宮][聖]1579 梵王，[三][宮][另]1442 往討之，[三][宮][西]665 無量衆，[三][宮]221 我曹等，[三][宮]263 有人，[三][宮]285 諸，[三][宮]303，[三][宮]310 説笑義，[三][宮]314 能悔，[三][宮]324 悉度脱，[三][宮]329 是五百，[三][宮]337 自願身，[三][宮]380 我還汝，[三][宮]385 我勝於，[三][宮]398 所行人，[三][宮]402，[三][宮]402 時鬪諍，[三][宮]402 我二人，[三][宮]414 我請問，[三][宮]456 得，[三][宮]456 入常樂，[三][宮]480 誰證大，[三][宮]483 某施，[三][宮]511，[三][宮]565 我心，[三][宮]586 實義中，[三][宮]598 察我莊，[三][宮]611 息數不，[三][宮]620 得聞，[三][宮]627 菩薩説，[三][宮]630 得修行，[三][宮]637，[三][宮]653 我法城，[三][宮]656 我成正，[三][宮]657 現，[三][宮]657 住無礙，[三][宮]664 得生未，[三][宮]665 得愛著，[三][宮]672 其聞已，[三][宮]694 此事而，[三][宮]721 得此苦，[三][宮]721 如是心，[三][宮]721 欲破壞，[三][宮]816 覩無上，[三][宮]1424 依此三，[三][宮]1425 棄地尊，[三][宮]1428 此水熱，[三][宮]1428 此諍事，[三][宮]1428 行醫藥，[三][宮]1435 僧與我，[三][宮]1435 永別離，[三][宮]1442，[三][宮]1442 便崩，[三][宮]1442 殺彼得，[三][宮]1442 我所作，[三][宮]1442 與彼二，[三][宮]1443 釋放復，[三][宮]1451 墮惡趣，[三][宮]1462，[三][宮]1487 脱去不，[三][宮]1509，[三][宮]1509 父母當，[三][宮]1509 菩薩教，[三][宮]1537 於我欲，[三][宮]1545，[三][宮]1545 阿羅漢，[三][宮]1545 增長者，[三][宮]1546 心心數，[三][宮]1546 欲現，[三][宮]1558 數瞬動，[三][宮]1558 應釋頌，[三][宮]1562 所壞無，[三][宮]1563 離，[三][宮]1566 解無因，[三][宮]1579 得增上，[三][宮]1579 現法中，[三][宮]1579 與之非，[三][宮]

1595 顯此二，[三][宮]1597 定心種，[三][宮]1597 一頌，[三][宮]1604 亦退，[三][宮]1606 現見彼，[三][宮]1610，[三][宮]1610 無明住，[三][宮]1634 無，[三][宮]1641 斷此結，[三][宮]1646 一切人，[三][宮]1646 諸，[三][宮]1650 我爲法，[三][宮]1657，[三][宮]1672 分散或，[三][宮]2027 已度卿，[三][宮]2034 吾等正，[三][宮]2040 斷金器，[三][宮]2041，[三][宮]2060 送同處，[三][宮]2060 造置古，[三][宮]2060 自檢茫，[三][宮]2102，[三][宮]2102 郭江州，[三][宮]2102 萬象與，[三][宮]2102 欲以東，[三][宮]2102 旨理妙，[三][宮]2103 卷，[三][宮]2103 門，[三][宮]2103 茲妙義，[三][宮]2108 郭江州，[三][宮]2121，[三][宮]2121 度那優，[三][宮]2121 加重罪，[三][宮]2122 彼，[三][宮]2122 此座上，[三][宮]2122 次最下，[三][宮]2122 得百車，[三][宮]2122 法王登，[三][宮]2122 付文殊，[三][宮]2122 師赴鄴，[三][宮]2122 王舍城，[三][宮]2122 我，[三][宮]2122 我所呪，[三][宮]2122 我小弱，[三][宮]2122 先受，[三][宮]2122 幼年勿，[三][宮]2122 澡浴竟，[三][甲]951 得如是，[三][甲]1227 浴復，[三][聖]99 尊者阿，[三][聖]190 我一，[三][乙]953 所聞者，[三][乙]1092 此有情，[三][乙]1092 得，[三][乙]2087 遷於，[三]1 威光上，[三]14 名身，[三]26 比丘成，[三]26 得安隱，[三]26 身作，[三]29 不精勤，[三]53 我此財，[三]58 世尊一，[三]60 隨尊者，[三]75 爲定行，[三]86 食膿血，[三]100 我得值，[三]125，[三]125 持此酪，[三]125 此罪人，[三]125 使從禪，[三]125 我得成，[三]125 我等宜，[三]150 致老死，[三]153 汝喜，[三]156 得成人，[三]157 彼諸衆，[三]158 乃至阿，[三]158 入娑，[三]167 王了不，[三]170 逆，[三]184 佛知我，[三]186 我等身，[三]186 無吾我，[三]186 衆生故，[三]187 得聞，[三]189 來此，[三]190 勅不敢，[三]190 我受苦，[三]190 向佛邊，[三]192 父王不，[三]193 出行若，[三]193 魔當懷，[三]193 我亦宜，[三]193 衆慢賤，[三]196 繫在獄，[三]196 諸梵志，[三]199 無垢羅，[三]201 汝，[三]202 弟共，[三]202 世尊賜，[三]205 此三人，[三]220，[三]220 此有情，[三]220 得無上，[三]220 簡別有，[三]220 去是，[三]274 吾覩佛，[三]394 阿難是，[三]397 共加護，[三]613 具大悲，[三]674 獲佛眞，[三]682 我及諸，[三]953 受此大，[三]988 悉除愈，[三]1058 我欲説，[三]1096 得解脱，[三]1331 現人所，[三]1341 戒聚破，[三]1425 當以僧，[三]1435 僧中發，[三]1440 得果報，[三]1440 佛不用，[三]1442，[三]1485 復修行，[三]1545 自憶故，[三]1558 自證道，[三]1559 住一塵，[三]1566 當觀察，[三]1566 是顛倒，[三]1579 依無常，[三]1632 所見是，[三]1982 生敬法，[三]1982

徒衆亦，[三]2041 重昏動，[三]2059 海族之，[三]2088 變水河，[三]2122 別刻檀，[三]2122 懺悔慚，[三]2122 得其福，[三]2122 慼希有，[三]2145 今所設，[三]2145 送，[三]2149 總一朝，[三]2154 所設已，[聖]26 共，[聖]1421 爲諸比，[聖]1428 僧與，[聖]1440 佛還知，[聖]1539 於是正，[聖]1579 所生，[聖]1579 於一切，[聖]1733，[聖]1788 除妄執，[聖][甲]1733 推也三，[聖][另]342 説經典，[聖][另]1451 此龍是，[聖][另]1451 時極，[聖][另]1451 遭召問，[聖][另]1453 爲夏坐，[聖]26 此勝林，[聖]125 故續名，[聖]158 得如願，[聖]158 授我佛，[聖]200 得勝耳，[聖]223 諸，[聖]224 我審應，[聖]225 如來悉，[聖]231 此光明，[聖]268 我，[聖]291 慧亦如，[聖]310 在現前，[聖]397 所説法，[聖]476 此病源，[聖]585 生亦無，[聖]613 觀此身，[聖]649 得，[聖]953 説功能，[聖]1421 便可速，[聖]1421 身，[聖]1425 成正覺，[聖]1425 僧慈心，[聖]1435 佛威神，[聖]1440 得成佛，[聖]1442，[聖]1442 宜避去，[聖]1443 於住，[聖]1451 不許尼，[聖]1451 出光是，[聖]1451 身死屍，[聖]1451 時成熟，[聖]1451 我大，[聖]1451 應可於，[聖]1458 僧伽黒，[聖]1458 僧伽十，[聖]1460 問諸大，[聖]1462 業生也，[聖]1462 欲出家，[聖]1509 得當得，[聖]1509 何以乃，[聖]1509 世果報，[聖]1509 曇無竭，[聖]1509 欲，[聖]1546 修謂得，[聖]1548 身生怖，[聖]1562，[聖]1562 愍彼類，[聖]1562 詳諸經，[聖]1670 如是久，[聖]1721 昔鉾楯，[聖]1723 留教，[聖]1723 棄君政，[聖]1733 此住眞，[聖]1733 據利他，[聖]1733 尋下文，[聖]1733 於相中，[聖]1763 佛會通，[聖]1788 生除障，[聖]2157 吾，[另]1442 日令幾，[另]1435，[另]1442 不應進，[另]1442 得生，[另]1442 何願求，[另]1442 後應同，[另]1442 皆現在，[另]1442 在何處，[另]1451 復以其，[另]1459 當説，[另]1463 已去不，[石]1509 不應，[石]1509 得聖人，[石]1509 何以更，[宋]2060 業起於，[宋][宮]721 所聞，[宋][宮]1525 身，[宋][宮]450 復憶念，[宋][宮]559 得開解，[宋][宮]627 已沈沒，[宋][宮]1421 是戒應，[宋][宮]1428 已爲懺，[宋][宮]1507 此一坐，[宋][宮]2123 現在世，[宋][明]157 得坐於，[宋][明]2122 盛在四，[宋][明]2145 統所以，[宋][元]220 引發神，[宋][元]1442，[宋][元]1597 當顯示，[宋][元][宮]1453 與半豆，[宋][元][宮]1559 一時，[宋][元][宮]2122 出，[宋][元][宮]387 一，[宋][元][宮]587 世尊釋，[宋][元][宮]1425 得物還，[宋][元][宮]1428 當受之，[宋][元][宮]1442 既夜行，[宋][元][宮]1443 爲向本，[宋][元][宮]1462 遣其往，[宋][元][宮]1558 應思，[宋][元][宮]1562，[宋][元][宮]1612 有爲性，[宋][元][宮]2112 尚未悟，[宋][元][宮]2122 譯

得一，[宋][元]1 諸大衆，[宋][元]184 諸佛皆，[宋][元]186 立造勝，[宋][元]206，[宋][元]297 摧滅煩，[宋][元]1340 言無方，[宋][元]1374 有無量，[宋][元]1425，[宋][元]1462 共汝叛，[宋][元]1562 正顯示，[宋][元]2061 完淨傳，[宋][元]2061 勿然，[宋][元]2102 欲，[宋][元]2112 化胡經，[宋][元]2154 重復以，[宋]54 復亡失，[宋]129 難國人，[宋]186 此書堂，[宋]200 者欲來，[宋]201 無所恃，[宋]220，[宋]220 度生死，[宋]220 爲欲令，[宋]223 得，[宋]223 未發阿，[宋]262 善聽當，[宋]310 取滅度，[宋]361 我出於，[宋]1331 身不自，[宋]1340 如是行，[宋]1545 有亦無，[宋]1545 欲渡憍，[宋]1562，[宋]2060，[宋]2102 一令其，[宋]2121，[西]665 已，[乙]2249 得亦爾，[乙]1141 所發心，[乙]1239 欲，[乙]1709 重譯斯，[乙]1736 不欲欺，[乙]1736 見相入，[乙]1822 欲決戰，[乙]1871 此經住，[乙]2070 觀不忍，[乙]2157 所設已，[乙]2223 住如來，[乙]2249 得，[乙]2261 出滅境，[乙]2261 集意云，[乙]2391 大日總，[乙]2393 此胎藏，[乙]2394 入此曼，[元]26 少無色，[元]1340 更有何，[元]2016 取親生，[元][明]220 一切法，[元][明]220 應不離，[元][明]1595 得極，[元][明][宮]263 衆會及，[元][明][宮]1656 非福滿，[元][明][宮]2122 掃塔，[元][明][甲]1007 説畫像，[元][明]5 得斷，[元][明]24 我此身，[元][明]99 此，[元][明]99 此比，[元][明]158 是二等，[元][明]187 體枯竭，[元][明]291 屬佛子，[元][明]291 斯菩薩，[元][明]310 諸弟子，[元][明]397 一切天，[元][明]624 得怛薩，[元][明]636 坐諸菩，[元][明]658 得遠離，[元][明]721 破，[元][明]721 受苦，[元][明]1335 一切驅，[元][明]1442，[元][明]1442 此新妻，[元][明]1451 聽入，[元][明]1462 至，[元][明]1509 離是如，[元][明]1509 欲廣，[元][明]1545 不，[元][明]1562 於此中，[元][明]1579 聖弟子，[元][明]1579 於此中，[元][明]1582，[元][明]2016，[元][明]2016 汝自觀，[元][明]2016 相，[元][明]2016 證菩，[元][明]2033 依理教，[元][明]2102 先布其，[元][明]2103 陪十善，[元][明]2104 大道之，[元][明]2145 加其一，[元][明]2154 勘爲大，[元][明]2154 以秦僧，[元]125 向如，[元]125 用酪爲，[元]184 不可得，[元]200 當，[元]200 豐，[元]220，[元]220 大衆付，[元]221 得深般，[元]227 現在欲，[元]228 我此身，[元]232 得當得，[元]324 是諸佛，[元]374 當試即，[元]376 孤露，[元]380 當復更，[元]380 正是時，[元]643 生處名，[元]696 是佛生，[元]816 爲佛，[元]970 賴空中，[元]1007 當與，[元]1331 我借汝，[元]1421 爲諸比，[元]1425 是，[元]1425 爲大臣，[元]1428 與闡陀，[元]1428 云，[元]1442 可將此，[元]1451 便奉請，[元]1462

説其根，[元]1579 世惡説，[元]2122 觀何愛，[元]2122 住猷停，[元]2123 我心開，[元]2150 總見別，[元]2154，[原]、令[甲]、今[甲]1781 施佛乳，[原]1856 觀名色，[原]1890，[原]2196 得者如，[原]2262 外相轉，[原]2339，[原][甲]1825 縷中有，[原]1721 發佛心，[原]1776 此樂，[原]1776 地廣爲，[原]1776 人捨，[原]1818 背惡向，[原]1818 所聞妙，[原]1818 一乘中，[原]1863 有者即，[原]1957 依傍無，[原]2196 不作心，[原]2196 三乘同，[原]2196 十地頂，[原]2196 與其生，[原]2196 衆生自，[原]2196 自能解，[原]2231 顯智體，[原]2266 現業望，[原]2339 現起故，[知]598 有生者，[知]1785 勸王三。

鹿：[三]、金[宮][聖]1425 便是無。

命：[宮]384，[宮]657 得解脱，[宮]1562 詳宗趣，[宮]1565 解釋若，[甲]2073 與修羅，[甲]2266 略説十，[甲][乙]1821 還約宗，[甲]1709 此地中，[甲]2087 印度，[甲]2195 是大國，[甲]2219 即焚之，[甲]2250 也如上，[甲]2255 若鈍根，[甲]2266 亦爾乎，[甲]2299 未死已，[甲]2339 章開釋，[甲]2401 即焚之，[明]200 若設終，[三][宮][聖]223 善男子，[三][宮]1464 當活，[三][宮]1509 善男子，[三][宮]2102 善惡雖，[三]1058 遇善緣，[三]2121 轉羸恐，[聖]425 告於喜，[聖]2157 雖。

能：[三][宮]545 與我難。

念：[博]262 乃知實，[宮][聖]1579 當云何，[宮]221 此衆生，[宮]286 勸言，[宮]310 當試之，[宮]493 佛去世，[宮]618 當略説，[宮]702 得如是，[宮]1421 樂此空，[宮]1425，[宮]1804 向大德，[宮]2103 穎律師，[宮]2122 得値我，[宮]2122 老見佛，[甲][乙]1822 得不，[甲]1709 所散花，[明][聖]225 欲相助，[明]1450 應少通，[明]1451 應以軟，[三]1442 所施物，[三][宮]397 猶不堪，[三][宮][聖]310 應觀不，[三][宮][石]1509 僧中説，[三][宮]397，[三][宮]415 此三昧，[三][宮]425 佛故宣，[三][宮]1509 轉身，[三][宮]1634 本皆修，[三][宮]2121 是沙門，[三][聖]361 我曹得，[三]99 法忽磨，[三]125 梵志不，[三]1646 猶在又，[聖]223 實有，[聖]476 不應心，[聖]627 此諸鉢，[聖]1425 是獼猴，[聖]1464 解弶，[聖]1509 世功德，[聖]2042 當集法，[另]1442 被他殺，[另]1442 已作，[宋][宮]1509 何以復，[宋][元][宮]2045，[宋]1646 但觀身，[乙]2227，[元][明]76 當問現，[元][明]1509 當，[元][明]1579 我，[元]125 形體骨，[元]1331 者，[元]1425 從僧乞，[元]1493 現住彼，[元]1509 何以更，[元]1509 世因縁，[知]384 得爲人。

其：[甲]2274 顯云云。

企：[宋]268 皆通達。

取：[甲]1828 所明前。

去：[三][乙]1092 垢障重。

全：[宮][甲]1912 無下化，[宮]2111 順而爲，[甲]1709 無能誑，[甲]2399 列五字，[甲]2399 同天台，[甲]2434 爲，[三][宮]1562 人，[三][宮]1562 無可名，[三][宮]2104 與老子，[三][宮]2122 捨閻浮，[三]2154 本，[三]2154 譯但於，[石][高]1668 緣事之，[宋][宮]2060 乖未遑，[乙]2249 無有心，[乙]2249 非下地，[乙]2408 身沐浴，[原]、[甲]1744 別體故，[原]1776 部。

然：[原]2208 既自許。

人：[甲]1735 方言授，[甲]2012 臥疾攣，[三][宮]1577 即便與，[三][宮]2121 故，[石]1509 未得實，[宋]2123 意中所，[乙]2390 珠，[原]1776 所乘名。

忍：[三]1808 差比丘。

如：[甲][乙]2219 神通，[甲]1833 有問言。

入：[宮]2121 見之即，[宋]2155 藏經今。

若：[石]1509，[元][明]223，[元][明]790 治字者。

舍：[宮]636 故於此，[明]130 此所來，[元][明]5 欲見之。

舎：[乙]1816 盧舍那，[原]1744 已。

身：[元][明]7 雖是金。

勝：[甲]2299 欲。

食：[三][宮]721 波迦果，[三][宮]1428 時已到，[三]1464 時已到，[知]598 汝至心。

是：[三][宮][聖][石]1509 福德無，[宋][元]210 我。

受：[三][聖]178 取佛上。

所：[三][宮]1488，[三][宮]2028 說是汝。

貪：[三][宮]721 得如是，[三]201 身得苦。

天：[宮]268 日音同。

爲：[甲]1816 因得證，[甲]1839 宗何故，[明]310 大利益，[乙]2192 演開示。

文：[甲]1778 段思。

聞：[甲]2195 說一偈。

我：[甲][乙]2250 從今者，[甲]1742 爲汝說，[聖]375 爲衆生。

吾：[三]375。

誤：[宋]、令[元][明]205 佛來及。

下：[乙]1736 揀云非。

現：[石]1509 世功。

相：[三]184 差次令。

言：[甲]2276 非必不，[乙]1736 如所起。

已：[聖]1428 捨與僧，[聖]1433 受之，[聖]1435 心悔折。

以：[甲][乙]2397，[三]1339 名何。

亦：[甲][丙]2397 云，[甲]1841 應略述，[甲]2305 屬依，[原]2271 違五頂。

有：[甲]2266 本作懈，[甲]2263 尋云種。

又：[甲]1705，[甲]1831 解論文，[三][宮]2122 在城南。

于：[宮]2122 猶。

余：[宮]2041 以六義。

於：[宮]2008 有師趺。

餘：[甲]2263 佛亦有，[甲]2263 結文，[三]2106 且略之，[乙]2391 亦准之。

與：[甲][丙]2812 此睡眠，[甲]2274 云極微，[三]2149 長阿。

遇：[三][宮]1435 世飢。

云：[甲]2299 明此經。

則：[聖][另][石]1509 異於色。

者：[三]125。

之：[甲]、文[乙]2317 云苾芻，[甲]2317 四支戒。

宗：[甲]2299 欲令文。

昨：[聖]1425 日復何。

金

必：[甲][乙]1822 之與器。

杵：[乙]2408 契以。

冬：[三]、今[宮]2123 雖改秋。

釜：[宮]416 柱如是，[三]1644 露。

剛：[甲]2290 剛之名。

合：[甲]2214 掌皆屈，[三][聖]157 華中自。

黒：[三][宮]2121 色仙人。

胡：[乙]2092 神號曰。

華：[三]99 蓋著。

黄：[乙]2228 色三。

會：[甲]952 色相身。

今：[甲]2255，[甲]1119 剛薩埵，[甲]1912 亦不滅，[甲]2775 擧前魏，[明]194，[明]410 剛藏菩，[明]1128 剛大乘，[明]1462 遣人送，[明]2076 和尚説，[明]2154 剛般若，[三][宮]2060 像所佩，[三][宮]2121 是無施，[三][宮]2122 以還，[三]198 足蹈遍，[三]1527 者涅槃，[三]2088 爲石也，[聖]446 上佛南，[宋][元][宮][聖]、－[明]397 支反持，[宋]1340 言教誨。

奎：[三][宮]374 星昴星，[三]375 星昴星。

連：[甲][乙]2087 河盛滿。

令：[甲]1731 木二體，[三]、今[聖]1 即從座，[三][宮]2123 火龍防，[三]158 不壞略，[聖]231 色光來。

妙：[甲]2207 翅翅殊。

木：[甲]1731 非木一。

念：[宮]2121，[甲][乙]2296 無間一，[甲][乙]2390，[甲]1112 色便成，[聖]2157 香，[乙]866 剛念誦，[乙]912 剛鉤攝。

其：[元][明]1428 羽如。

錢：[三]643 往。

仝：[丙]2286 等首尾，[宮]310 口之微，[甲]893 合，[甲]1816 故由此，[甲]1983 身正法，[甲]2036，[甲]2266 界一切，[甲]2290 大日三，[三][宮]2122 中懸銅，[元]2016 位相攝。

入：[明]721 烏出衆。

傘：[三]2121。

色：[甲]853 光焰起。

舍：[甲]2129 匱經云，[三][宮]

376 樓閣入，[三]607 試知是，[三]1336 羅婆悉，[聖]1460 山無與，[宋]99 剛跋求，[宋]866 剛縛以。

舍：[宮]2034 師精舍，[三][宮]721 花六時，[三][乙]1028 究尼鬼。

食：[三]154 出與諸，[聖]1425 色鹿皮，[聖]1425 銀諸比。

貪：[三]1331 慢鬼薜。

仐：[甲]1736 例皆金。

提：[宮]444 晝夜六。

同：[明]2131 水。

銅：[三][甲][乙]2087 水次第。

銀：[宮]2040 錢從汝，[甲]1067 花第三。

余：[甲]2266 無此能，[甲]2299 師其。

餘：[甲]2266 性法皆。

曰：[明]647 光照其。

雲：[明]2131 臺更高。

至：[明]2131 水兎羊。

朱：[甲]2006 陵沙。

珠：[宋]374 爲。

轉：[宮]848 輪與馬，[宋][元][宮]2121 輪王有。

津

喉：[甲][乙]1705 即味塵。

律：[宮]2108 徑所歸，[甲]1723 終登覺，[甲]2068 故三乘，[明]2060 學年出，[明]2076 禪師大，[三][宮]656 復有無，[三][宮]2060 稠亦定，[三][宮]2060 講，[三][宮]2060 也穿壙，[三]100 濟渡，[三]2125，[三]2150，[三]2154 雖經論，[聖]1458 上覆應，[聖]1552 膩義，[宋][明]2066，[宋]2108 陶思常，[宋]2151 十五出，[元][明]2145 則，[元]2016 之者導。

肆：[宮][甲]1805 上以錢。

通：[甲]2084 三年五。

宣：[甲][乙][丙]、津一作津夾註[甲]、一作宣夾註[丁]2092 陽門。

聿：[甲]2067 吾去識。

衿

泠：[明]、旌[宮]2103 綱和南。

襟：[宮]2059 諮問敬，[宮]2053 寢興納，[宮]2059 企待明，[宮]2059 致契導，[宮]2103 抱豁然，[宮]2103 瞻，[明]1595 學窮三，[三][宮]2102 誠臨白，[三][宮]2102 釋僧巖，[三][宮]2103，[三][宮]2103 綱，[三][宮]2103 慧水凝，[三][宮]2103 皆授名，[三][宮]2103 朗開三，[三][宮]2103 神會流，[三][宮]2103 送志，[三][宮]2122 同缺口，[三]2103 長慕出，[三]2110 以上見，[三]2145 甘，[三]2154 諮問敬，[乙]2157 諮問敬。

衽：[元][明]2102 妙樂曜。

徐：[宮]2059 翳翳閑。

矜

哀：[甲]2239 愍難調。

給：[聖]211 濟樹神。

貢：[宮]402 高野干。

憍：[三][宮]2122 伐外致。

衿：[宋][元][宮]2059 章佉吒。

矜：[明]2122。

襟：[三][宮]2102 民積世。

旍：[三][宮]2103 妖言惑。

憐：[宮]531 賜，[明][乙]996 愍，[三]2123 王者，[知]414 愍願時。

狑：[三][宮]1549。

泠：[乙]2120 生靈仁。

羚：[甲]2120，[乙]913 羯羅網。

粼：[三]、憐[宮]2121 愍王懷。

務：[三][宮]2029 莊相貢，[乙][丙]2092 尚見略。

於：[宮]2122 妖言惑。

矜

矜：[三]2122 誇衒道。

憐：[三][宮]537 到此兒。

筋

觔：[明]1463 力令。

肋：[甲]2897 骨爛壞。

肵：[聖]1788 骨集成。

勸：[原]1776 物修。

昕：[聖]1723 脈。

莇：[甲][乙][丙][丁]2187 力者譬。

著：[三][宮]1546 安闍那。

筯：[甲]1804 鍵等。

鉒：[三][宮]2058 貫穿其。

箸：[甲]2879 慇重之，[明][聖]1451 許隨井，[明]2131 鍵，[三][甲]1333 大作一。

㦗

襟：[明]2131 抱平恕，[三][宮]2060 責以。

澿：[元][明]673 然定住。

襟

衿：[三][宮]2060 便有奇。

㦗：[宋]2061，[宋][元]2061 年，[元]1579 深窮性。

禁：[甲]1782 雅，[甲]1983 攀緣四。

噤：[乙]2207 眞諦。

菫

槿：[甲]2300 花待日。

僅

謹：[明]2103 而後免，[宋]2103 而後舉。

僕：[甲][敦]1960 以爲下。

僮：[明]1442 得充軀。

緊

堅：[宮]579 密四十，[甲]950 握作拳，[甲]2244 那羅女，[明]1551 叔迦華，[元][明]2060 韌抽拔。

豎：[丙]1184 旨，[丁]2244 那羅其，[甲]952 押左右，[宋][元][宮]、豎[元]451 樹𩈩。

緊：[甲][乙]2223 合新繩。

槿

菫：[三]246 榮月也。

錦

㒔：[宋][元]、𩀱[明][宮]2060 裳

便欣。

綿：[宮]2103 典況太，[甲]1804 繡等綺，[宋][元][宮]221 城上，[宋]23，[元][明]5，[元][明]6 纏身體。

藥：[宋][宮]2103 諒非工。

飾：[三][宮]2053 地積名。

緹：[乙]2092。

稀：[三]2087 細褐毹。

繡：[宮][聖]514 綾衣此。

謹

保：[丙]2134 身。

讀：[甲]2266 者知之。

護：[三][宮]342 愼文殊。

僅：[原]2339 出三界。

蓮：[甲]1724 書。

謙：[三]220 敬伏憍。

輕：[甲]1828 是罪不。

愼：[甲]1969 言。

溪：[原]2411 師說。

饉

餓：[甲]2250 故盡復，[明]1435 時，[三][宮][聖]1463 諸比丘，[三][宮]402 疾病他，[三][宮]1428 乞食難，[三][宮]2122 故盡佛，[三]989 惡，[元][宮]664 多諸疾。

荒：[明]310 世人有。

飢：[宋][明]159 渴人遇。

近

初：[宮]2053 接金城。

處：[三][宮]1545 分爲加。

道：[甲]2425 分世道。

邇：[三]2087 學徒莫，[三][宮]263 近甫四，[三][宮]2053 至於因。

附：[三]210 香熏進。

及：[明]278 善知識。

極：[原]1829 相隣近。

迹：[三][宮]342 無所授，[三]2059 經抱後。

迦：[原]2409 羅云白。

江：[甲]1201 海河口。

匠：[甲]2193 無道，[甲]1906 物性蚊。

今：[聖]222 般若波。

進：[甲]1816，[甲][乙]1816 入初，[甲]2250 事得受，[三]1537 觀智者，[乙]2261 字恐謬，[乙]2263 波羅，[原]2410 處也少。

覲：[燉]262 供養禮，[甲][乙]1736 七十九，[三][宮]410，[三][宮]449 供養，[三]212 善知識，[三]264 大通智，[三]264 而供養，[三]410 世尊者，[三]1082 課法能，[聖]375 供養無，[宋][宮]223 禪。

就：[三][宮][另]285 得。

連：[乙]2393 門向壇。

六：[三]近在[宮]2040 世祖始。

迷：[宋]、摧[元]945 自銷殞。

匹：[三][宮]2034 初始之。

片：[三][宮]2103 同。

迫：[甲]2075 道場逖，[甲]2128 也從犬，[乙]1834 名無合。

起：[三][宮]1433 不得略，[三]189 心。

勤：[三]220 諸佛是。

丘：[甲]1965 墟滿野，[三]1300 聚此，[聖]189 於此見。

人：[三]2063。

如：[甲]1735 四彰法。

入：[三][宮]477 佛境界。

是：[甲]2262 應得。

逝：[元]26 邊新生。

四：[三][宮]2034 遠必集。

速：[三]220。

通：[宋][宮]657。

退：[甲]1512，[甲]2249 淨定也，[明]291 諸限亦，[乙]2249 作第六。

欣：[甲][乙]2249 有歡。

延：[甲]893 遲，[甲]1007 前作商，[甲]2081 一千餘，[甲]2266 時至觸，[明]1450 岸三名，[明]2060，[三][宮][聖]288 菩薩，[三][宮]1443 請麨餅，[三][宮]2040 書猶，[三][宮]2060 居輦轂，[三][宮]2103，[三]950 曩，[三]2060 數過五，[三]2110 承修靜，[三]2125 也，[三]2145 致乃貽，[聖]425 致車乘，[乙]867 那，[元]2122 百圍下，[原]1782 客故使。

一：[乙]1821 者或。

亦：[甲][乙]1822 山生故，[三][宮]2122 曾射。

迎：[和]293 歡喜愛，[三][宮]721 天王於，[三][宮]721 復有餘，[三][宮]1509 菩薩欲，[三][宮]2045 臣數萬，[三][宮]2122 之見有，[三][宮]2123 雖見飮。

應：[明]1428 敷高座。

遊：[三][宮]2102 方未，[元][明]2151 靈迹是。

遠：[甲]2263 此解即，[乙]2263 所除空，[原]1832。

在：[三][宮]683 大道邊。

正：[聖]2157。

之：[三][宮]383 死地人，[三]71 父母懷。

逐：[甲]2337 機。

追：[甲]2290 念，[三][宮][聖][另]790。

勁

到：[敦]1957 走。

動：[三]201 勇有力。

晋

此：[明]、漢[宮]810 言帝樹，[明]330 言威施，[明]513，[明]744 言才明，[明]1435 言諦見，[明]1435 言清淨，[明]1435 言助身，[明]2028 言，[明]2122 言解衆，[明]2123 言聖及，[明]2149 言，[明]2151 云法，[明]下同 1336 言慈悲，[明]下同 1336 言最上，[明]下同 1352 言華積。

哥：[聖]2157 世。

漢：[宋][宮]2122 永嘉年。

進：[三][宮]2122 州屠兒，[三]2122 州刺史。

劉：[宋][元]2085 家聞已。

普：[三]2153 義經。

秦：[三]2149 竺法護。

宋：[聖]2157 智嚴譯。

魏：[三][宮]2034 三武帝。

西：[明]2154 三藏竺。

言：[宋]2102。

永：[明]2122 和中作。

智：[宋][宮]2059 者必取。

竺：[宮]817。

撰：[三]2110 塔寺記。

晉

比：[明]202 言堅誓。

此：[明]、晉言善温作本文[宋]196 言善温，[明]、固[宋][元]22 言固活，[明]154 名攝聲，[明]196 言寶稱，[明]196 音美言，[明]202 言，[明]202 言安隱，[明]202 言寶髻，[明]202 言月光，[明]635 言辯辭。

浸

蔽：[三]1340 亦無遺。

漫：[甲]2261，[甲]2266 多也。

沒：[宮]2123 灌有三，[甲][乙]1822 身而洗，[三]25 入地皆，[聖]1509 浸日曝，[宋][明]1272 過復用，[乙]2087 遠。

侵：[宮]2121 未信樂，[甲][乙][丙][丁][戊]2187 斷少習，[三]2149 未信重，[宋][元][宮]376 壞此大。

自：[三][宮]2122。

進

邊：[原]1112 密語三。

長：[宮]263 神足專，[三]100 善業更。

道：[甲]2263，[明]425 力強欲，[三][宮][聖]425 念，[聖]1579 開化安。

得：[宋][元]208 金銀數。

定：[三]100 了知生。

逗：[甲][乙]1723 令修學。

遁：[三]2060 度江家。

會：[甲]2195 云玄贊。

或：[甲]、戒[乙]908 度即成。

集：[宮]1548 正，[宮]1647 趣爲行，[宮]2122 云昨見，[甲][乙]2391 會業金，[甲]1112 之塵勞，[甲]2087 餘十三，[甲]2223 故故以，[甲]2396 趣者無，[三][宮]462 諸善法，[三][宮]1509 故爲煩，[三][宮]2042 諸善，[三][宮]2123 其，[三]186 道義亦，[三]2154 度中罪，[聖]99 得涅槃，[聖]397 善，[宋]2103 亦實如，[乙]2397 諸賢，[知]1579 修無。

跡：[甲]1925 乘。

建：[甲]2035 梵。

健：[三][宮]410 力超過，[元][明][宮]374 者示人。

解：[聖]1579 於爾所。

戒：[甲]909 度即成。

近：[甲]、進智[乙]1816 習今說，[甲][乙]1822 縛遠，[甲]1733 而常歎，[甲]1736 無往來，[甲]1782 尊聖，[甲]2250 行，[甲]2386 身先印，[甲]2400 侍奉，[三]212 勿懷中，[原]2339 緣故入。

盡：[聖]1425 欲使精。

精：[宮]397 行入道，[宮]1579。

淨：[明]1435 非時槳。

離：[甲]1997 得許多。

立：[三]193。

猛：[甲]864 金剛，[甲]957 不怯弱。

逆：[甲]1736 修後位。

念：[乙]921 惠輔於。

迫：[甲]1782 譬諸牢。

其：[三][宮]749 路未遠。

氣：[三][宮]425 靜定不，[乙]2228 害有情。

勤：[明]663 擁護四，[明]293 恒，[三]212 意勇猛，[三][宮]325 爲最上，[三][宮]374 勇，[三][宮]618 不可動，[三][宮]1507 經行不，[三][宮]1521 求禪定，[三][宮]1581 方便不，[三][宮]2034 四念處，[三][宮]2042，[三][甲][乙]950 作窣覩，[三][聖]26 晝夜無，[三][聖]99 方便不，[三]1 滅不善，[三]100，[三]125 於禪定，[三]153 勇猛而，[三]192 無利而，[三]1340 修行此，[三]1340 勇，[三]2063 有。

懃：[聖]1582 苦七者，[石]1509 而得如。

請：[甲]2035 如來莫。

勸：[甲]1929，[三]100 所求必。

身：[甲]2035。

神：[明]100 捨五事，[聖]225 無所，[乙]2207 五者具。

是：[宋]375 得而不。

熟：[甲]1929 轉復增。

送：[乙]1736 其美水。

通：[甲]1735 二義故。

退：[甲]1709 猶如輕，[甲]2328 上位不，[三][宮]310 不，[三]26 進亦復，[三]100。

往：[三][宮]1421 佛所道。

爲：[宮]397 戒忍力，[乙]2350 三司使。

違：[甲]2281 三相，[甲][乙]2219 菩提心。

習：[三][宮]、集[聖]625 多聞是。

暹：[甲][乙][丙]2173。

信：[原]2208 要行一。

行：[三]202 見一金。

修：[三][宮][聖]425，[三][宮][聖]425 是持戒。

養：[三][宮]585 飲食饌。

逸：[甲]2128 也說文。

勇：[三][宮]416。

遊：[聖]2157 上國宣。

至：[明]222 前至護，[三][宮][甲]2053 知法師。

重：[甲]2195 趣大。

專：[聖]1017。

追：[甲]1733 友二德，[甲]2290 求心不，[三][宮]2122 陵太守，[原]2219 所馳送。

准：[明]2145 者之鴻，[元][明]1227 鼠狼薰。

搢

縉：[三]、槢[宮]2060 紳學者，[三][宮]2122 紳之，[宋][宮]2102 紳跽，[宋][宮]2102 紳難言，[宋][宮]2102 紳之士，[宋][宮]2108 紳，[宋]

[元][宮]2102 紳之表。

靳

蘄：[甲]2207 反周禮。

硬：[甲]1778 而能方。

斬：[三][宮]2087 石通谷。

禁

不：[三][宮]2112 婚娶之。

持：[三][宮][聖]425 戒報所。

道：[三]2063。

梵：[甲]1182 呪或由，[明]2131 語鬼，[聖]278 戒清淨，[宋][宮]399 八不念，[宋][宮]2121 寐王爲，[宋][元][宮]2121 寐王爲。

佛：[宋][宮]267 戒。

忌：[三][宮][聖]292 者皆建。

祭：[原]1309 之。

戒：[甲]1736 我語謂。

襟：[三][宮]2103 帶餘辭。

林：[三][宮]2060 中。

捺：[元][明]2123 咽不得。

抒：[三][宮]2102 暴豈。

藥：[乙]2092 日取之。

業：[宮]226 若復他，[甲][乙]1822 等無涅，[三][宮][聖]318 因此輒，[三][宮][石]1509 止也用，[三][宮]403，[三][宮]2109 行清高，[聖][另]342 非爲邪，[元][明]309 而不。

阻：[三][宮]2122 也宿昔。

尊：[元][明]2103 經天文。

寖

浸：[三][宮]2053 將湮落。

盡

礙：[三]1345 辯時文。

報：[甲][乙]1822 故能。

邊：[甲]1734 世界乃，[三][宮]443 行步如，[三]1485 功德藏，[宋]279 如實讚。

遍：[三][宮]1425 覆極大。

並：[元][明]1458 已方持。

暢：[宮]810 剎土之。

塵：[三][宮]385 誰能究。

啻：[宮]2121 又如方。

除：[甲]2337 云云。

此：[三]186。

道：[三]1543。

得：[三][宮]1520 對治降。

定：[原]2262 依非想。

斷：[原]、斷[甲]2006 一切情。

伏：[甲]2263 之。

蓋：[甲]1873 觀無所。

蓋：[宮]2040 哀奉無，[宮]614 得初禪，[甲]952 思共度，[甲]1731 既明因，[甲]1735 一二乘，[三]、一[宮]760 善本是，[三]26 心有能，[三][宮][聖]285 哀所入，[三][宮]407 娑婆世，[三][宮]425 哀具四，[三][聖]、盈[宮]397，[三]2103 闕，[聖]626 故用阿，[宋][宮]、逆[元][明]2121 試求其，[乙]895 還復，[原]2248 是法，[原]853。

過：[原]2262 常。

寒：[甲][乙]1822 俱說斷。

合：[甲]2006。

畫：[敦]262 持以供，[宮]721 已彼人，[宮]2103 一信重，[甲]952 知諸佛，[甲]2067 裙垂半，[甲][乙]1072 著牙形，[甲][乙]2394 形相或，[甲]893 置於前，[甲]951 法亦准，[甲]1239 其，[甲]1717 邊無非，[甲]1717 智爲解，[甲]1778 運念動，[甲]2039 地而爲，[甲]2128 象臼有，[甲]2135 只怛，[甲]2230 是實，[甲]2266，[明]2131 禽獸誰，[明][甲]1216 彼等形，[明]263 於虛空，[三]1 圖度東，[三][宮]1545 微細難，[三][宮]2121 樂園中，[三][宮]2122 梵迹傳，[三][宮]2123 形供養，[三][甲]1227 梵羅剎，[三][聖][宮]639 無盡，[三]682 有高下，[三]1006 作龍一，[三]1202，[三]2122 觀巉巖，[聖]1199 者，[聖]1435 聽，[聖]2157 經一卷，[東][元][宮]721 彼地，[宋][元][宮]244 諸業障，[宋][元]1101 心供養，[乙]848 其所有，[元][明][宮]721 所作有，[元][明]187 虛空或，[元][明]2059 然猛香，[元][明]2154 然猛香，[原]1856 見於色，[原]1088 作欝金，[原]1089 說。

盡：[甲]2401 辨事眞。

恚：[明]316 心精進。

即：[博]262 除，[三][宮][聖]1509 相與婆。

疾：[宮]402 無餘夫。

寂：[宮]761 滅法非。

建：[三][宮]309 意如空，[三]125 心意無，[三]186 誓立威。

皆：[明]2076 是掜怪。

進：[甲]2217 以下面，[三][宮]743。

濜：[明]1464 段段異。

燼：[三][宮]2034 唯留心，[三]2060 其年授。

竟：[甲]1918 實相而，[三][宮]309 唯佛世，[三][宮]585 曉了衆，[三][宮]2122 如虛空。

淨：[甲]1736 此，[明]223 三昧威，[明]821 辯見佛，[明]1014 宣說善，[明]1552 若生遍，[明]1602 諸漏，[明]2154 經一卷，[三][宮]376 想受言，[三]202，[元][明]99 相修習。

空：[甲]1929 諸戲論。

來：[甲]1736 故。

離：[元][明]626 亦不導。

量：[丙]1132 生死界，[宮]263 又復嗅，[宮]657 所以者，[宮]1509，[甲]1700 福此初，[甲]2214 義是則，[甲]866 意次辯，[甲]1709 藏也瑜，[甲]1929 迴，[明][甲]1177 聖，[明]1595，[三][宮][知]414 若，[三][宮]384 非有亦，[三][宮]638 無以，[三][宮]656，[三][宮]1521 福德故，[三]418，[聖]278 智慧海，[宋][宮][聖]385，[乙]957，[乙]2391 燈，[原]1816 福偈，[原]2339 如。

靈：[甲]2036 通三藏，[聖]1859 極數者。

漏：[三][宮]1611 法。

孟：[甲]2196 法用太。

滅：[三][宮]223 相若，[三][宮]616 諦道諦，[三][宮]1462 也答曰，[三][宮]1509 無餘熱，[三][宮]1647 是

眞滅，[聖]1509，[原]1851 名心生。

名：[甲][乙]1822。

氣：[三][宮]2122 温暖氣。

遣：[原]974 已收歛。

窮：[宮]278 諸方便，[甲]1736 未來故。

善：[三][宮]345 見，[三][宮]2122 當來集，[三]1 能分，[三]99 攝其心，[乙]2092。

設：[甲]1775 敬致供。

神：[甲]1333 力至，[甲]2412。

生：[宋]99 無，[宋]310 邊故於。

盛：[宮]1425 得越。

事：[宮]1432 同尼。

是：[三][宮]657 心相。

釋：[甲]、盡[甲]1851 毘曇所。

壽：[三][宮]1484 取證者。

書：[丁]2092 勅，[宮][聖]224 者以盡，[宮]1483 犯捨墮，[宮]2121 之，[甲]1804 故攝他，[甲]2067 答，[甲][丙]2286 乎彼所，[甲][乙]1822 謝過并，[甲][乙]2394 字記一，[甲]1724 倒有云，[甲]2255 云叵不，[明]2102 耳此書，[聖]1509 相故知，[聖]1733 第十地。

述：[甲]2195 諸機。

數：[甲]2195 說之，[聖][乙]1199 穀。

説：[元][明]1545 無生智。

澌：[三]100 此阿浮。

巳：[甲]2792 是無餘。

隨：[元][明]220 彼壽量。

碎：[三][知]418 如一佛。

所：[三]100 獲得。

索：[原]1205。

特：[三][宮][甲]2087 盛去城。

爲：[甲]1717 字，[三][宮]638 喻阿難。

無：[甲]2266 者即違，[明]310 邊利益，[元][明]657 際故以，[元][明]2122 客作傭。

悉：[甲][乙]2215 皆有心，[甲]1763 釋也，[甲]1929 有經，[甲]2207 有之白，[甲]2313 絕亡，[甲]2434 流入，[三]2122 去。

喜：[聖]425。

黠：[三][宮]461 觀四大。

現：[甲]1828 安處已。

想：[甲]2262 定二説。

心：[三]、進[宮]544 心不犯。

虛：[明]293 空，[石]1509 必得涅，[宋][宮]381 無不造。

宣：[明]1153 關閉地。

言：[宮]1425 不作衣。

妖：[三]193 媚巧。

亦：[原]2408 蒙其益。

益：[甲]1828 已捨而，[三][宮]1522 故於染，[三]186 致神仙，[宋][宮]403 其餘衆。

異：[甲]1795 故以有。

盈：[宮]703 力共挽。

於：[甲]2434 螢火之。

愚：[甲]2195 也或可。

緣：[宮]1552 縛者見。

遠：[甲]2052 學達無。

云：[甲]1802 塔有二。

者：[宮]2121 與鴿始，[甲]1027 皆馳散，[聖][另]1543 智。

眞：[甲]2261 故有生，[三]26 覺時作，[聖]26 覺，[乙]2263 理故今，[乙]2296 性理也。

諍：[聖]221。

之：[三][聖]125 法彼盡。

至：[三][宮]590 誠無欺，[元][明][宮]616。

終：[三][宮]2123 生兜率，[三]196。

重：[宮]310 業。

晝：[宮]2122 是日，[甲]893 日夜亦，[甲]1227 夜彼，[甲]1828 增減位，[甲]1960 夜常光，[甲]2261，[明]244 夜持誦，[三][宮]721 如是受，[宋][元][宮]1425 入聚落，[宋][元]99 正受時，[元][明][宮]225 闓士揵，[原]、晝[甲]1782 色類朱，[原]、晝[甲]2006 夜無慮，[原]1852 冥智與，[原]1992 樣所以，[原]1771 度，[原]2196 如實說。

住：[甲]、盡[甲]1782 涅槃之。

追：[聖]1421 道業於。

足：[三]2149 香象之。

益：[甲]2266 法生必。

凚

禁：[甲]2128 瑟歆反。

噤

禁：[三][宮]2060 惡，[三]99 呪，[三]1336 持令彼，[宋]643 不語心，[乙]1238 持令彼，[元][明]1237 持令彼。

唎：[甲]1238 碎自遇。

縉

晋：[三]、指[宮]2104 雲山嫠。

搢：[宮]2060 雲眷眄，[甲]2036 紳之推，[三]2110 紳此華，[宋][元]2061。

潛：[甲][乙]、[丙]2120 眞僉量。

覲

覩：[三][宮]263 如來，[三][宮]263 諸佛天，[三][宮]822 見無量，[三][宮]2060 靈相，[三]291，[三]291 如來身，[戊][己]2089 尊顏嗟。

觀：[甲]2035 商賈往，[明]125 世尊遙，[三][宮]2060 焉山北，[聖]279 一切諸，[聖]125 侍人報，[元][明]、勤[宮]239 不能當。

見：[三][宮]1425 世尊彼。

近：[博]262，[宮]754 明師，[三][宮]371 供養至，[三][宮]638 安住遇，[三]264 供養，[聖]278 一切佛。

敬：[三][宮]657 釋迦文。

勤：[甲]853 南二合，[甲]2035 大僧今，[明]293 歡喜，[明]725 於賢聖，[乙]1723 三百萬。

親：[三][宮][聖]292 經典之。

侍：[聖]211 佛。

現：[敦]262 三百萬，[三]1 諸女聞，[三][宮]1545 王令喚，[三][宮][聖]481 今欲請，[三][聖]1 而此比，

[聖]158 恭敬親，[元][明][宮]310 世尊稽。

燼

盡：[甲]1733 然無法，[明]2087 收骸傷，[三][宮]2122 道士衆，[三][乙]1092，[宋][元][宮]310 復爲業，[元][明]670 修行者，[原]1098 爲白灰。

燒：[甲][乙]2394 者謂初，[乙]2394 已彼壽。

贐

責：[甲]2087 歡闕庭。

噤

噤：[三][宮]2122 凍至曉，[三][宮]2122 無言。

京

東：[三][宮]2059 留一萬。

都：[原]1966 東京及。

房：[聖]2157 録。

高：[宋][元]2122 之東南。

華：[三]2145 輦敏德。

經：[乙]1723 十京。

裏：[甲]2299 書也大。

涼：[乙]2157 州來，[乙]2157 州沙門。

武：[宮]2059 師瓦官。

形：[三][宮]309 兆法無。

州：[明]2076 白馬遁，[明]2076 憩鶴山。

宗：[甲]2266 北來問。

荊

并：[三][宮]2060 州時漢。

刺：[三][宮]1494 棘離諸，[三][宮]1546 刺於。

荆：[原]2001 棘林倒。

京：[三][宮]2059 土士庶。

刑：[甲][乙]2328 嶽而何。

秔

稻：[三]66 米當生。

粳：[宮]279 米自然。

莖

柢：[丁]2089 並。

竿：[三][宮]357。

根：[三][宮]1425 種。

果：[三][宮]2042 及枝葉。

衡：[三]152 以爲車。

華：[甲]2404 次十字，[三]189 皆住空，[知]598 節華實。

基：[丙]2164 中天竺。

掬：[宮]657 五色蓮。

藍：[宮]657 五色衆。

藥：[甲][乙]2231，[乙]2228 爲持金，[乙]2391 運和上。

味：[三][宮]374 藥此是，[三]375 藥此是。

莚：[三][甲]1227 草揩洗。

行：[三]245 華於虛。

芽：[甲]1921 葉，[甲]2274 等用也。

葉：[乙]2408 蓮花。

桯：[三][宮]1463 香筩。

坐：[宋][元]1101 瞻仰而。

涇

經：[甲]、注[甲]2173 陽，[聖]2157 陽，[宋][元]2149 渭。

徑：[宮]2121 二強得。

流：[丙]848 川洲岸。

注：[聖]2157 渭殊流。

菁

精：[明]2060 華音韻，[三]2110 華聿修，[三][宮]1425 根亦如。

青：[三]、著[宮][聖]1425 助發色，[三][宮]2121 草柔滑。

耆：[元][明]2102 華棄名。

殑

恒：[三][宮]2122 伽河從。

弶：[宋][元][甲]982 伽河王。

兢：[甲]2087 伽河周，[明]312 羯羅，[明]1092 伽沙俱，[明]1635 伽沙數，[明]2087 伽，[明]2087 伽河北，[明]2087 伽河南，[明]2087 祇深閑，[明]下同 2087 伽河長，[明]下同 2087 伽河南，[明]下同 2087 伽河其。

競：[明]316 伽沙等，[明]316 伽沙世，[明]400 伽沙數。

強：[三][宮][聖]823 伽大河。

施：[原]1249 伽薩婆。

旌

矜：[宋][宮]2059 其遺德。

旗：[宋]2060 善寺行。

於：[甲]1775 其爲不。

族：[宋][宮]2087。

旍

旌：[三][宮]2102 爲素麾，[三][宮]2103 羅漢之，[三][宮]2122 其遺德，[三]2145，[三]2145 其深大。

経

音：[知]741 聲不絶。

終：[三][宮]736。

睛

或：[甲]2035 如蒲萄。

睫：[甲]1988 相似。

精：[宮]672 或示微，[宮]1559 由此生，[宮]1562 心肝爭，[宮]901 緑色狗，[宮]1558 緣極生，[宮]1562 上爲損，[甲]、晴[乙]2087 大如，[甲][乙]2087，[三][宮][聖]606 目中黒，[三][宮]263 內外通，[三][宮]1425 不淚出，[三][宮]1579 咀沫彼，[三][宮]2060 狀如，[三][宮]2122 光明，[三][宮]2122 呑之部，[三][宮]2122 已赤，[三]152 亂乎二，[三]1341 眼睨，[聖]190 瞳，[聖]1549 若擊大，[宋]、睛睞精膝[聖]190 睞視眄，[宋][宮]、明註曰睛宋南藏作精 2122 脫但，[宋][元][宮]402 墮落頭，[宋][元][宮]1591，[宋][元][聖]190 深遠，[宋][元]2110 若青蓮，[宋]156 及其人，[宋]190 擧，[宋]1341 聚視上，[宋]2122，[乙][丙]2092 迷自建。

青：[三][宮]1521 二色分。

清：[三][宮]2122 朗如其。

晴：[另]1451 致使流，[宋][元]1257 老烏眼，[宋]725，[乙]1736 上視若，[元]2122，[原]2004 巢月鶴。

粳

熬：[三][宮][聖]1425 米滿口。

秔：[明]26 米王之，[明][三]1 米無有，[明]26 米，[明]187 米煮以，[明]639，[宋]23 米其亦。

粇：[甲][乙]2393 米飯酪，[三]152，[三]152 米肥肉，[三]152 米馬王，[三]190 糧之飯。

糠：[宮]1546 糧酒竊，[甲]1222 米飯和，[三]、粇[宮]1442 米劫貝，[三][宮]1546 糧如是，[宋][元]、粇[宮]1462 米爲初。

經

班：[宋]2103 金竈罕。

本：[甲][乙]2223 云，[甲]1736 二十七。

並：[三][宮]2060 是奕之。

部：[三][宮]2034 合二卷，[三][宮]2034 合七卷，[三][宮]2034 合一百，[三]2145，[三]2149 合四卷，[三]2149 合五卷。

纔：[甲]2219 說此祕。

曾：[三]2154 有尼那。

纏：[三]2149 六聚齊。

纚：[甲]1822，[甲]1828 此中明，[甲]2217 著或時，[三][宮]1562 言汝今，[聖]2157 行寺譯，[宋]1562 言，[乙]1822 故至是，[元][明][宮]1558 法正現。

常：[甲]2254。

稱：[宮]1545 答示說。

乘：[己]1958 奉讚云。

程：[原]2208 一。

持：[三]1335 眞器持。

此：[甲]2337 即是，[三][宮]342 典。

從：[甲]2270 師學後，[乙]1796 何得也。

答：[乙]2309。

但：[甲]1722。

德：[甲]1771 大彌勒，[明]2149 一名比。

地：[宋][元]、地經[明]2145。

等：[甲]2317 者菩提，[乙]1736 中但加。

典：[三][宮]263，[三][宮]425 至要去，[三]1018，[三]1331 人所敬，[聖]663 是經能。

頂：[原]2408 云可。

定：[宮]2034 四卷大。

法：[宮]263 業致最，[甲]2393 及教王，[甲][乙][丙]2163 者莫不，[甲][乙]1929 之人採，[甲][乙]2408 也故，[甲]1260，[甲]2053 印度觀，[甲]2157 六紙，[甲]2217 中爲破，[甲]2394 中所說，[三]2145 一卷異，[三][宮]401 者悉是，[三][宮][另]1442，[三][宮]263 未曾休，[三][宮]263 誼，[三][宮]263 誘進泥，[三][宮]268 不作留，[三][宮]274 毀諸聖，[三][宮]276，[三][宮]397 時蓮華，

[三][宮]397 者當知，[三][宮]482 信解而，[三][宮]527 時四十，[三][宮]638，[三][宮]688 阿難，[三][宮]1562 主所說，[三][宮]1689 師重設，[三][宮]2034，[三][甲][乙]1261，[三][甲]1181，[三]125 爾時世，[三]1331 百魅皆，[三]1331 時不擇，[三]1339 獲大善，[三]2149，[三]2149 二卷五，[三]2149 一卷，[三]2153 一卷第，[三]2153 一卷或，[聖]120 故，[聖]425，[聖]425 七十萬，[聖]663 者摩尼，[聖]663 中淨心，[宋]2034，[乙]1909，[乙]2261 體有二，[原]1851 本偈經。

方：[三][宮]2060 十卷用。

分：[明]2154 二卷，[宋][元]2154 一卷亦。

佛：[宮]2123 像在下，[甲]1973 淨土此，[原][甲]1825 說下第。

縛：[甲]1718 傳益非，[甲]2255 也。

紺：[原]1149 青地内。

綱：[三]2149 庶知由。

更：[三][宮]402 爾所時，[三][宮]2108 君人之，[乙]、俱[原]2263 生，[原][甲]1851 起上地。

功：[三][宮]325 不生畏。

供：[三][宮]2121 給所須。

絓：[三][宮]2122 是阿須，[宋][元][宮]、繼[明]1559 南中翻，[乙]、結[丙]2394 是羅剎，[乙]2376 七方便。

觀：[甲]1736 文先出。

軌：[乙]2228。

國：[明]2154 圖。

紅：[甲]2227，[乙]2408 蓮花。

後：[聖][甲]1763 莫問其。

化：[三]2108 治之典。

或：[宮]1509 名爲，[甲]1816 有二何。

及：[三][宮]2060 一旬奄。

集：[三]2145，[三]2149，[三]2153，[三]2154。

記：[三]2145 一卷或。

偈：[三]2149 一紙。

繼：[甲][乙]2227 心是禪。

佳：[甲][乙]1822 所說，[原]1851。

教：[甲]2038 論，[甲]2195 說彼世，[甲]2339 已經開，[甲][乙]2404 但其意，[甲]1731 者欲釋，[甲]1931 也從部，[甲]2035 蔣念摩，[甲]2044 說，[甲]2081 又名金，[甲]2230 行例此，[甲]2263 有異說，[甲]2266，[甲]2266 皆名了，[甲]2266 是第，[甲]2299 云云二，[甲]2339 明無三，[甲]2339 中說□，[甲]2339 中雖有，[三][宮]657，[乙]2263 非至教，[乙]2263 文皆是，[原]1744 分齊。

結：[甲]1512 文也是，[甲][乙]2192 妙法，[甲]931 行往，[甲]1007 於，[甲]1816 云第一，[明]1336 佛告諸，[明]1547 說舍利，[明]1547 者亦如，[三][宮]1546 說有三，[三][聖]190 義，[三]602 也，[三]956 一日光，[三]1202 恐怖來，[三]2154，[三]2154

出增壹，[聖]292 威德光，[聖]1458 七夜若，[聖]1562 依此立，[聖]1763 云於解，[宋]2154 一卷與，[乙]2228 中亦同，[乙]2391 金剛拳，[元][明][宮]1546 如經説，[元][明]2103 形然後，[原][甲]1851 火滅名，[知]384 典卿未。

解：[乙]1744 正明捨。

戒：[三]68 道便得。

今：[甲]1717 文，[明]2154 録一卷。

涇：[丙]2231 川者常，[三][宮]2104 公宇文。

徑：[宮]263 過在於，[宮]529 劇道無，[宋]、[宮]384 過王宮，[宋][宮]310 遊行不，[宋]186 行其地，[乙]2254 四倶盧，[乙]1816 多劫住。

逕：[東]643，[宮]721 心，[宮][另]1428 六年以，[宮]221 歴或，[宮]221 諸佛皆，[宮]309 歴苦行，[宮]310 億劫，[宮]374 由恒，[宮]657 爾所，[宮]694 爾，[宮]721 二千世，[宮]721 無量時，[宮]721 一千世，[宮]1425 倶睒彌，[宮]2034 一百年，[甲][乙]1866 劫乃起，[甲]1715 年歴歳，[甲]2281 多生難，[甲]2339 六十劫，[久]485 日夜半，[三]202 至城邊，[三][宮]1435 入僧坊，[三][宮]1462 行王見，[三][宮]2053 八十餘，[三]202 蹈其上，[三]212 達曉思，[三]2145 夏，[聖]、[甲]1733 受生顯，[聖]278 百，[聖]278 不可説，[聖]278 十二年，[聖]380 於久遠，[聖]639 無量諸，[聖][甲]1733 諸國下，[聖][另]1552 生不壞，[聖]99 惡道苦，[聖]99 陀婆闍，[聖]125 百千，[聖]125 歴彼河，[聖]157，[聖]157 時節於，[聖]190，[聖]190 十二年，[聖]190 於八萬，[聖]190 於少時，[聖]200 二萬歳，[聖]200 十二年，[聖]200 十六大，[聖]211 由樹神，[聖]268 百劫中，[聖]268 耳能信，[聖]278，[聖]278 惡道來，[聖]278 佛刹微，[聖]278 歴處皆，[聖]278 七日，[聖]278 由，[聖]305 五十世，[聖]310 處皆悉，[聖]310 豪富自，[聖]376，[聖]480 今幾時，[聖]613 五年今，[聖]639 七日棄，[聖]639 時久求，[聖]639 億那由，[聖]643 多時，[聖]643 往五道，[聖]1425 布薩自，[聖]1425 爾所時，[聖]1425 幾時已，[聖]1435 五六日，[聖]1440 久即言，[聖]1440 日若今，[聖]1459 八日，[聖]1460 十日，[聖]1464 歴，[聖]1464 時日已，[聖]1549，[聖]1549 劫者或，[聖]1549 歴皆不，[聖]1552 劫住，[聖]2034 三度譯，[聖]下同 1441 四月受，[另]1435 過餘處，[石]1509，[石]1509 耳者是，[石]1509 九十，[石]1509 諸國雨，[宋]26 過店肆，[宋][宮][聖]421 於耳得，[宋][宮]221 過處飢，[宋][宮]657 流地獄，[宋][元]、徑[明]190 七由旬，[宋][元][聖]200 數日，[宋][元]1435 五百，[宋]190 差梨尼，[宋]190 三匝已，[宋]1982 七日三，[宋]2040 年不迴，[乙]下同 1866 時皆到，

[元]徑[明]190 行思念。

徑：[宮]266 本無，[宮]425 名稱玄，[宮]425 業子曰，[宮]1421 聚，[甲]2038 山原叟，[甲]1960 捨第一，[甲]2087 途所亘，[甲]2219 路如象，[三][宮]、侄[聖]285 還天上，[三][宮][聖]224 所入慧，[三][宮]2060 趣南岳，[三][宮]2121 到恒水，[三][宮]2121 傷，[三][宮]2122 來年尋，[三]186 行，[三]212，[三]2088 明年尋，[三]2121 趣師門，[聖][另]342 過不畏，[聖]481，[宋][元]198 過諸釋，[宋]152 諸釋死，[元][明]26 便還去，[元][明]384 向地獄，[元][明]403，[原]2409 二水端。

卷：[三]2146，[三]2153 出生經，[宋][元]2147，[宋][元]2149 同帙，[知]418 於當來。

諲：[明]1441 皆。

匡：[甲]2250 中有有。

離：[原]、[甲]1744。

理：[明]264 非己智，[三][宮]1610 成佛得。

連：[三][宮]500 五百世。

流：[甲]1733。

録：[甲]2183 疏一卷，[明]2154 菩薩戒，[三]2149，[三]2149 從大阿，[三]2149 法上録，[三]2153 出長房，[三]2154 第三六，[聖]2157，[宋]2149 三本五。

論：[宮]1522 曰爾時，[甲]2217 住法，[甲][乙]2194 十號外，[甲]1821 主述自，[甲]2183 小乘諸，[甲]2195 云雖恒，[甲]2195 衆，[甲]2219 梵，[甲]2362 等麁食，[明]1463 卷第八，[三][宮]1463 卷第一，[三][宮]1509 中廣説，[三][宮]2034，[三]2149，[三]2149 共法業，[聖][知]1581 卷，[聖][知]1581 卷第九，[宋][元]2155，[乙]2249 主自論，[乙]2263，[乙]2263 也況破，[原]2306 諸文法，[原]1818 已釋故，[原]2290 四相通，[知]1581 卷第六。

縷：[三][宮]1558 合應亦。

律：[甲]1733 中不得，[三][宮]2034。

明：[明]310。

銘：[三]2034 傳。

難：[甲]、種[甲]1782 言我諸，[甲]2261 意云，[原]、[甲]、經[甲]1744 意。

品：[宮]2121 第一卷，[三][宮]624 時三千，[宋][元]1039。

強：[甲]1821 糞團過。

清：[三][宮]2034 信士聶。

輕：[甲][乙]2259 苦之所，[甲]1805，[甲]2399 妙乃至，[明]222 典不，[明]1331，[明]1435 宿衣作，[三][宮]1579 構如是，[三][宮][聖]1562 述已情，[三]2123 人畜喘，[聖]1562 於此處，[聖]2157 所未能，[宋][宮]895 行耶爲，[原]1159 重校量。

全：[甲][乙]2250 盡理若，[甲]1512 但偏論，[甲]1736 明一少。

詮：[甲]2266 即以不。

然：[甲]2339 乃至天。

人：[宮]322 之所施。

任：[甲]2262 等皆初。

如：[原]2271 經云不。

若：[聖]2157 無紀述。

薩：[三]2154。

僧：[三][宮]2034 傳。

紹：[元]12 三藏朝。

捨：[三][宮]1435 聚落中。

深：[甲][乙]1736 被何根，[甲]2068 典甚太。

生：[明]2146 一卷出，[原]2339 之者如。

時：[甲]2195 未化聲，[明]2103 是第二，[宋]2146 出正法。

識：[明]1555 如契經。

受：[乙]1736 艱危罄。

疏：[甲]2183 疏一卷，[原]1890 云百劫。

數：[明][宮]2034。

説：[甲][乙]1822 於中有，[甲]2129 文作濕，[甲]2299 藏，[甲]2434 也而人，[三][宮]384 十二因，[原]、説[甲]1782 自性清。

斯：[三][宮]585 法者。

頌：[聖][另][甲]1733 云雖由。

誦：[三]264，[元][明][聖]397 具足寂。

雖：[甲][乙]1822 爲，[甲][乙]1822 於無色，[甲][乙]2328 無量劫，[甲]1929 入第一。

所：[三]2121 不通王。

體：[甲]1708 故名不，[原]1774 義名爲。

通：[甲]1736 三菩提，[甲]2196。

徒：[三][宮]1433 衆悔行。

王：[甲]2081 逾數萬，[原]1863 云如來。

往：[甲]1816 何故須，[甲]1816 論據一，[三][宮]2060 還講肆，[三]2125 嶮途其，[乙]2263，[乙]2263 説見二，[乙]2263 餘界生，[原]2248 也文妙。

望：[甲]2339 其菩薩。

維：[三]116 義除去。

位：[甲]1816 後釋意，[甲]2299 云初一，[聖]2157 中舍。

文：[甲]1736 正引依，[三][宮]2060 是實餘，[三]2149 二紙。

誣：[三][宮]1425 擯同止。

無：[甲]1969 由，[宋][宮][另]1585 所印持。

細：[甲]1512 中有人。

下：[元][明]152。

線：[三][宮]1596 莊嚴論。

行：[甲]2087 行遺迹，[宋][元]、經修行[甲]、經行[乙]950 行品第，[原]2208 將如是。

性：[宮]1592 中説謂，[甲][乙]1821 文，[甲][乙]1822 論，[甲]1816 文有，[甲]1816 文有三，[甲]1821 中二義，[甲]2339 始終所，[甲]下同 1816 文有三，[乙]1821 多時住。

姓：[宮]2034 一名馬。

續：[甲]2250 生於聖。

巡：[甲]1718 歷二叙。

言：[三][宮]268 返更生，[聖]1509 説菩薩。

遥：[三]212 憶塚間，[宋]1582 無。

耶：[乙]2309 又思衆，[乙]2408 即説。

也：[宮]1435 摩訶。

業：[甲]2339 仁王始。

疑：[聖]2157 與乳光，[原]、疑[聖]1818，[原]1818。

以：[甲]2261 約體一。

義：[甲]1715 疏，[聖]586 精進大，[乙]1736，[乙]2370 云何答。

譯：[甲]2130 曰覺也，[宋][元]2155 後漢安。

音：[三]125。

淫：[宮]263 鬼界値。

婬：[三]1506。

應：[甲][乙]2219 音二十。

有：[元][明]1070 十萬偈，[原]2263 四代一。

又：[甲]1929 云爲諸。

余：[甲]2217 境界句。

餘：[甲]1828 七是此，[三][宮]732 人有問，[乙]1822 廣如經。

語：[三][宮]638 時五千，[三]99 已波斯，[三]2146 始未義，[元][明]1071 已一切。

遇：[三][宮][聖]268 者皆於。

縁：[宮]1530 中説成，[宮]263 典故而，[宮]1546 説偈，[甲]2183 起序普，[甲]1821 簡，[甲]2362 有名無，[明]1559 經云依，[明]2149 録第十，[三][宮][聖]1463 者諸經，[三][宮][西]665 故，[三][宮]1545 和合一，[三][宮]1562，[三][宮]1647 説觀味，[三]54 小苦耳，[三]1562，[聖]1547 縁起此，[聖]1562 有如是，[聖]2157 途所亘，[另]1721 要，[宋][元]21 深乃如，[宋][元]2121 數步墜，[宋]1563 異説故。

願：[甲]2299 云。

約：[甲]2219 其本源。

樂：[甲]1805 檀越常。

云：[甲][乙]1821 雖説有，[甲][乙]2207 因，[甲]1929 明無量，[甲]2814 心如幻，[乙]1821 言有頂。

哉：[原]1780 但爲出。

者：[三][宮]453 皆來至，[三]481，[宋]2153 七紙。

眞：[聖]2157 文來傳。

正：[甲]2217 體文又。

證：[甲]2299 更。

至：[甲]1512 明何等，[甲]2266 説五俱，[甲]2339 見道，[甲]2339 於此當，[三][宮][聖]425 要理聞，[三]203 一山中，[聖]397 一月日，[乙]2249 現在非，[乙]2250 那國。

中：[甲]2195 下文羅，[三]2154。

終：[甲]1238 之處山，[甲]1731 中有此，[甲]2244，[三][宮]1595 始檀越，[三][宮]2060 于皓，[三][聖]190 二商主，[聖]983 者，[宋][宮]225 法，[宋][明][宮]397 常，[原]、[甲]1744 二種不，[原]2299 不信故。

種：[甲]2339 性地悉，[甲]2339

言世界，[聖][另]1458 求方便，[原]1771 性。

呪：[三]2149，[聖]2157 字永徽。

諸：[甲][乙]2254 部有説。

主：[甲]2266 文易不。

住：[宮]2060 三夕誦，[甲]990 説，[甲]1781 正見者，[甲]2266 論無違，[甲]1182 三五年，[甲]1816，[甲]1816 前卷爲，[甲]1816 文下，[甲]1828 中立制，[甲]2196 持，[甲]2266 處而爲，[甲]2266 已前即，[甲]2299 云云，[甲]2837 是，[聖]2157 建立嚴，[聖]2157 象頭精，[乙]、一[甲]1816 文有三，[乙]1816 具有續，[原]2196 婆沙三，[原][甲]、性[原][甲]2196 淨心則，[原]1863 停豈不。

注：[甲][乙]2390 別，[甲]2299 中耳，[甲]2837 云此明，[聖]2157 是不合，[乙]、或注[乙]2396 云住廣。

祝：[聖]2157 一卷安。

著：[三]、遥[宮]310 香味而。

註：[甲]2183 可達之，[甲]2434 文二乘，[乙]2376 文。

總：[甲]2089 諸寺三。

作：[甲]2239 於無盡，[三]2153。

兢

殑：[三]1005 伽羅頻。

竟：[宮]2102。

競：[甲]1820。

剋：[聖]2157 驚瞻言。

趨：[原]2194 烈。

精

諳：[三]2154 練雖遵。

誠：[原]2722 於無二。

脣：[三][宮]317 咽喉項。

殿：[甲]950 室或。

洞：[三][宮]2123 明六通。

觀：[三]945 入三摩。

橫：[三]291 學諸譬。

粽：[三]2110 丹。

積：[甲]2397 要之心，[三][宮]2060 業衆初，[三][宮]2121 思念佛，[聖][另]1458 學處第，[乙]2396 要云云，[元][明]309 行。

進：[明]346 進鎧即。

菁：[三][宮]2060 絶，[三][宮]2103 白虆。

晶：[甲][乙][丙][丁]2092 珍異饒，[明]1559 淨。

睛：[明]402，[明]1336 迴轉彌，[明]2121 耀射難，[三][宮]2122 四足入，[三][宮][聖][另]1453 轉瞼翻，[三][宮]1453 轉瞼翻，[三][宮]2042 脱，[三][宮]2060 上視不，[三][宮]2104 胡子剃，[三][宮]2121 光清徹，[三][宮]2122，[三]945 瞪發勞，[三]945 虚迴無，[三]1563，[三]2110 南度白，[三]2110 夷人之，[元][明]945 不瞬不，[原]1073 緑色狗。

淨：[三]26 藉以白，[三]211 外順而，[三]1056 室四時，[三]1341 之處作。

靖：[甲]2181 邁。

靜：[三]100從禪出，[原]2196故曰靜。

糠：[三]1336毒扶殊。

勤：[宮]1672進然後。

懃：[甲]2401心造衆。

清：[甲][乙][丙][丁][戊][己]2092淨美於，[明]1536 勤守護，[三][宮]304 摩尼是，[三][宮]2060 穆住并，[三]184，[三]489 潔光色，[三]2145外，[聖]211 修人所，[宋][元]1644進仙人，[元]220進波羅。

情：[宮]2123誠之致，[甲]2053感託夢，[甲]2879 不寧爾，[三][宮]2060 爽逾健，[聖]425 進聖明，[宋][元]1539進喜安，[乙][丙]2218等者擧，[元][明]189魄若喪。

晴：[明]317 耳鼻口，[明]2060己赤叫，[三]1579下視於，[三][宮]1562少睡少，[宋]、睛[元]2145黄時人，[宋][元]、睛[明]2149黄時人，[乙]1772青白分，[元][明]2034黄時人，[元][明]2122上。

請：[三]193現説聖，[宋]2034故有兩，[乙]2087求救是。

勸：[三][宮]310求正念。

善：[甲]1733氣四中。

神：[宮]2112靈或。

勝：[甲]2266進道也，[甲]2266進者文。

釋：[甲]2068苦律行，[三]2125之百遍，[三]2145神心意，[三]2154律部以，[宋]、修[元][明]1014此經欲，[宋][元]2110民羞，[宋]5 舍孤獨，[元][明]152明即日。

寺：[三]2063舍在第。

損：[乙]1238人資産，[原]1238氣若。

微：[三]190妙杖林。

向：[宮]1425永無退。

修：[三][宮]395行，[三][宮]585無斷除，[聖]1548進定心。

虚：[和]293進力次。

糈：[三]2102投誠於。

櫕：[甲]2263疑也。

一：[聖]125我等勿。

則：[三][宮]、明[聖]288勤修行。

擇：[宮]606求諸法，[甲]2184要議者。

增：[明][和]261進寧於。

正：[甲]2250彼云於，[明]2131精進則。

鯨

龍：[三][宮]2060遍嶺。

鯢：[甲]2128雌曰。

勍：[三]、剠[宮]2103若以御。

驚

抱：[石]1509疑迷悶。

駕：[宋][宮]2121言非世。

見：[明]2087此異仍。

京：[聖][石]1509城内外。

警：[宮]2060，[甲][乙][丙]1833覺應起，[甲][乙]957 覺人天，[甲][乙]1796覺義言，[甲][乙]2390覺聖衆，[甲]997怖毛竪，[甲]1246怕，

[甲]1832 所餘更，[甲]1969 經史百，[甲]2324 覺也九，[甲]2425 覺告曰，[甲]2426 一道於，[甲]2427 覺，[三]220 覺無戲，[三][宮]1536 覺任運，[三][宮]389，[三][宮]1442 覺知，[三][宮]1443 覺廣説，[三][宮]2102 其所感，[三][宮]2103 去惑絶，[三][甲]1135 告，[三][聖][另]310 悟美音，[三]96 意知定，[三]2103 愚或激，[聖][甲]1733 機故九，[聖][甲]1733 起信心，[聖]1579 怪句又，[乙]2263 心爲性，[元][明]882 覺，[元][明]2060 睡三昧，[原]855，[原]904 告言善，[原]2270 心心所。

敬：[三][宮][甲][乙]2087 懼山，[三][宮]673 歎如來，[三]2087，[三]2102，[聖]190 未審曾。

懼：[甲]、一[乙]2207 貎也東。

恐：[明]2122 怖，[聖]643 怖馳走，[宋][宮][聖]1509 怖。

罵：[甲]2084。

啓：[原]1308 蟄春分。

擎：[聖]613，[原]1780，[原]1776 之不重。

謦：[三]、警[宮]1453 覺於屏。

説：[甲]2349 大十師。

驚：[明]2060 譽兩河。

鷲：[元][明]2145。

曰：[甲]2035 見冥道。

諍：[三][宮]657 怖佛縁。

井

并：[明][宮]2122 水火刀，[明]1299 婁畢軫，[明]1451 現香，[明]2034 絡懷帝，[明]2109，[宋][元][宮]2122 池枯涸，[元]、林[明]1442 來云何，[元]1451 水淨，[元]2110 星。

非：[乙]2207。

阱：[宋]2121 水縱廣。

皇：[甲][丙]、泉[乙]2089 護塔魚。

廾：[原]1308 留留井。

升：[明]1332 水三粒。

繩：[宮]1425 汲水。

昔：[甲]、苷[乙]1069。

丼

井：[甲]2128 絡上正。

剄

經：[三][聖]190 死我今。

取：[宋]、經[元][明]171 死耳婿。

穽

井：[三][宮]2103 之心哉，[三][宮]2112 之斃。

景

礙：[甲]2266。

暴：[甲]1828 師云此。

丙：[三]2152，[原]2347 申皇初。

崇：[甲]2037 玄曆。

大：[三]152 福譬如。

甲：[三]2152 午於。

京：[明]2076 欣禪師，[乙]2376 將軍宗。

憬：[甲]2317 法師抄。

警：[元]、[明][聖]125 寤於是。

竟：[丙]2134，[三][宮]318 則復云。

敬：[三][宮]2103 仰之至。

里：[甲][乙][丙][丁]2092 殷之頑。

量：[元][明]2034 衣裁願，[元][明]2149 衣裁願。

瀑：[元][明]2103 急東瀛。

申：[明]2110 寅之歲。

暑：[甲]2255 熱日於，[明]1463 盛熱佛，[元][明]329 熱合會。

星：[明]293 奪。

業：[聖]481 摸深妙。

影：[宮]701 福，[甲]1793 福，[明][宮]280 甚明自，[明]2131 其法，[三][宮]2121 如月世，[三][宮]281 甚明自，[三][宮]330 覆蔽一，[三][宮]544 至，[三][宮]623 甚明自，[三][宮]2060 柴門其，[三][宮]2060 靈迹勝，[三]76 則無量，[三]152 弈弈氣，[三]188 入水，[三]196 倍於帝，[三]196 神妙天，[三]291，[三]2060 塔每見，[三]2088 圭測之，[三]2103 眇罔玄，[三]2110 自可積，[三]2122 廟宇充，[三]2122 世人以，[三]2122 形欝興，[三]2154 迹或言，[宋]152 德常悲，[宋]152 模拯濟，[宋]152 祐昌王，[宋]152 則聖趣，[宋]167 如月世，[宋]2063 福寺，[元][明]234 變化即。

儆

警：[明]2103 衞萬福，[三]99 策不放。

憬

景：[甲][乙]2259 師釋云。

璟：[乙]2309 師作決。

懔：[甲]2317 法師云。

懌：[甲]2250 師云。

璟

憬：[甲]2181 興撰。

寓：[三][宮]2122 扶風好。

頸

頚：[乙]877 上二頬。

頂：[甲][乙]894 上拄便，[乙][丙]876 後。

頬：[甲]1174 次額及。

脛：[明]1442 而爲羈。

類：[甲]2250 瘤。

領：[甲]1782 望衆生。

頃：[三]、項[宮]2122 往詣座，[宋]、項[宮]2058 上尊者。

頭：[宮]1428 入白衣，[宮]2087 是時即，[宮]2123 兩骨著，[甲]850，[甲]1821 滅般涅，[甲]2390 伽字在，[明][宮]2121，[明]2121 頚即落，[三][宮]2042 而哭硯，[三][宮]2042 而作是，[三][宮]2060 無委曲，[三][宮]2121 黄眼赤，[三][宮]2121 我與汝，[三][聖]125 當心有，[三]192 額廣圓，[三]1087 後繞，[三]1810 等應偏，[三]2121 入足出，[三]2122 墮湯中，[聖]953 脱爲供，[乙]2249 半名爲，

[乙]2391 後次額，[乙]2391 乃，[元]2122 無委曲。

下：[三]1300 經歷五。

項：[甲]874 額又頂，[甲]2402 貫鐵鉤，[三][宮]724 細不能，[三][甲][乙]901 上呪師，[三][乙]1092 觀世音，[乙]897 及纓華。

雄：[宮]1673 服乘苦。

須：[元]2122 供養舍。

警

擊：[三][宮]2053 錫討本。

驚：[丙]1076 覺一切，[宮]889，[宮]1545 覺心義，[宮]2059 衆非辯，[宮]2103 彼上慢，[宮]2112 悟凡俗，[甲][丙]973 覺諸佛，[甲][乙]930，[甲][乙]1072 覺召集，[甲][乙]1098 覺，[甲][乙]2263 覺用爲，[甲][乙]2393 發地神，[甲][乙]2404 發地神，[甲]853 覺滿其，[甲]853 覺義也，[甲]930 覺佛部，[甲]1112，[甲]1709 動群情，[甲]1724 悟故二，[甲]1733，[甲]1782，[甲]1820 省也，[甲]2036 絶然文，[甲]2087 衛至世，[甲]2266 薩埵等，[明][宮]451 召一，[明][甲]1177 覺身心，[明]293 有情令，[明]608 意蓋起，[明]1005 覺大明，[明]1094 勅群物，[明]2110，[明]2122 覺合家，[三][宮][聖][另]1443 覺或有，[三][宮]244 覺，[三][宮]2103 室萬祇，[三][宮]2103 銀舟方，[三]2060 覺將發，[聖][另]1442 覺告言，[聖]347 方域福，[聖]953 覺我等，[聖]1199 覺召集，[聖]1562 覺信力，[聖]1579 悟語默，[聖]1733 悟此中，[另]1442 覺不用，[宋][元][宮]2102 待命勇，[乙]912 地神擇，[乙]2087 人心收，[乙]2232 覺本誓，[乙]2263 畏我斷，[乙]2391 覺一切，[乙]2394 發地神，[乙]2394 覺了今，[乙]2810 覺應起，[元][明]1442 覺王睡，[原]1796 覺諸佛，[原]1796 發之令，[原]1796 誡衆生，[原]2339 諸，[原]2425 一道於。

景：[聖][另]1428 備數日，[聖]125 寤習，[聖]1425 宿不得，[聖]1428 意修行，[另]1428 意思惟。

警：[丙]917 禪師先。

譬：[聖]211 如沙中。

益：[甲]1736 物如擊。

俓

經：[甲][乙][丙][丁][戊]2187。

浄

精：[三][宮]721 妙。

靜：[三][宮]721 去水不。

清：[久]765 信所感，[明]721 潔色如。

染：[甲]2323 分依他。

姓：[宋]721 故如是。

有：[甲]2313 是爲眞。

汚：[甲]2323 即。

諍：[甲][乙]2309 虛空絶。

逕

過：[甲]2262 一劫二。

經：[宮]2103 行能長，[甲]1828 多時修，[甲]1851 生者，[甲]1965 須臾間，[甲]1718 歷處下，[甲]1723 多生，[明]212 路直趣，[三]、遙[宮]2034 突厥遇，[三][宮]309 過其，[三][宮]647 恒沙劫，[三][宮][聖]1547 遊大海，[三][宮]221 一城大，[三][宮]309 歷無爲，[三][宮]510，[三][宮]639 大海諸，[三][宮]647 於七日，[三][宮]810 歷處常，[三][宮]831 迴面，[三][宮]1464 八月九，[三][宮]1488 世不絶，[三][宮]1505 至道法，[三][宮]1549，[三][宮]1644 半俱盧，[三][宮]1644 七百由，[三][宮]1650 常精勤，[三][甲]1332 耳者復，[三]125 過世尊，[三]125 幾日悉，[三]309 歷涉生，[三]643 五百，[三]643 一大，[三]833 劫起業，[三]1058 三，[三]1335 常日并，[三]1336 由數年，[三]1341 十五日，[三]1341 暫時過，[聖]211 入宮裏，[宋][宮]、－[明]、遙[宮]656 品第，[宋][元][宮]2121 到寶渚，[宋]125 詣三十，[乙]2376 長久時，[元][明]397 三惡，[元][明]1070 由，[元][明]1342 由嶮路，[元][明]下同 833 其。

徑：[三]189 不知所，[宋]、徑[元][明]158 路令汝。

匡：[原]2301 正像末。

迷：[三][宮]2102 之流不。

匹：[原]、正[甲]1775 獨絶群。

途：[三][宮]2060 之已迫。

迅：[三][宮]497 疾飛去。

遥：[三]190 往至於。

遙：[甲]1724 三不易，[甲]1909 説者理，[三]657 來到此，[三][宮]1442 看任其，[三][宮]2121 歷五百，[三][宮]2121 頭典，[三][宮]2122 絶巖室，[聖]2157 絶遠，[宋][元][宮]、還[明]2123 至師本。

往：[宮]2053 路行人。

徑

纒：[元][明]401 爲諸世。

但：[甲]1733 望總達。

道：[聖]200 路靡知。

勁：[宋][元][宮]2060 詣朝堂。

經：[宮]1509 至師本，[宮]2121 趣鹿園，[宮]2122 數寸周，[甲]2039 春深兩，[甲]2087 時引善，[甲]2339 唯是一，[明]1435 行處分，[三][宮]342，[三][宮]729 涉沸灰，[三][宮]1425 涉榛，[三][宮]2060 盤折高，[三][宮]2102 行於夷，[三][宮]2104 仁王辯，[三][宮]2121 至彼國，[三][宮]2122，[三]198 神得果，[三]401 路清淨，[三]606 可依怙，[聖]292 路離於，[宋]1545 十二億，[乙]1744 常以億，[乙]2207 反，[元][明]152 歷道士。

俓：[宮][久]765 路愛盡，[宋][宮]310 佛知其。

逕：[三]171 詣葉波。

境：[甲]2779 盈令。

往：[甲]2337 趣南岳，[三]202 至殿前，[三]1428 詣佛所，[聖]2157 迴遑委，[宋]554 入宮門，[宋]2122

至慈門，[原]1781 造其舍。

遙：[三][宮]2122 逼，[三][宮]2122 之樹下，[三][宮]2122 至鼓邊，[三][宮]2122 至師本，[宋][宮]2122 來學鑪。

侄：[甲]1924 入依，[知]598 令諸官。

終：[三]2103。

住：[宮]2060，[宮]656，[甲]、徑[乙]1709 北，[三][甲]955 定誦或，[聖]224 無，[聖]1421 路摧折，[宋][宮]2121 入宮門。

脛

髀：[三][宮]721 爲麁多，[三]1075 其狀作，[宋][宮]617 骨上。

踁：[三][宮]2122 已上血。

腦：[明]1225 居。

竟

畢：[丙]1199，[甲][乙]1866 第三約，[甲]1718 也死時，[三]171 歡喜，[乙]1204，[乙]2396。

表：[宮]2112 無出家。

暢：[三][宮][聖]1541 無障礙，[三][宮]263 所獲，[三][宮]477 不可見。

成：[三][宮]2049 後不得。

得：[甲]1786 千從不。

帝：[明]1336 呪水耆。

定：[宮][聖]272 究竟能，[明]1450 無我復，[三][宮]462 調伏我，[元][明][聖][石]1509 至阿耨。

廣：[三]1187 通達諸。

後：[三][宮]453 善義理，[三]125 善義理。

晃：[三][宮]2122 一村父。

即：[原]1776 多不慮。

忌：[甲]2401 不然無。

既：[甲]2300 不受屈，[三][宮]1488 不。

見：[明][宮]1810 安居，[聖]1 不能至，[聖]1462，[宋]188 壽命欲，[元]2016 圓成如。

將：[三]209 何所及。

盡：[甲]1718 諸法實，[甲]2255 十二因，[三][宮]1435，[三][宮]1521 所行處，[三]360 我今爲。

淨：[乙]2394 亦。

敬：[三][宮]630 正住喜，[三][宮]1435 一面坐。

境：[甲]853 也娑嚩，[甲]1717 方以世，[甲]1735 大文第，[甲]1735 得益二，[甲]2266 是是三，[明]278 菩薩諸，[明]294 諸佛音，[明]681 如虛空，[明]2131 若依大，[三][宮][聖]1602 事究，[三][宮][另]1459 見謂見，[三][宮]425 域最上，[三][宮]672，[石]1509 處，[乙]2782，[乙]2192 住平等，[元]2122 虛空以。

競：[甲]1860 諍也無，[甲][乙][丁]2092 懷雅術，[甲]2296 茂罔羅，[甲]2304 共馳走，[甲]2425 劫諸婆，[明]200 共修治，[三][宮]、諍[聖]1428 便逃走，[三][宮]2059 轉八萬，[三][宮]2103 涌七等，[三][聖]125，

[乙]1821 作異釋，[乙]2296 覓圓珠。

究：[宮]1799 無成究，[甲]1909 不復墮，[甲]2434 果，[明]1596 無所有，[宋][宮]1635 涅槃若，[宋][元][宮]310 不可得，[乙]2218 竟義。

覺：[甲][乙]1822 亦得受，[甲]2217 爲言又，[甲]2266 諸法眞，[三][宮]483 自悔。

克：[明]2123 發願。

寬：[三][宮]1546 無住處，[三][宮]1660 大覆藏。

了：[甲]、－[乙]2404，[甲][乙]2404 即次受，[聖]1851 次明因，[乙]2404 欲。

理：[三]202 不從意。

覓：[甲]2290 其體。

莫：[三][宮]2059 詳焉夫。

訖：[三][宮]2122 擲鉢著。

僧：[三]1440 有客比。

似：[三]2104 無西邁。

事：[宋]、事竟[元][明][宮][聖][另]1435，[宋][宮]、事竟[元][明][聖][另]1435，[宋][宮]、事竟[元][明][聖]1435。

童：[宮]1425 是名嚩。

無：[宮]481 善根悉。

堯：[宋][元]、澆[明]1336 已石。

也：[甲]1924 次明第，[三][宮][聖][另]1543 彼。

已：[甲][乙]1821 於三界，[三][宮][聖]1428 非法別，[三][宮]1435 得具滿，[三][宮]1435 爾，[三][宮]1435 受迦絺，[三][宮]1435 語諸比，[三]125 輪。

亦：[明]374 不說之。

意：[德]1563 增，[宮]882，[宮]310 千佛也，[宮]603 是多聞，[宮]619 見自身，[宮]659 已以佛，[宮]1503 復作如，[宮]2102 不止於，[宮]2121 不能，[甲]2266 說種子，[甲][丙]2397 云如上，[甲]1512 以下半，[甲]1718 神名不，[甲]1736，[甲]1816 分別，[甲]1816 自下正，[甲]1828 竟顯了，[甲]1828 言我觀，[甲]2192，[甲]2192 於此章，[甲]2196 地，[甲]2266，[甲]2266 亂生解，[甲]2266 云彼言，[甲]2298 八道門，[甲]2298 六者部，[甲]2339 說三乘，[明]1428 懺悔如，[明]1579，[明]310 解心故，[明]1450 如，[明]1552 故二背，[明]1584 故，[三]39 不愛樂，[三]1342 樂法門，[三][宮]221 輪爾乃，[三][宮]481 必歸滅，[三][宮]656 清淨無，[三][宮]1455 復解解，[三][宮]1462 得去聲，[三][宮]1464 見諸比，[三][宮]2121 又不當，[三]14 我却不，[三]26 能爲筏，[三]99 無定，[三]144 已阿難，[三]193 以繞磨，[三]398 無中，[三]682 無有定，[三]1598 爲伏，[三]2102 未，[聖][另]1543 竟若成，[聖]375 不雨，[聖]613，[聖]1425 婆羅門，[聖]1440 突吉羅，[聖]1509 復次我，[聖]1733，[另]1459 日爲猶，[宋][明]100 爲實得，[宋][元]、竟謂

行家以止觀二劍斷十二因緣之脈截流取道矣一處者泥洹一時一意亦然三十一字[宋][元]、作夾註[明]603 爲成，[宋][元][宮]222 語亦善，[宋][元][宮]1549，[宋][元]1543，[宋]13 無爲當，[宋]99 能度世，[宋]125 何足貪，[乙]1723 處自利，[元][明]309 不染著，[元][明]901 發遣一，[元][明]1459 隨事釋，[元]99 何所得，[元]2122 飛還山，[原]、[甲]1744 堪，[原]、[甲]1744 然後方，[原]1887 在於此，[知]418，[知]1441。

音：[宋][元]1548，[元]1435。

責：[三][宮]1435 語諸比。

章：[宮]1547，[甲]1828 第二依，[聖]285 鮮潔口，[宋]1546 無神云。

彰：[原]1776 初義即。

者：[三][宮]1462 或十由，[聖]1818 引勝。

之：[乙]2263 時也假。

終：[甲][乙]1866 恒。

竫

靜：[三][宮][聖]1464 室在堂。

淨

拔：[宮]271。

白：[三][宮]585 法多所。

常：[甲]1731 不知何，[甲]1928 用在剎，[甲]2217 四德也。

徹：[三][宮]2122 無穢七。

澄：[三][聖]26 佛弟子。

持：[甲]2214 地等如，[甲]2230 戒，[三][宮]1470 護諸學。

除：[乙]1821 心遍染。

得：[宮]618，[宮]1425 不淨，[甲][乙]1822 定有由，[甲]1816 佛國，[甲]1863 成故依，[三][宮]748 食者一，[三][宮]1546 自在是，[三]100，[三]291 逮聞平，[乙]1816 心地人，[元][明][宮]374 見佛性，[元][明]375 見佛性。

滌：[三][宮]425 除一切。

定：[宮]1520 心故十，[甲]2408 也或。

靚：[宋][元]、生靚[明]220 史多天。

端：[甲]1816 等雖此。

頓：[甲][乙][丙]、－[甲]1098 衣服安。

發：[甲]1736 心行二。

法：[甲]1875 心而後，[甲]1781 門，[甲]2266 依，[三]26 眼生於，[聖]397 法身淨，[原]1818 種子爲。

梵：[三][宮]342 行無家。

飯：[明]1450 王復將。

佛：[宮]1523 信空佛，[甲]1828，[甲]2299 土故也，[三][宮]639，[三]2154 土經，[聖]1509 佛世界，[乙]2396 土他受。

浮：[宮]2060 土，[宮][甲]1805 萍水草，[宮]619 因諸日，[宮]1681 修梵行，[甲]1934 休氣林，[明]1450 衣將，[明]440 王佛南，[明]1462 地得，[明]2016，[明]2145 住子十，[三][宮]2103 業共州，[三][宮]2123 綺都無，

[聖][知]1441 水瓶盛，[聖]1763 想訖第，[宋]157 光三昧，[宋]2155 譯，[元]2154 於東都，[元][宮]374 比丘尼，[元][明]278 慧通達，[元][明]1545，[元]1007 土和牛。

根：[宋][元][宮]1425 地生枝。

垢：[三]、－[宮][聖]397 得，[宋]、染[元][明]220 無。

海：[聖]279 水中四。

漢：[甲]1512 解脱據，[甲]1512 涅槃斷。

好：[宮][聖]278 餘金，[三][宮]683 常識宿。

寂：[聖]292 然慧明。

嘉：[甲]1781 名遐布。

見：[甲]1731 不見穢，[聖][另]1543 無因無。

將：[原]、淨軍軍衆[甲][乙]1269 軍。

降：[甲]1512，[甲]1512 炷及以，[甲]1821 又雜心。

竭：[宮]585 修平等。

潔：[丁]2244 了無，[明]186，[三][宮]742 沙門志，[三][宮][另]1459，[三]152 無欲志，[三]186 之行女，[三]211 今，[三]2125 身洗浴，[知]418 用是速。

解：[甲]1781 釋。

界：[明]220 無二無，[元][明]1424 等此二。

盡：[明][甲]1181 其身心，[明]1608 等説彼，[明]1655 垢污穢，[三][宮]647 故不異，[三][宮]286 知無，[三][宮]341 身肉臠，[三][宮]1464 想不忘。

精：[三][宮]2122 戒之皮。

敬：[三][宮]、爭[聖]1464 比丘僧。

靖：[三][宮]460 修道教。

静：[甲]2366。

靜：[宮]221 無縛無，[宮]310 行於諸，[宮]659 諸根清，[宮]1551 故問曰，[宮]1799 慧發，[和]261 戒莊嚴，[和]293，[和]293 妙國土，[甲]、淨[甲]1782 住處四，[甲]1795 妙離爲，[甲]1851 二出生，[甲][乙]2426 澄淨，[甲][乙][丙]865 清淨者，[甲][乙]894 心而作，[甲]864 金，[甲]893 慮或想，[甲]897 信正念，[甲]1008 面各十，[甲]1027 晴明乃，[甲]1709 深可厭，[甲]1717 譬無明，[甲]1735 之衆生，[甲]1736 故幻喻，[甲]1736 水故故，[甲]1775 埸也生，[甲]1795 相離第，[甲]1796 義等字，[甲]1881 俱泯方，[甲]1921 安得就，[甲]2128 定也，[明]220 觀地乃，[明]220 戒安忍，[明]220 若不，[明]220 一切智，[明]1519 心故十，[明]1545 觀持，[明][宮]1551 者即是，[明]316 名，[明]660 得定生，[明]1096 房中以，[明]1191 句及佛，[明]1523 世界，[明]1542 居天蘊，[明]1545 觀持息，[明]1605 居，[明]1636 慮三摩，[明]2016 融大師，[三][宮]1545

慮心，[三][宮]1551 者即是，[三][宮]1681 門，[三][宮][聖]1579 蒙佛所，[三][宮]292 精修奉，[三][宮]425 天，[三][宮]477 心無所，[三][宮]585 樂于慈，[三][宮]588 如是者，[三][宮]618，[三][宮]630 心自思，[三][宮]656 聖慧道，[三][宮]722 離垢，[三][宮]1428 而無波，[三][宮]1435 我欲往，[三][宮]1464 己而後，[三][宮]1545 慮非味，[三][宮]1545 天退住，[三][宮]1558 定起初，[三][宮]1562，[三][宮]1562 諸不淨，[三][宮]1563 慮，[三][宮]1563 喜樂定，[三][宮]1611 智解脱，[三][宮]2122 處佛堂，[三][甲]1332 室七日，[三][聖]125 室中常，[三][乙]1092 身心往，[三][乙]1261 處安置，[三]1 室起詣，[三]6 念生日，[三]184 意五無，[三]186 眠，[三]198 處無怨，[三]201 無雲翳，[三]201 想，[三]210 動非近，[三]212 法一爲，[三]220 心一趣，[三]842 相了知，[三]945 器靜深，[三]1056 之處或，[三]1314 處一心，[聖]288 人彼國，[聖]1421 佛與大，[聖]1549 無有亂，[聖]2157 汝，[宋][宮]278 日身充，[宋][元][宮]2103 近世已，[西]1496 諸塵垢，[乙][丙]2810 故悔非，[元][明]210 如是見，[元][明]210 者常當，[元][明]221 無所悕，[元][明]440 命佛南，[元][明]658 諸根清，[原]1112 法本不，[知]1581 處心八。

闊：[甲]2006 一輪明。

冷：[三]99 其手如，[另]1428 無諸塵。

凉：[三][宮]2121 及作，[三][宮][久]485 住戒中，[三][宮]397 名之爲，[三][乙][丙]1056 潔白滿，[宋][元]220 涅槃，[乙]2246 義一道，[乙]2397 彼月輪。

涼：[宮]1525 亦名菩，[甲][乙]1709，[甲][乙]1822 此，[甲]1828 如是菩，[甲]2777 法喜故，[明][甲]1177 之水沐，[明]310 池沼自，[三][宮][聖]381，[三][宮]286 四種風，[三][宮]516 而方醒，[三][宮]2123 三者常，[三][甲]1101 及尸利，[三][聖]189 具，[三]99 眞實是，[三]194，[三]203 心生歡，[三]310 永趣閻，[聖][知]1579 故由善，[乙]2192 池蓮華，[元][明]658 快樂而，[元][明]1052 猶若池。

流：[甲]2792，[三][宮]2122，[三]189 澄潔。

滿：[甲]2837 天下流，[乙]2408 月也。

美：[三]2123 酒以爲。

妙：[宮]310 莊嚴，[明]1336 妙行觀，[三][宮]564，[三][宮]1579 又復安，[三]158。

滅：[宮]1509 覺有生。

明：[三][聖]125 使人悦。

能：[甲]1775 持戒或。

弄：[三][宮]1462。

破：[宋][明][甲]971 一切穢。

器：[明][乙]994。

前：[甲]1973 定入畜。

青：[三][宮]1611 金精色。

清：[宮][聖]292 遊於此，[宮]414 妙法施，[宮]822 信唯願，[和]293 妙光明，[甲]897 潔及以，[甲]897 潔及與，[甲]1735 法界故，[甲]1775 不受死，[甲]2017 何須衆，[甲]2036 覺言滅，[甲]2120 聖躬萬，[甲]2195 顯，[甲]2196 潔皆，[甲]2362 乳緑覺，[明]220 若苦聖，[明]220 尚畢竟，[明]212 而無，[明]261 寂滅無，[明]1648 是伏解，[明]2110 業，[三]26 信得，[三][宮][石]1509 酒以，[三][宮]310 淨身三，[三][宮]683 潔累劫，[三][宮]1425 影現學，[三][宮]1462 無垢而，[三][宮]1488 潔亦名，[三][宮]1647 念即得，[三][宮]2028 某行禪，[三][宮]2121 信之心，[三][聖][另]281 復有，[三]1，[三]118 德所作，[三]202 戒之地，[三]1559 色故説，[聖][另]1435 見已往，[聖]158 以意淨，[聖]211 梵行焉，[聖]278 燈雲方，[聖]953 信讀於，[聖]1509 不相續，[聖]1548 行所作，[宋]、清淨[元][明]1559 故説無，[宋][元]26 光天生，[宋][元]220 何以故，[宋]374 醍醐云，[乙]1724 信勝解，[元][明]379，[原]1069 信心殷。

請：[三][宮]382 法亦不，[三][宮]2027 及餘尊，[三][聖]1523 故願世，[聖]292 諸群黎，[聖]1462 人炙食，[聖]1582。

染：[博]262 衣内外，[甲]1003 不爲垢，[甲]1361 心唯獨，[甲]1802 汚之，[甲]1924 業雖與，[原]2205 爲淨之。

柔：[明]663 軟敬愛。

汝：[甲]1782 心高下。

潤：[明]310 無有晝。

若：[宋]、若淨[元]220 一切智。

善：[明]313 快諦聽。

商：[宮]1425 人一處。

上：[三][宮]1488 法淨心，[聖]2157 地品依。

深：[宮]1509 心從二，[甲]、法[乙]1709 妙旨未，[甲]1816 心地得，[三][宮]425 法不出。

神：[聖]222 梵行棄。

勝：[甲][乙]1822 身方能，[三][宮][聖][另]310 諸天并。

識：[甲]2305 阿摩羅。

氏：[宮]310 大國於。

事：[宮]1521 施中應，[宮]2122 地。

飾：[甲]1225 天。

水：[宋]、爲[元][明]1451 掃除作。

所：[甲]1731 質得在。

體：[甲][乙]2263 説爲名。

爲：[三]682，[元][明]1598。

無：[原]2299 土之。

洗：[三][宮]1425 扤却。

鮮：[三][宮]585 潔無瑕。

信：[宮][聖]310 心，[乙]2263 勝解〇，[原]2196 曉有二。

行：[宮]292，[甲]923 我今奉，[聖]210。

性：[三][宮][聖]1509。

須：[三][宮]1458 洗手受。

學：[三][宮]1546 修梵行。

洋：[甲]1724 五爲說，[甲]1863 豈慈氏，[三][宮]2060 銅何得。

業：[宮]385，[甲]1731 業故感。

異：[明]1549 三昧耶。

譯：[甲]1736 如孔雀，[甲]2168 彰寺北。

淫：[元]2110 名云所。

涌：[甲]1333 洗浴以。

汚：[甲]2266 即，[明]1428 出汚女，[三][宮]1606 事。

源：[甲]1921 也，[乙]2397 故云第。

樂：[宮]1505 淨覺樂，[三]277 波羅蜜。

雜：[宮]1611 淨時，[宮]1611 淨時不。

澤：[甲]2230 口鼻方，[明]231 四，[乙]912。

障：[甲][乙]1822 觀至念，[甲]2196 不生報，[原]2264 之善歟。

沼：[甲]2181。

眞：[三][宮]2058 守素無。

爭：[甲]1733 證會究，[明]192 稱淨飲。

正：[三]190 行是法。

諍：[宮]221 亦不不，[宮]221 亦無所，[甲]2167 三昧法，[甲][乙]2259 願智，[甲]1000 土集諸，[甲]1782 乃可取，[甲]2217 法，[甲]2255 故稱爲，[甲]2261 故或以，[甲]2266，[明]220 戒布施，[明]397，[明]1547 問曰何，[明]2131 又宗鏡，[三][宮][聖]1549 當言因，[三][宮]1550 故及離，[三][宮]2031 作意所，[三]1 本若比，[聖][另]1459 當隨食，[聖]1462 畜若比，[宋][宮]、靜[元][明]322 之行又，[乙][丙]2777，[乙]2218 論所出，[乙]2261 不共許，[乙]2426 雖深未，[元][明]657 相是名，[原]、諂[甲]2230 行，[原]1776 過盡即，[原]1780 智四願，[原]1854 事。

治：[三][宮]聖 1606 惑所緣，[三][宮]1606 惑所緣。

智：[三]1549。

中：[甲]1782 而得。

莊：[宋][宮]626 其佛號。

滓：[甲]、澤[乙]913 次想鏤。

敬

愛：[三]1033 之心如，[聖]639 重是比，[乙]1909 其下爲。

拜：[三]156 求哀懺。

變：[乙]2261 故非謂。

稱：[三][聖]211。

承：[甲][乙]1822 彼說意。

誠：[三]2106 蔬。

當：[三]20 佛言如。

等：[宋]1478。

發：[甲]2217 心文此。

梵：[宮]1452 禮爾時。

放：[甲]2036 有大志。

佛：[宮]263 最勝舍。

敢：[宮]2108 也禮乖。

攻：[明]、貴敬[甲][乙]1225。

供：[明]1579 養一年，[三][宮]657 養法師。

恭：[甲]1735 受雙離，[甲]2036 死事哀，[三][宮]403 寂靜其，[三]192。

故：[宮]2040 述釋迦，[甲]2068 炊頃方，[甲]2261 今此意，[三][宮]657 能持此，[元][明]153 而重伏，[元][明]397 禮如來，[元]2108 自從。

擊：[三]202。

極：[甲][乙]1822 禮通三。

駕：[三][宮]2103 微祛。

教：[丙]2231 主歡，[宮]2102 覽移日，[甲]1861 受得邊，[甲][乙]912 法，[甲][乙]1822 受八尊，[甲]1816 供養等，[甲]2337 念乃至，[甲]2792 歡喜奉，[明]1485 受四不，[三][宮]2121 令曰謝，[三][聖]210 不忘生，[三]143 使益明，[宋][宮]2060 若准，[乙]1816 略無言。

戒：[甲]1973 曰嚴謂。

驚：[甲][乙]2396 畏自相，[甲]2195 信嫌非，[三][宮]2042 悔語摩，[三][宮][乙]2087，[三][宮]414 大歡喜，[三][宮]2053 歎轉異，[三]196，[三]211，[三]2103 起自陳，[乙]2261 非借起，[原]、驚[聖]1818 怖者牒。

景：[三]1568 仰之至，[三]2145 仰之至。

警：[甲]893 見佛部。

徑：[三][宮]2060 當理伏。

救：[甲]1782。

恪：[三][宮]274，[三]203 禮拜。

理：[甲]2068 玄自少，[宋][宮]322 又理家。

禮：[甲]2195 多寶分，[甲][乙]1822 意此，[三]2145 每至閑。

啓：[原]855 謝言種。

契：[原]1315 每。

勸：[元][明]658 施自手。

散：[丁]2244 金布地，[三][宮]2059 營福業，[聖]2157 騎常，[原]1776 唯有心。

殺：[甲]2195，[甲]2195 一部經，[甲]2261 戒得波。

設：[三][宮]2122 已竟因。

事：[三]174 三尊恭，[乙]1909 師長如，[元][明]2103 王侯似。

授：[甲][乙]2263 自身故，[甲]2263 未來僧。

數：[甲]2255 聞迦葉，[久]1488 復有上。

俗：[宮]2103 宋武時。

歎：[甲]1735 諮問第。

唐：[明]2154 愛寺沙。

天：[三]186。

問：[三]125 無量輿。

我：[甲][乙]1822 愛又二。

獻：[元]2110 奉上接。

心：[三]200 即便爲。

宣：[三][宮]2059 王時。

以：[三][宮]1509 其兄故。

意：[三][宮]313 歡喜意。

右：[三][宮]278 遶世尊。

與：[三][宮]1435 敷坐處。

欲：[甲]2400 説十六，[明]293 事益憍，[三][宮]461 見佛如，[三][宮]729 親屬靡，[三]186 學道可，[聖]1451，[宋][宮]285。

御：[三]2088。

政：[元][明]2103 事。

致：[三][宮][聖]1451 禮作無。

重：[明]2104 無以加，[三][宮][石]1509 可爾父，[三]1340 心不自。

靖

地：[三]224 或時在，[元][明]、精[宮]656 便能。

淨：[三]185 漠，[三]2122 無欲慈，[三]靜[聖]26 信世。

靜：[德]26 坐定意，[明]2059，[明]2059 離俗闠，[明]2059 無欲慈，[明]2059 夜朗月，[明]2059 業禪善，[明]2059 有志，[明]下同 2059 服氣不，[三]、淨[宮]1549 無垢濁，[三][德][聖]26 處山巖，[三][德][聖]26 一心無，[三][德]26 甚奇甚，[三][宮]1464 樹下露，[三][宮]1543 居無亂，[三][宮][聖]318 心而聽，[三][宮][知]384 處思惟，[三][宮]225 自念我，[三][宮]263 聽次第，[三][宮]294 無聲時，[三][宮]308 清徹自，[三][宮]657 不放逸，[三][宮]1644 安樂無，[三][宮]2034 加足五，[三][宮]2034 一部二，[三][宮]2034 轉身極，[三][宮]2059 志避諠，[三][宮]2060 玄姓趙，[三][宮]2103 高宇閑，[三][聖]26 一心無，[三][聖]26 處，[三][聖]26 處山巖，[三][乙]1092 默瞻仰，[三]22 恭畏愼，[三]26 處，[三]26 處心無，[三]26 處宴坐，[三]26 處尊者，[三]26 得喜若，[三]26 得喜於，[三]26 法愛樂，[三]26 若有一，[三]26 無愛法，[三]26 一，[三]26 一心無，[三]26 足拘薩，[三]35 聽吾，[三]152 處山澤，[三]152 明於往，[三]152 思覗諸，[三]152 思有似，[三]152 遂致太，[三]152 心存義，[三]152 之行不，[三]152 志菅衣，[三]192 默光顏，[三]198 大喜足，[三]311 思謗無，[三]2103 天之性，[三]2145 阿素生，[三]2145 夜，[宋]、慧[元]26 因此故，[宋]26 因此故。

請：[甲][乙]2219 邁解同，[三][宮][甲]901 自死身。

增：[元][明]2060 加五方。

静

諍：[甲]1828 法二有。

境

邊：[甲]2263 也獨。

場：[聖]397 是爲菩。

塵：[甲]2217 六識制，[乙]2261 處也三，[乙]2263 雖異義。

城：[元][明]212 郭七業。

處：[甲][乙]1821。

此：[甲]2274 語即是。

道：[宮]279，[甲]2269之釋隋。

德：[甲]1782故願以。

地：[甲]1833此即三，[三]1559界有垢。

墳：[甲]2070上三度，[知][甲]2082夜專誦。

根：[甲]2305分別，[乙]2263互用釋。

故：[甲]2274如遍計。

鬼：[明]2076到來眼。

海：[明]2131亦自寂。

壞：[原]1851之中有。

壞：[甲][乙]1822故述曰，[甲]2253流三世，[甲]2290苦在心，[甲]2313歟非現，[三]682常住無。

憹：[甲]1238若不去。

教：[甲]2274智名至。

界：[甲][乙]2259爲神通，[三][宮]656，[三][宮]656非汝狹，[三][宮]1618凡夫不，[乙]1909者。

堺：[甲]2195也都無。

禁：[甲]1786二。

警：[宋]1092界常自。

竟：[和]293界次有，[甲]、境[甲]1781無，[甲]1789斷除七，[甲]1912所，[甲]1918也，[甲]2837無違怨，[另]1721即是無，[宋]1579此慧名，[元][明]2016又經云，[原]、[甲]1744今第二，[原]1776自下第，[原]2196是故今。

鏡：[丙]2397識影現，[甲]1886何有種，[甲][乙][丙]2087，[甲]1709智，[甲]1795喻但一，[甲]1960中仍現，[甲]2311不住心，[甲]2397心王所，[甲]2399爲所緣，[明]1584無中間，[三][宮][聖][另]675像差別，[三][宮]672現非有，[三][宮]2108事如，[三]1424容虧若，[三]2145圓照化，[聖]675彼三昧，[宋][宮]2060西流即，[乙]1822五別釋，[乙]2261此四門，[元][明]2125居外蛇，[原]1079未曾用。

究：[宮]681意和合。

覺：[宮]278未曾起，[原]2254。

流：[甲]2362趣入作。

普：[甲]1735觀度無。

燒：[聖]1442想句如，[原]923如。

識：[甲]1736。

世：[甲]1795界齊兼。

說：[乙]2263何。

説：[甲][乙]2434不通，[甲]1828下明語，[乙]2263謂約身，[乙]2263契。

隨：[原]1744乘得此。

體：[三][宮]1562所執實。

位：[甲][乙]2263故引爲。

我：[甲]2036上請遊。

現：[宮]399界并無，[三]682離相是，[元][明]1562已離貪，[原][甲]1829義汝宗。

香：[宮]721相應若。

襄：[原]1829者即有。

心：[甲]1913。

耶：[甲]1936破遍文。

也：[甲]2273顯示此，[三][宮]

2053 從此西。

依：[甲][乙]1822 故。

意：[乙]1723 智起三。

憶：[甲][乙]1822 應成間，[甲]1822 心名之，[甲]2261 耳故二，[甲]2263 尚可有，[甲]2814 故何，[宋][元]1610 界同類。

縁：[甲]1823 者無色，[乙]2215 觀云也。

院：[甲]2371 第七重。

增：[宮]1562 性安住，[甲][乙]1822 味唯，[三][宮]1562 五不縁。

障：[甲]2266 界時三，[甲]2339 下正釋。

墇：[明]2053 揚。

之：[甲]2261 三。

執：[甲]2313 速應人，[原]1840 故今者。

智：[甲]2218 界不二。

種：[明]413 影像皆。

踁

脛：[宮]1421 已上下，[甲]2128 同胡定。

跓：[原]、拄[甲]1298 前方大。

獍

鏡：[甲]1736 負塊以。

頚

項：[聖]1425 不直安。

頸：[甲]2128 腋隱，[原]1758 以慧。

俓：[博]262 衆寶珠。

頭：[三][宮]848 伽字在，[三]193，[宋][宮][聖][另]285 各演光，[宋]190 作如是。

項：[三][宮][聖]613 骨中從，[三][聖]99 前者攀，[三]125 骨一處，[三]194 短或金，[聖]613 至項至。

靜

諦：[明]2145。

寂：[博]262 然安不，[明]310 爾。

精：[甲][乙]2259 慮通二。

浄：[三][宮]397 無垢無。

淨：[宮]221 者是也，[宮]278，[宮]309 室意欲，[宮]585，[和][內]1665 意，[甲]2814 門則無，[甲][丁]2092 鱗甲潛，[甲][乙]894 住一境，[甲][乙]1709 常自一，[甲]1003 慮義攝，[甲]1112，[甲]1227 草上首，[甲]1306 室中作，[甲]1736 慮謂得，[甲]1736 室念所，[甲]1736 下七菩，[甲]1781 發，[甲]1799 之室洗，[甲]1828 一分亦，[甲]1922 水無波，[甲]2266 義與眞，[甲]2348 律師次，[甲]2837 亂不二，[明]220 慮般若，[明]220 慮波羅，[明]220 慮不淨，[明]228 故所有，[明]261 三昧大，[明]312 法若見，[明][甲][乙]1260 室極，[明][甲]1177 入菩提，[明]187 極調柔，[明]191 天中生，[明]413 慮飾，[明]476 慮慈無，[明]625 行身口，[明]722 之物作，[明]1509 業，[明]1579 慮，[明]2016 散休息，[明]2076 者答曰，[明]2103 萬物可，[三]220 定勤修，

[三]1982 欲，[三][宮]414 心求菩，[三][宮]617 則見面，[三][宮][知]598 無塵埃，[三][宮][知]下同 598 法等靜，[三][宮]398 寂句逮，[三][宮]403 諸國有，[三][宮]451 處以諸，[三][宮]588 則知非，[三][宮]606 而爲五，[三][宮]656 觀前白，[三][宮]745 默無所，[三][宮]758 悟，[三][宮]847 處心，[三][宮]1545 耶答有，[三][宮]1563 身語名，[三][宮]1579 相即由，[三][宮]2034 身心外，[三][宮]2060，[三][宮]2060 守志不，[三][宮]2103 穆神思，[三][宮]2103 無爲有，[三][宮]2123 處喜居，[三][甲]1332 地淨潔，[三][聖]99 處攝受，[三][聖]99 者至竟，[三]76 十二，[三]99 梵行清，[三]99 亦復乖，[三]474 空無寂，[三]1485 居，[三]1485 天空住，[三]2154 坐誦出，[聖]1463 房中作，[聖]1562 慮遇緣，[聖][另]1459 日復非，[聖]211 清明慧，[宋][明][乙]921 虛空道，[宋][元][宮]837 涅槃在，[宋][元][宮]2053 無雲之，[宋][元]1562 慮入見，[宋][元]1562 慮正在，[宋][元]2147 經一卷，[宋]842 室，[乙]1929 一切得，[乙]2261 如是，[元][明]228 智慧勝，[元][明]1579 解脱於，[元][明]658 法微妙，[元][明]1161 次名，[元][明]1428 處思惟，[元][明]2122 寺處建。

靖：[宮]1549 身問若，[宮]1656 諸惡德，[甲]1775 無，[三]190 爾，[三][宮]、清[聖]425 思禪定，[三][宮]397 默天，[三][宮]590 處數息，[三][宮]606 心而聽，[三][宮]810 然不求，[三][宮]1425 處坐佛，[三][宮]1425 想蘇河，[三][宮]1428 善塔，[三][宮]2059，[三][宮]2103 將軍領，[三][宮]2122 不，[三][宮]2122 聽，[三][聖]26 處，[三][聖]26 處敷尼，[三][聖]26 處山巖，[三][聖]26 寂無，[三][聖]26 寂無有，[三][聖]26 室鬚閑，[三][聖]26 一心無，[三]26，[三]26 處山巖，[三]26 處宴坐，[三]26 默波羅，[三]26 默無言，[三]26 一心無，[三]26 坐故也，[三]190 時優，[三]196 定身升，[三]205 處唯摩，[三]2154 邁，[三]2154 夜輒談，[宋][宮]783 處滅一，[宋][元][宮]471 三昧正，[宋][元][聖]26 室坐於，[宋][元]26 處，[宋][元]26 處於是，[宋]186 意五。

就：[明]950 祕密主。

居：[元][明]125 穴處甚。

絶：[甲]2068 山地動。

空：[三][宮]477 彼行。

滅：[明]220 涅槃無，[明]1579 自性涅，[明]1450 涅槃究，[三]220 是故名，[三][宮][聖]476 而不畢，[三][宮]1581 功德之，[三]157 有不失，[三]192 因滅故，[聖]1595 行施如。

默：[甲]1736。

怕：[三][宮][聖]613 無爲出。

平：[甲]1969。

圊：[宋]、靖[元][明]2110 内養兒，[宋][宮]、靖[元]2103 内養兒。

清：[宮]616 無有風，[三][宮]810 寞之，[聖]790 不。

情：[三][宮]1478 不念道，[元][明]202 使人踰。

善：[三]202 聽乃往。

聲：[甲]1816 以得禪，[宋][元][宮]1464 處樹下。

閑：[三]100 處未盡。

隠：[三][宮]657 豐樂人，[三][宮]657 人民充。

隱：[三]125 匿亦無，[聖]227 人民熾。

争：[三][宮]810 入無等。

諍：[宮]433 若有篤，[甲]1782 論永息，[甲]1821，[甲]1924 而以熏，[甲]2250，[明]1092 而殺害，[三][宮]2122 長，[元][明]310 無嬈濁，[元]2087 良殊隨，[知]1579 說有餘。

竫：[原]2323 加足五。

鏡

鈸：[三][宮]263 若干柔，[三][宮]263 應。

縛：[三][宮]、鑄[聖]481 覩夫面。

觀：[乙]2263 智遍緑。

及：[甲]2254。

劍：[乙]2396 等之時。

敬：[三]1982 像佛。

境：[和]293 及淨水，[甲]1861 智，[甲]2290 識體從，[甲][丁]866 令其觀，[甲][乙]1796，[甲][乙]1866 智合爲，[甲][乙]2263 識爲内，[甲]1830 等照物，[甲]2204 乎蓋爲，[甲]2266 面若有，[甲]2266 智相應，[明]665 智現前，[明]2016 而一味，[明]2076 和尚，[三][宮]620 還復通，[三][宮]1530 智等不，[乙]2263 誠證也。

獍：[甲]2036 之黨架，[明]2103 者惡其，[明]2103 之，[三][宮]2109 之兇於，[三]2110 之子，[三]2110 重將而，[元][明]2103 之黨搆，[元][明]2060 說甚深，[元][明]2103 競起翳，[元][明]2103 年長爭，[元][明]2103 重將而。

明：[石]1668 等義。

錢：[甲]1736 已含。

釋：[甲]1736 是定一。

銀：[三][宮]671 清淨諸。

擿：[甲]2036 惡鳥乎。

獐：[宋]、獐[元][明]2149 相及爾。

鍾：[明][丙]1075 及。

柱：[明]293 中一一。

競

並：[宮][三]703 陳絃歌。

殑：[宋][元]1092 伽沙俱。

兢：[明]581 來食之。

竟：[宮]279 心迴向，[宮]310 而和合，[宮]387 共求覓，[宮]1509 念僧，[宮]1509 是人雖，[宮]1546 尚不可，[宮]2122 來看之，[甲]1969 存於白，[甲]2296 捧土塊，[三][宮]2028，[三]2103 馳關塞，[三]2154 宗樹，[宋][明][宮]2122 來分裂，[宋]220，

[乙][丙]2089 上岸頭，[元]、意[明]2122 而身，[元]2122 來，[元][明]189 隨奉，[元][明]190 來集會，[元][明]1421 欲爲龍，[元][明]2103 像法而，[元][明]2122 來醬肉，[元][明]2122 投錢物。

境：[甲]1828。

覺：[甲]2299 捉瓦石，[聖]100。

貪：[明]293 構資生。

相：[三]202 射洞身。

意：[三]2154 者皆鎔。

垌

址：[明]2016 成九結。

扃

局：[甲]1736 又但稱，[明]220 味其談。

扄

迴：[明]433 無限無。

冋

同：[甲]2128 從，[甲]2128 聲也。

囧

固：[甲]1918 冏無滯。

图：[甲]1728 三人乘。

商：[宮]2059。

同：[宮]2059 六。

瑩：[明]2053 然狀似。

炅

嬰：[宋]152 然無復。

迥

固：[明]2151 諍論一。

還：[甲]1719 白大。

徊：[三][宮]2102 涉清衢。

回：[甲]2250 文說五。

迴：[元][明]2103 前笳清。

逈：[三]、向[宮]2103 張物表，[三]1568 悟大覺。

迫：[三][宮]2103 而自。

逈

過：[甲]1973 絶名言。

回：[三]2087 照樹影。

廻：[三][宮]2103 旛飛曙。

迴：[宮]1804 與尼僧，[宮]1804 轉相及，[宮]2060 出隻千，[甲]1709 出以彼，[甲]1804 顧不見，[甲]1969 拋空有，[明]279 帶，[明]1563 處四，[明]2060，[明]2105 無一言，[明]2110 樹，[明]2112 注瀉文，[三]2110 入乘奔，[三][宮]1425 處，[三]264 絶多毒，[三]2110，[聖][另]1458 處觀客，[宋][宮]2060，[宋][宮]2109 拔於三，[宋][元][宮]1558，[宋][元][宮]2103 張翠帷，[宋][元]2060 出雲端，[宋][元]2060 闓自到，[宋][元]2110 發蓋似，[宋][元]2110 周開府，[宋]2060 姓邊汴，[乙]1876 超言慮，[乙]2397 出如雲，[元][明]2060，[元]2060 憑高當。

迵：[三][宮]2103 兮望通，[三][宮]2103 煙飛霧。

迫：[三]2063 更起。

向：[甲][乙][丙][丁][戊]2187 者

大城，[三]263 在巽方。

炯

洞：[三][宮][聖]1421 然時迦，[三]190 燃熾盛。

烔：[甲]2128 音並同。

烱

洞：[三][宮]620 然諸鬼。

熲

穎：[宋][宮]2060 右衞將。

究

畢：[甲]1786 竟空豈，[甲]1736 竟不動，[明][聖]99 竟清淨。

竟：[甲]2337 更不新，[元][明]1635 無生無。

鳩：[三]2145 摩羅耆，[三][宮]227，[三][宮]394 槃荼衆，[三][宮]402 槃荼各，[三][宮]1509 摩羅耆，[三]2145，[三]2145 摩羅法，[三]2145 摩羅耆。

救：[三][宮]2122 聖意不。

空：[甲]2299 常境如。

窮：[甲]、覈[甲]2339 判斷成，[甲][乙]2207 道儒之，[甲][乙]2207 決了諸，[甲][乙]2207 妙釋，[甲]2305 其實終，[甲]2339，[原][甲]1825 慮，[原]1872 物性。

丸：[甲]2290 反叢也。

宛：[甲]2266 轉作，[原][甲]1781 現鏡内，[原]1780 然況諸。

穴：[宮][甲][乙][丁]848 及末途，[原]1987 盡是。

字：[聖]1602 竟名之。

糺

紀：[明]2103 忠貞以。

糾：[三]375 治當知，[三]375 治善男。

糾：[明]、紛[宮]2103 皎皎毒。

約：[宋]125 詣。

紜：[甲]2266 紛皆趣。

糾

到：[乙]1239 頭指使。

啾

啾：[宋]、[元][明]1336 呿婆。

鳩

波：[明]1548 頭摩。

鴟：[三][宮]2122 等或有。

究：[三]212 槃，[聖]397 槃，[聖]512 槃荼鬼，[宋][宮][石]1509 槃荼鬼，[宋][元][宮]2040 槃。

拘：[宮][甲]2053 摩羅王，[明]620 樓孫佛，[三][宮][甲]2053 摩羅王，[三][宮]397 槃，[三][宮]2053 摩羅亦，[三]1 勿頭華。

摎

絞：[宋]1336 項使病。

九

八：[宮]397 次第定，[宮]1648，[甲]、－[乙]850 怛囉二，[甲][乙]1823

根非見，[甲][乙]1866 會中有，[甲]1119 曩牟曩，[甲]1709，[甲]1735 可知第，[甲]1736 依增一，[甲]1778 會譬如，[甲]2266 左等言，[甲]2337 十八者，[甲]2371 識也又，[甲]2395 十，[明]、－[宋][元][宮]402，[明]1537，[明]1596，[三][宮]1546 道支現，[三][宮]481，[三][宮]1521，[三][宮]1546 種結同，[三][宮]2059，[三][甲][乙]1092 地唎地，[三][甲]1227 頗吒梵，[三][聖]125，[三]656，[三]982，[三]2034 部四百，[三]2149 部一百，[三]2149 卷，[三]2154 卷見，[聖]125，[聖]1595，[聖]1595 義所，[宋][宮]1509 者心不，[宋][甲][乙][丙]、－[元][明]930，[宋][元][宮]2122，[宋][元]2155 紙驚，[乙]2215，[乙]2249 善業道，[元][明][乙]1092 摩訶，[元][明]212，[元][明]656，[原]1308 十七十，[原]1308 年，[原]2196 云滅有，[知]1785 行。

寶：[甲]1822。

長：[甲]、九[甲]1799 行。

二：[三]、一[宮]1545 善業道，[元][明]2146 卷。

凡：[甲]2039 五載告，[甲]2157 十二品，[甲]2284 論，[三][甲][乙]901 境界用，[聖]2157 十，[元][明]2149 初六。

非：[甲]2249 根有異，[甲]2339 無間九，[乙]1724 淨者顯。

光：[元]1 緣日。

鬼：[原]2871 子母天。

互：[原]1771 市易故。

几：[甲]2266，[乙]2215。

戒：[三]、－[宮]1548 結眠沒。

久：[宮]2059 有師子，[三][宮]2122 緘其口。

韮：[甲][乙]2092 一十八。

句：[三]1337 醯醯皤。

力：[宮]1646 種退相。

六：[宮]425 十六諸，[明][甲]1094 四方齊，[三][宮][聖]1425 故錢重，[三][宮]402 蘇彌，[三][宮]1551，[三][甲]1102 唵，[三]2153 卷五十，[乙][丙]2092 千。

明：[甲]1735 別顯。

匹：[明]1567。

七：[甲]、六[乙]2263 目次，[甲]2084 莖蓮花，[甲][乙]852 僧伽薩，[甲]1735，[甲]1821 有時雖，[甲]2039 年陵在，[甲]2399 咽上郝，[麗]、九之一[明]、八[聖]125，[明]2110 篇以駁，[三]2149 紙西晋，[三][宮]402 母陀囉，[三][宮]2060 十，[三]22 梵天譬，[三]2088 小劫釋，[三]2149 卷經論，[三]2153 卷五帙，[聖]125 衆生居，[宋][元]2061 十三法，[乙]1822 同類問，[元]2121 以四月，[原]1308 五三初。

千：[甲]1733 頭頭有。

人：[甲]1729 向位十。

入：[甲]2130 蘇摩者。

三：[宮]1912 人各釋，[甲]2128，[甲]2181 卷，[乙]972 薩嚩怛，[乙]2263 説見知，[原][甲]1962 云爾。

十：[宮]223，[和]293 福須彌，[甲]1735 及結一，[甲]1735 句初，[甲]1735 約能知，[甲]1735 中初，[甲]1828，[甲]1828 十根爲，[甲]2036，[明]1546 智應言，[明][甲]901，[明][甲]901 金剛，[明]13 十法自，[明]1463 事，[明]1552，[明]2145，[三][宮]、以上大般若第二會第三十四 223，[三][宮][聖]1429 磔手廣，[三][宮]278 者悉善，[三][宮]378，[三][宮]402 薩婆部，[三][宮]408 莎，[三][宮]721 名刀口，[三][宮]2034 月翻其，[三][宮]2059 釋曇，[三][宮]2060，[三][宮]2060 智，[三][甲]989 阿鼻，[三]982，[三]2153 卷同帙，[聖]278，[聖]1421，[宋][宮]2034 歲，[宋][元][宮]2122，[元]、十上[明]1425，[元]、十下[明]1425，[元][明][聖]157 善中爾，[元][明]158 善業已，[元][明]656。

是：[甲]、九界[甲]2396 曼荼羅。

疏：[乙]1736 深定用。

四：[宮]1509 卷第，[甲]1717 記身子，[甲]2410 十九章，[宋]278，[原]1308 應夕見。

丸：[甲]1735 之微因，[甲]1805 等通餘，[明]620 重金剛，[明]1636 劫當得，[三][宮]1464 百，[三]1092 香各。

萬：[元][明]643 億諸小。

爲：[甲]、九[甲]1851 無礙道。

無：[宮]397 次第是，[三]1546 問曰此，[三][宮]1546 次第三，[三]1547 根合聚，[聖][另]1543 斷智爲，[聖][另]1552 或復捨，[聖]1579 種行安，[另]1459 清淨，[石]1509 離諸欲，[宋][宮][聖]、自無心無[元][明]397 相分別，[宋][元][宮]1550 十生十。

五：[甲]2249 中云十，[甲]2339 類煩惱，[甲]2410 十一，[甲]1929，[甲]2249 文問一，[甲]2266 品修惑，[甲]2395 年二費，[甲]2395 日食後，[明]1669，[三]125 種之食，[三]2154 部，[乙]、以下記數至四十四乙本倣之 972 尾惹也，[乙]2249 能發業，[原]1796 絲然後。

相：[甲]1881 度多行。

牙：[聖]1763 地所以。

也：[宋]2053 功包於，[元]1092。

一：[甲]2120 日，[三]2149 十二卷。

亦：[甲]2128 聲或從。

意：[乙]1821 根故言。

引：[明]1330 賀囊賀。

尤：[宋]2060 等皆所。

有：[乙]2092 龍吐水。

於：[宋]1595 智自在。

元：[丙]2081 載三藏，[宮]2034 年，[三][宮]2060 年春下，[三]2122 眞太守，[三]2145，[三]2153 年，[三]2153 年郢州，[宋]2154 年六月，[原]1311。

云：[甲]2261 云正見。

允：[甲][乙]2391 唯前三，[甲]2083 折之賓。

衆：[三]384 苦爲關。

自：[明][乙]1092 俱胝那。

久

不：[宮]224 賢者他，[宋]212 停如彼。

才：[甲]2035。

㕚：[三]1336 至，[宋][元]1336 舍離四。

存：[三]202 驅馳五。

答：[原][甲]2297 必者必。

大：[聖]1509 發意故，[乙]2263 諍若依。

定：[宮]279 便見日。

冬：[三]2145 顯曰貧。

兌：[三][宮]383 斯。

多：[甲]2087 餘福未。

爾：[三][宮]2121 乃得脱。

反：[甲]2036 之以神，[甲]2128 反説文，[甲]2129 作麥也，[甲]2339 奪也不。

分：[宮]797，[甲]1816 住於世，[甲]2299 故云初。

父：[甲]1512 已，[三][宮]607 處令意，[宋]2040 樂欲暫，[乙]2244 之乃曰，[原]2167 處臺山。

何：[明]318 如。

火：[宮]1566。

及：[甲]1709 也假不。

即：[三][宮]1451 以長繩。

今：[三]201 應爲法，[聖]200 已聞。

究：[三]125 畢獲等。

九：[明]760 殃。

可：[甲]1863 對。

名：[宋][元]2031 住乃至。

欠：[甲]2128 矣，[甲]2787 别相見，[乙][丙]2777 欲令自。

染：[元][明]352 患而不。

人：[丙]2120 清泰臣，[宮]、久人[聖][石]1509，[宮]1598 遠所説，[宮]817 猶如，[宮]1425 在，[宮]1428 住欲説，[宮]1464 不敢獨，[宮]1562 住不滅，[宮]1604 遠方覺，[宮]2121 長，[宮]2121 而言曰，[宮]2121 後彌勒，[甲]2087 而彌，[甲]2130 城，[甲]2266 傳定不，[三]2040 後彌勒，[聖]425 衆生所，[宋][宮]1509 後皆當，[宋][元][宮]1579 住二復，[宋][元]23 久數千，[宋]2060，[宋]2122 不速來，[元]、－[聖]1435 不成過，[元]1809 得五事，[原]1201 持一切，[知]2082 安處於。

若：[元][明]374 久住於。

上：[三][宮]2103 可大穆。

失：[宋]657 留今此。

水：[宮]2121 失寶藏。

停：[甲]2882 留爾時。

王：[甲]1733 摧伏又。

文：[丁]2244 矣人之，[丁]2244 之，[甲][乙]2219 字得，[甲]1709 初中後，[甲]1816 修，[甲]1816 修三學，[甲]1816 學，[甲]1816 應彼道，[甲]2266 習又釋，[甲]2266 相續住，[甲]2299 歟或可，[三]2145 行未，[聖]1733 次二頌，[宋][元][宮]1521 住無量，[乙]、又[乙]1821 易時苦，

[乙]2207。

聞：[三]185 知其意，[三]2121 見。

已：[三]2060 終方悟。

以：[甲]2128 喻治政。

亦：[甲]2299 速疾義，[甲]2748 成，[三][宮]、－[聖]425，[三][宮] 1521 修集或，[三][宮]2122 有大石，[聖][石]1509 皆磨滅，[原]1289 聞說諸。

永：[甲]2081 無盡苾。

尤：[三][宮]2059 自驕縱。

有：[甲][乙]1822 留即須。

又：[甲]1736 住於世，[甲]1512 供養諸，[甲]1816 修，[明]721 不放逸，[三]、叉[宮]410 之，[三]、文[宮] 2059 之齋竟，[三][宮]381 復將護，[三][宮]269 從幾佛，[三][宮]721 於此池，[三][宮]1488 於無量，[三][宮] 1547 見菩薩，[三][宮]1646 隨習煩，[三][宮]1648 惓覺觀，[三][宮]2109 懷蠆毒，[三][宮]2121，[三][宮]2122 置鐵中，[三][聖]311 失沙門，[三]17，[聖]1509 必，[石]1509 則生苦，[宋][元][宮]、也[明]816 天子如，[宋][元] 1562 住故修，[宋]1442 之間善，[宋] 1694 矣，[宋]2121 復有象，[元]2122 住世間。

與：[三]125 住比丘。

元：[乙]2408 年中決。

云：[原]1863 修菩薩。

之：[甲][乙]1822 在身中，[甲] 895 疑者遍，[甲]1287 聞天竺。

夂：[甲]2128 洗幺麼。

玖

玠：[元][明]2103 興撰明。

玫：[宋][元]2110 興撰明。

梅：[乙][丙]2081 三青龍。

灸

刺：[宮]2123。

灰：[聖]125 極。

炎：[甲]2130 南方經。

炙：[甲]1828 青葉令，[甲]2870 種種湯，[三]下同 2122 燈而婆，[宋][元]2122，[宋]172 不得差。

韭

韮：[三][宮][聖]1451 類食者。

酒

措：[三][宮]2122 一生分。

滴：[元][明]1476 糟隨咽。

狗：[三]1331 肉及噉。

酤：[宮]721 肆不爲。

淨：[甲]1973 法水於。

醴：[三]2105 泉公呂。

明：[甲][乙]1822。

栖：[三]2103。

灑：[甲]1969 定水於，[甲]1969 法雨而，[三][宮]2121 掃見。

習：[乙]2795 故命惙。

洗：[元][明]626 盛滿其。

須：[甲]1007 肉婬欲，[三][宮] 847 者復作，[三][宮]1451 難足。

　　猶：[宮]1509 自，[三][宮]2122 非持戒。

　　糟：[明]2103 之客六，[三]1441 淨。

　　醉：[三][宮]1547 持空三。

　　酢：[宋][元][宮]1463 者不得。

韮

　　韭：[明][甲]1216，[明]1459 爲令身，[三][宮]672 蒜及諸，[三]2110 山等並。

臼

　　白：[甲]2035 幽王子，[甲]2128 水臨皿。

　　函：[三][宮]、因[聖]1425 木瓶木。

　　囚：[宮]1505。

　　日：[宮]2040 中以杵。

　　田：[聖]1462 上有縱。

　　陷：[三]、舊[另]1428 孔食入。

　　由：[聖]1462 及縱容。

　　曰：[宮]1525 熟華熟，[宮]2034 四十八，[甲]2128 作，[明]1595 或說如，[宋][宮]1451，[宋][元]2061 供億服，[元][明]729 注鬼顔，[元]1644 中鐵杵。

咎

　　恥：[甲]2087 僉曰允。

　　答：[明]374 即於我。

　　否：[甲]1775 累宜。

　　各：[宮]1507 佛便分，[宮]1509 業變化，[宮]2059 雲亦，[甲]1763 佛何不，[明]1636 得二，[聖]361 引牽當，[聖]1509 六波羅，[宋]411 於此賢，[元][明][宮]2060 是非滋，[元]1591 了境非，[元]2121 責合。

　　垢：[三][宮]1571 翻招重。

　　谷：[聖]1509 問曰若，[宋][元]2108 慚懼實，[元]2034 不知。

　　過：[三][宮]1646 如經中。

　　會：[甲]2036 於道聽。

　　競：[三][宮]2104 故西窮。

　　苦：[聖]397 句無上。

　　吝：[明]1506。

　　名：[三][宮]2102 現齊公。

　　失：[三]1082 所誦課。

　　枉：[三]、染[聖]210 或縣官。

疚

　　疾：[三][宮]2066 于懷嗟，[元]2060 心累日。

　　疼：[元][明]2060 痛鐘纏。

柾

　　杜：[甲]2266 剩焉故。

柩

　　船：[三][宮]2122 上有若。

　　紀：[宮]2060 之日。

救

　　哀：[三][宮]754 請除苦。

　　拔：[宮]1509 濟一切，[甲]1718 濟似譬，[甲][乙]1929 衆，[甲]1239

衆生苦，[甲]1782 我之少，[甲]2396 隨樂普，[三][宮]276 苦厚集，[三][宮]384 濟爲人，[三][乙]、除拔[甲]970，[三]1534 濟大衆，[原]1251 娑蘭二。

被：[乙]2192 無外是，[元][明]186 衆惱患。

勅：[甲]2035 上宮繡。

度：[乙]1909 衆。

放：[聖]224 解諸魔。

改：[甲]2266 易亦是，[甲]2271 即無過。

故：[丙]2163 作護，[宮]1435 無，[宮]2102，[明][宮]353 攝不捨，[明]1571 還同前，[三]1562 濟希望，[聖][另]1442 濟汝等，[聖][另]1459，[宋][元]2121 用貿易，[元]1571 頭。

教：[甲]1728 護以事，[甲]1863 不同彼，[甲]2339 得名所，[明][甲]1177 度一切，[三][宮]638 人博聞，[聖]1733，[元][明]221 化次以，[原]2339 故天台。

敬：[三][宮]2122 終成。

究：[明]1331 治，[三][宮]2034 僧。

捄：[宮]2059 一童而。

枚：[甲]1816 不化由。

沐：[三]125。

披：[甲][乙]2263 此更益。

破：[乙]1821 云言成。

求：[明]380 度諸苦，[三][宮]1559 財故妄，[三]157 心於持，[三]203 解終相，[聖]125 護念具，[聖]324 護幻化，[另]1721 子。

忍：[元][明]1014 頭然。

殺：[宮]2121 八國王，[三][宮]2122，[三]2087 生之處，[元]1507。

贍：[三][宮]2121。

赦：[甲]1999 咸放，[明]1336 濟不能。

施：[聖]2157 菩薩造。

釋：[甲]2196。

收：[宮]310 養，[明]895，[三][宮]2103 捕浣之，[三][宮]2122。

守：[三][宮]657 護不貪，[三][宮]657 護佛法。

受：[三][宮]507 危代汝。

授：[三][宮]221 之有愚。

投：[宮]1650 濟者，[三][宮]2060 習昔。

昔：[原]1782 利樂此。

校：[原]1890 量十地。

叙：[甲][乙]1822 倶舍破。

醫：[甲]1811 無所希。

擁：[三]118 護佛告。

願：[宮]2123 願拔罪。

杖：[宮]785 頭然故。

賑：[宮]1478。

徵：[甲]2261。

拯：[明]2059 物自漢，[三][宮]1507 二神答。

治：[三][宮]309 靡不濟。

厩

癡：[宮]1509 象振。

就

辦：[宮]、辨[聖]1602，[三][宮]、辯[聖]1602 有分別。

辨：[甲]893 諸事眞，[甲]2219 皆言到，[甲]2339 此一是。

成：[甲]2196 勝者所。

初：[另]1721 文爲三。

此：[三]1 此五法。

得：[明][甲]1177 法身令。

對：[甲]1736 喻通有。

二：[甲]1828 正。

佛：[聖]440。

付：[甲][乙]2263，[甲][乙]2263 以七眞，[甲][乙]2263 中，[甲][乙]2263 中見西，[甲][乙]2263 中能化，[甲]2217 此，[甲]2217 中除心，[甲]2263，[甲]2263 初釋不，[甲]2263 多時立，[甲]2263 十八界，[甲]2263 中，[甲]2263 中見佛，[甲]2263 中今論，[甲]2263 中雖立，[甲]2291 教就，[乙]2263 初師無，[乙]2263 第二，[乙]2263 之意識，[乙]2263 中今，[乙]2263 中滅是，[乙]2263 中五識，[乙]2263 中演祕，[乙]2263 中於十。

負：[宋][元]603 斷脈是，[宋]1694。

歸：[聖]200 正値佛。

軌：[甲]2192。

果：[甲]850 常當於。

誨：[甲]2015 不捨忽。

既：[甲]2087 浴沈痾，[乙]2227 不可成。

金：[聖]1582 欲知法。

境：[三][宮][聖][另]285 界各在。

鷲：[三][宮]2121 鳥乞羽，[宋][元][宮]2121 鳥乞羽。

卷：[甲]1828 盡第三。

可：[乙]1736。

立：[三]291 色界天。

龍：[聖][甲]1733 現空，[原]2339 女之身。

滿：[三][宮]278 其心彌，[聖]278 如是等。

名：[原]1776 成前。

能：[甲]1238 帶此神，[三][宮]2121 定意八，[三][聖]157 雨三昧。

訖：[三]26 具足五。

勍：[甲]2036 敵從日。

取：[甲][乙][丙][丁][戊]2187 波羅捺，[甲]1928 尺去，[甲]2243 中古千。

然：[甲][乙]1821，[甲][乙]1821 長行中，[甲][乙]1822，[甲][乙]2328 此俱，[甲]1708 十心中，[甲]1736 此一義，[甲]2249，[甲]2434 常途説，[三][宮]2121 而死出，[三]1527 理無滿，[原]2339 今名三，[原]2339 上二章。

熱：[三][宮]1579 由是因。

任：[乙]2263 樞要文。

身：[甲]1040 誦洛叉。

勝：[明]885。

受：[三][宮]2103 五戒勤。

殊：[甲]2399 意同。

熟：[丙]1199 就，[和]293 圓滿如，[甲]、就[甲]1782 中文復，[甲]、

熟之[乙]2263 文也次，[甲]1732 爲梵若，[甲]1828 等者以，[甲]1828 佛法及，[甲]1828 就者是，[甲]1828 仍，[甲]1828 未出離，[甲]2227 故十六，[甲][乙]1772 是，[甲][乙]1816 無記天，[甲][乙]1821 即成，[甲][乙]1821 擲，[甲][乙]1822 得涅槃，[甲][乙]2263 道，[甲][乙]2263 色雖非，[甲][乙]2263 生天後，[甲][乙]2263 之文今，[甲][乙]2309 十離惱，[甲][乙]下同 1821 已說有，[甲]1125 有情令，[甲]1304 法者即，[甲]1361 自彼之，[甲]1710 有空境，[甲]1733 以是則，[甲]1733 義饒益，[甲]1736 第六依，[甲]1782，[甲]1782 佛悲廣，[甲]1782 有情至，[甲]1782 者令得，[甲]1816 果忍行，[甲]1816 十，[甲]1816 有六一，[甲]1816 者名爲，[甲]1828 斷膿血，[甲]1828 故者成，[甲]1828 有情利，[甲]1829 此後二，[甲]1847 唯是，[甲]1924 但彼由，[甲]2195 大種性，[甲]2217 故雖得，[甲]2217 時出也，[甲]2232 有情淨，[甲]2263 因緣論，[甲]2266 後解爲，[甲]2266 依種即，[甲]2266 者遍義，[甲]2400 又於臺，[久]485 住於菩，[明]310 一切佛，[明][和]261 諸有，[明]261 一切復，[明]261 有情住，[明]293 一切智，[明]405 衆生一，[明]1450 善根所，[明]1450 已成，[三]159 不壞信，[三]310 一，[三][宮]415 一切衆，[三][宮]564，[三][宮][聖][知] 1581，[三][宮][聖]411 無量所，[三][宮][聖]416 助道法，[三][宮][聖]1579 故，[三][宮][聖]1579 故此復，[三][宮][聖]1579 解脱妙，[三][宮]402 故一切，[三][宮]1536 生熟二，[三][宮]1579 善名言，[三][宮]1579 智故修，[三][宮]1581，[三][宮]1581 一切佛，[三][宮]1601，[三][宮]2122 衆生淨，[三][甲]951 一切有，[三][甲]951 名，[三][聖]1579 時能障，[三][乙]1092 觀世音，[三][乙]1092 相應，[三]159 一切智，[三]159 證獲如，[三]220 深心歡，[三]220 有情嚴，[三]642，[三]1202 放光隱，[三]1340 無畏菩，[三]1341 眼事及，[聖]1763 能以解，[聖][甲]1733 蜜專意，[聖][另]303 衆生隨，[聖][知]1581 有聲聞，[聖]1581 住中成，[聖]1733 其，[宋][明]、孰[元]873 衆生已，[宋][明][宮]421 衆生雖，[乙]2263 無境界，[乙]1724 道，[乙]1822 界明爲，[乙]2232 衆生已，[乙]2263 不，[乙]2263 此意汝，[乙]2263 論文譯，[乙]2391 之時自，[元][明][甲]951 衆生乃，[原]、然[原]2339 未，[原]2196 解脱之，[原]2196 時三解，[原]2425 相續專，[原]1700 衆生又，[原]1756 易調穢，[原]1780 者當知，[原]1818 一乘法，[原]1851 故名爲，[原]2196，[原]2196 令至究，[原]2393 而論之，[知]1581 衆生當。

說：[丙]2381 極，[宮]1443 言談議，[宮]754 正捨惡，[宮]1522 法故一，[宮]1559 故，[甲]2396 行法儀，[甲][乙]1822，[甲]1512 斷滅相，[甲]

1512 體無色，[甲]2255 因果判，[甲]2261 一理永，[甲]2270 勝義，[甲]2299 小乘説，[明]1463 其前羯，[明]1562 此因説，[明]1562 滅定不，[三][宮]1461 二，[三][宮]1562 近障，[三][聖]1441 戒不答，[三]212 世間義，[聖]1425 衣架上，[原][甲]1721 滅惡門，[原][甲]1851 理性以，[原][甲]1851 性所以，[原]1818 大法竝，[原]1818 法輪不。

頌：[甲][乙]1822 前文中。

爲：[三][宮]285 世尊子。

無：[原][甲]1851 量並具。

襲：[三][宮]820 善二曰。

相：[乙]1796 即於此。

想：[乙]1796 中復有。

詣：[宮]2045 坐，[甲]、就託[乙][丙]2089，[三][宮]2121。

訧：[三]152 分衞厤。

祐：[明]2154 合大集。

欲：[三][宮][聖]1563 一切初。

願：[乙]2391。

雜：[宮]2034 翻譯並。

葬：[三]2110 槐里始。

證：[甲]2263 非一切。

執：[甲]2223 金剛身，[三]882 金剛尊，[聖]200 懃加役。

晝：[甲]1736 神故云。

諸：[三]、如[別]、－[宮]397 功德入，[三][宮]633 度，[三][宮]882 神通事，[三][乙]1092 法聖者。

住：[甲]2250 五蘊及。

卒：[三][宮]2059 而匠人。

坐：[聖]211 王位王。

座：[宋][元]、濟[明][宮][聖]1421 豈可。

舅

勇：[甲]2035 氏曰欲。

僦

就：[聖]1425 賃。

舊

奪：[甲]1811 但犯，[聖]1421 住聞佛。

翻：[甲]2249 譯之謬。

奮：[甲]1007 者兩枝，[三][宮]397 身而猶，[三][宮]1459 打成光，[三][宮]2060 拏達多，[三][宮]2102 崇華尚，[三][宮]2122，[三]397 體懊惱，[三]1335 唎摩摩，[三]2122 吳宅性，[元]、奪[明]2121。

古：[乙]2263 種俱。

故：[三]2154 壞乃。

慧：[甲]2255 影云初。

焦：[宮]1425 文汝本。

廬：[三]186 舍水邊。

內：[甲]2035。

齊：[甲]、舊[甲]1782 經少者。

失：[聖]2157 譯。

書：[三][宮]2122 乃是周。

昔：[另]1721 疑即謂。

習：[甲]2196 氣未得。

細：[原]2254 別。

顯：[乙]2218 除。

熏：[甲]2263 種子隨。

業：[三][甲]2125 習報師。

遺：[明]2087 迹指告。

應：[聖]1421 比丘應。

友：[聖]1428 知識彼。

餘：[宮][丙]2087。

曰：[甲]1731 舉首天，[甲]2250 俱舍。

鷲

鏡：[宋][宮]、獍[元][明]2104。

鳥：[甲][乙]2194 或不，[三][敦] 361 山中與，[聖]211 山中時。

鷲：[甲]2337 子向會。

拘

阿：[明]、句[丙]1209 嚕二。

拗：[三][宮]2122 之。

柏：[甲]2400 令有聲。

并：[明]312 那羅吉。

初：[聖]2157 四品。

弓：[宮][聖]1509。

鈎：[甲]1733 後令，[三][宮]2122 靽致使。

鉤：[宮][聖]272 羅華，[宮]670 那含牟，[甲]2193 鎖骨者，[明]1425，[明]1425 觸彼身，[明]1425 語淨人，[三][宮]1435 鉢多羅，[三][宮]2121，[三][宮]2122 牙上出，[三]375 十住菩，[聖]1425 鉢受，[聖]1437 樓孫佛，[元][明]99 鉤頸時，[元][明]721 欄如穿，[元][明]2122 牽後令。

狗：[甲][乙]2207 類樹經，[甲] 1723 盧洲餘，[甲]1736，[甲]1820 利今但，[甲]1821 櫞華塗，[甲]2129 那含牟，[甲]2130 絺羅池，[三][宮]2122 牟頭有，[三][宮]1421 尸草婆，[三][宮]1435 手曳，[聖]26 樓羅拘，[宋][元]、枸[明]1039 杞代搵，[宋]1545，[乙]、[丙]2381 留孫佛。

枸：[甲]1134 傾蘇於，[甲]2128 音俱溝，[甲]2130 施應云，[三]1609 櫞花彼。

憍：[石]1509 陳若等。

鳩：[宮]397 樓孫如，[三]2053 摩羅王。

居：[明]1450 苦惱中。

跔：[三][宮]1425 聚然後。

駒：[宮]2058 那羅長，[三][宮] 1463 執衣。

句：[明][甲]1227 左小指，[三] 1336 多吒呪，[三][宮]585 懷除穢，[三][甲][丙]1202 取二無，[三]203 樓舍遶，[聖]221，[另]1435 盧，[宋][宮] 2121 提。

俱：[宮]673 勿頭，[和]293 蘇摩華，[甲][乙]1239 元帥，[甲]1735 槃國有，[明][甲]997 胝那由，[明]24 盧奢五，[明]676，[明]1341 致說，[三][流]366 絺，[三][宮]、[聖]1425 律常，[三][宮]1605 礙又此，[三][宮][聖] 376 夷城住，[三][宮]568 那含牟，[三][宮]1425，[三][宮]1425 律精舍，[三][宮]1425 律樹釋，[三][宮]1425 物頭分，[三][宮]1611 樹王，[三][宮] 2121 物頭華，[三]152 獵其國，[三] 1331 留周，[三]1435 舍彌法，[宋]

[明]212 絺羅曰，[宋][元]25 物頭分，[宋][元]747 類，[乙]1239。

倨：[宋][聖]100 軥念爲。

均：[甲]、拘[甲]1782，[甲]1816，[甲]2261 融於是，[三][宮]2103 恒準所。

劬：[元][明]309 復現聲，[原]2196 勞無用。

瞿：[宮]2122，[明]196 耶，[明]2123 耶尼用，[三][宮]272 耶尼，[三][宮]385 耶尼兒，[三]1 耶尼人。

世：[三]125 樓孫如。

松：[甲]2299 梨柯多。

勿：[三]2060，[聖]310 迦梨提。

物：[甲]、拘[甲]1782 留祈，[甲]1030 蘇摩等，[甲]1709 故云相，[甲]1718 羅漢言，[甲]1816 梨如是。

相：[甲]2339 不得自。

新：[宮]1425。

掏：[明]1341 嚧安遮。

絢：[甲]852 絺羅阿。

猗：[宋][宮][聖]、倚[元][明]425 而無所。

折：[三][宮]724 不能操。

指：[三]2110 分段還。

居

孱：[原]1778 然同有。

處：[和]293 士衆會，[三][宮]1459 欲行向，[三][宮]2121 淨修爲。

厝：[乙]2376 語言也。

店：[乙]2092 邑。

房：[三][宮]2059 請爲法，[宋][元]1458 宿夜安，[元][明]152 貧乎無。

奉：[甲]2408 之。

復：[甲][乙]2261 下上地。

號：[甲]1742 初初安，[宋]26 行者從。

活：[元]769 家修。

基：[三][宮]397 離反丁，[宋][元][宮]、－[明]397 離反十。

屆：[三][宮]1593 建，[聖]2157 此寺精。

靜：[三]125 之處諸。

局：[甲][乙]1866 此界故，[原]1776 在涅槃。

俱：[甲]1736 然有異，[甲]2035 聽命乃，[三][宮]1548 陀樹昆。

踞：[明][乙]1225，[三][宮]1442 合掌作，[乙]1724 床，[元][明]310 而坐兩。

君：[宮]2121 民一哀，[甲][乙]2397 長第，[甲]2068 何點招，[明][宮]565，[三][宮]2102，[聖]1，[宋][元]2154 建業魏，[元][明]984 多。

看：[三][宮][聖]2042 優波毱。

立：[乙][丙]2092 也民間。

摩：[甲]2255 洗其身。

內：[宋][元]593 宮殿種。

尼：[三][宮]397 羅婆，[三]2063，[宋][宮]411 家泥積，[宋][元]、第[明]、屋[宮]2122 爲興聖，[元][明]1336 羅摩思。

起：[三][宮]622 輕利道，[乙]2249 歟加之。

屆：[三][宮]2108 洗耳辭，[三]1007 其。

去：[明]1538 處。

若：[甲]1828 在佛位，[甲]1828 諸菩薩，[甲]2250 無標契，[甲]2266 不住正，[甲]2266 例云我，[三][宮]1571 現在現，[三][宮]1471 有所市，[三][宮]1546 好憙淨，[三][宮]1549 喜覺意，[宋][元][宮]、明註曰居南藏作若 342 不梵行。

尸：[三]2145 丹楊尹。

士：[甲]1805 自知不。

屬：[甲][乙]1822 異生餘。

天：[明]622 天子梵。

往：[三]202 其夫往。

小：[丙]2092 隱修道。

已：[宋][元][宮][聖]、－[明]1549 進反叔。

於：[三]2154 先此土，[聖]100 其中我，[聖]475 前而慰。

載：[三][宮]2102 慈悲之。

在：[三][宮]2087 輿中心，[三]982，[三]982 村巷處。

桎：[甲]2128。

住：[明][乙][丙]870 本位以，[乙]2218 自心之，[原]1960 穢土不。

坐：[三][宮]2053 不動祝，[三][宮]2121 三月以。

居

居：[宮]2025 同堂合。

捄

撮：[三][宮]2121 衣寶去。

救：[三][宮]、求[聖]292 形體四。

罝

罥：[三]、置[宮]746 網殺諸。

罥：[明]2104 罔綱。

罩：[元][明]671 羅。

置：[甲]2123 於岸上，[宋][元]2145 網于八。

疽

敗：[宋][宮][石]、[聖]1509。

蛆：[三][宮]720 蟲臭穢，[三]2042，[元][明]187 蟲穴，[元][明]397 毒虫死，[元][明]643 蟲唼其。

痛：[宋][宮]1505 內潰流。

掬

把：[甲]2082 月餘。

鞠：[宮]221 持散，[明][和]293，[三][宮][聖]279，[乙]、[丙]2396 多得之，[原]1286 養亦無。

菊：[三][宮]325 光佛南。

毱：[三]157 多在於。

採：[三]202 欲用施，[三]1425 瞰已以，[宋]1 漸成，[元][聖]294 反翅曼。

握：[三][聖][宮]234。

種：[三]721。

總：[明]893 合手內。

娵

諏：[三][宮]1566 訾。

椐

据：[三]1336 路摩嬭。

據：[三][宮]2104 梧閉口。

裾

錦：[甲]2409 以羅錦。

据：[三][宮]2102 以不覩。

裙：[三][宮]1442 褁豆瓶，[三][甲]2125 甕在左，[三]2125 既，[宋]190 舞袖又。

駒

拘：[三][宮]2042 那羅左，[三]2058 那羅受。

俱：[三][宮]1521 樓。

軀：[三][宮]606 還自危，[三][宮]606 而傷胎。

朐：[三][宮]2122 衍有獻。

踘

踏：[原][甲]2199 蓮池身。

鞠

採：[三][甲]1332 育菩提。

救：[三][宮]396 育窮厄。

掬：[丙]2396 多達磨，[宋]1336 育我成，[原]851 多阿闍。

鞫：[宮]2008 問云姓，[宮]2034 養乘羊，[宋][元]2112 理。

深：[三][宮]2103 生禾。

育：[三][宮]2108 罔極。

鞙

拘：[宋][宮]309。

鞫

鞠：[宮]2122 問甚急。

頭：[元][明]、鞠[宮]2123 頬俱堆。

局

差：[乙]2309 別此等。

而：[宮]1522 言靡測。

苟：[元][明]2016 執。

弖：[三]2103 追敗。

假：[乙]2261 佛。

扃：[明]2110 在域中。

拘：[甲]1736，[三][宮]2123 出家相。

居：[甲]1733 不足何，[甲]1733 二種十。

離：[甲]2323 自可知。

明：[乙]1821。

屬：[甲][乙]1929 於苦於，[甲]1782 乃爲空，[甲]2290 假身爲。

望：[甲]2217 得二身。

爲：[甲]2036 廑甲皐，[甲]2305 別於此，[甲]2339，[乙]1821 因，[原][甲]1851 後因望，[原]2248 濫若依。

限：[三][宮]1458 應問施。

因：[乙]1821 以明若。

志：[三]2045 褊狹不。

桔

梏：[三]2122 然俱，[宋]1333 皮結呪。

枯：[宮]2060 或停，[宋]1092 特祇。

毱

掬：[三][宮]2123 擲若故。

鞠：[宮]508 時有一，[宮]508 從彼命，[宋][元][宮]508 從。

掘：[甲]2301 多如是。

毬：[元][明]443 多如來。

蓺

藝：[明]2131 略六經。

鋦

錮：[三][乙]、銅[甲]2087 多有。

橘

樹：[元][明]2016 得屍果。

鵴

鳩：[甲]2128 鳩爾雅。

擢

攫：[三][宮]2121 面傷體。

弆

舉：[宮]539，[三][宮]2060 大隋開，[三]2122 或非時。

咀

咀：[明]1451 嚼濕以，[明]2122 荼盧四，[明]2131 麗衍尼，[三]2122，[乙]1796，[元][明]、迴[宮]848 麼二合。

怛：[甲]2087 蜜國赤，[三]2088，[宋][元]220 姪。

咀：[明][甲]964 囉二合。

詛：[明]1094 或被毒，[三][宮]480 言說者，[三][甲]1135 惡形羅，[三][乙]1092 諸天鬼，[三]264 諸毒藥，[宋]945，[元][明]186 常奉行，[元][明]294 兩舌惡，[元][明]664 一切惡，[元][明]1070，[元][明]1093 作其人。

沮

殂：[三]、狙[宮]2122 壞有大，[宋]345 廢福意。

但：[聖][石]1509。

恒：[三]68 欲死父。

姐：[聖]1582 壞三者。

勵：[宋]2145 不亦大。

惱：[元][明]340 令其退。

涅：[宮]2121 致大難，[甲]1112，[聖]2157 渠，[聖]2157 渠氏傳。

濕：[甲]2120 實冀妖。

阻：[宮]397 能，[宮]1912 壞是故，[甲]1225 壞之，[甲]1705 壞山王，[甲]1733 故云不，[甲]1733 故云眞，[甲]1733 四深崇，[甲]2087 渠，[三][宮]2103 都，[三]220，[聖]、狙[石]1509，[聖]272，[聖]1595，[知]384，[知]384 壞佛出。

狙：[聖]278 壞，[聖]278 壞是，[聖]278 壞欲生，[聖]278 壞直心，[聖]278 壞，[聖]278 壞降伏，[聖]278 壞具足，[聖]278 壞令一，[聖]278 壞妙智，[聖]278 壞如說，[聖]278 壞如無，[聖]278 壞善財，[聖]278 壞攝取，[聖]278 壞是力，[聖]278 壞是菩，[聖]278 壞遠離，[聖]278 若見王，[聖]1522，[聖]下同 278 堅固如，[知]384，[知]384 壞，[知]384 壞諸佛。

殂：[甲][乙]1796 壞故異，[甲]975 壞如來，[三][宮]、阻[聖]627 敗令，[聖]、[另]1509 壞不，[聖]278，[聖][另]1509，[聖][另]1509 壞菩薩，[聖]125 壞復次，[聖]223 壞須菩，[聖]278，[聖]278 壞譬如，[聖]278 壞善根，[聖]1509 壞我今，[聖]1549 壞或作，[聖]1582，[聖]1582 壞其心，[聖]1582 壞終，[宋][宮][聖]1509 壞則失，[宋][宮]656 壞何以，[宋][聖]1509 壞，[宋]366 佛日生，[宋]374 壞善，[宋]1509 壞當知，[乙]1069 壞五。

莒

呂：[三][宮]2122 縣白頸。

矩

短：[丙]1076，[甲]923 二，[甲]1007 醯，[甲]1112 吒十二，[甲]1717 方次若，[甲]2087 奢揭，[明]1254 摩羅菩，[三][丙]865，[三][宮][聖]395，[元]2016 或直來，[原]2001 鶴長落。

基：[甲]1828 師云梵。

榘：[明][甲]989 素銘娜。

句：[甲]1209 嚕，[明][甲]1175 嚕，[明][甲]1175 嚕，[明][甲]1175 嚕十一。

炬：[甲]2035 至晉朝，[明][乙]1092，[三][宮]2060 吉藏慧，[三]1173 嚧二合，[三]2149 所撰，[三]2151 等筆受，[乙]901 智九，[乙]2244 反雨液，[元][明]2060 傳二。

俱：[三]1058 吒軍，[乙]1211 蘭馱。

舍：[乙]1220 唁提嚧。

姖：[甲]952。

知：[甲]1796 矩反二。

举

惓：[甲]1718。

筥

莒：[三][宮]2121。

舉

以：[甲]1735 要下雙。

擧

悲：[甲]1782 心凡所。

本：[甲][乙]2263，[甲]2217 耶若二。

辨：[甲][乙]1822 無般涅。

表：[聖]1733 前初十。

答：[甲]2254 此義置，[乙]2263 之者可。

大：[三][宮]534 衆降德。

等：[甲]2261 法至不。

凡：[乙]2261 本疏。

峯：[乙]1796 爲性乃。

奉：[宮]2040，[甲]911 身如師，[甲]1781 施然後，[甲]2036 得見馬，[甲]2217 之以立，[甲]2250 此中間，

[甲]2266 一例餘，[三][宮]、普超三昧經擧[宋][元][宮]627 鉢品第，[乙]1822 文釋歸，[乙]2408 之是天，[原]1819 反修行。

告：[三][宮]1458 事女人。

故：[三]、學[宮]263 見我歡。

乖：[原]2339。

華：[甲]2250 七有經。

寄：[乙]2397 餘教四。

教：[聖][甲]1763 物離著。

界：[宮]1428 事爲根。

具：[甲]1736 今宗。

據：[乙][丙]2810。

鋸：[三][宮]1428 齒或虫。

覺：[甲]2814 喻水相，[三][宮]1602 證淨等，[宋]413，[乙]2397 枳攘二。

軍：[宮]263。

看：[乙][丙]2003。

了：[甲][乙]2263 今案本。

明：[原]2196 能弘之。

輦：[原]1149 多羅耶。

攀：[丙]2381 足，[宮]263 喻億千，[甲][乙]2194 比丘出，[甲]1828 無住指，[三][宮]2122 仰無厭，[三]2122 刀輪時，[三]2122 手絶足。

破：[原]2208 非其人。

氣：[甲]1709 一，[原]1849 無始以。

棄：[明]1428 其有。

褰：[甲]2204 諸教之。

擎：[聖]211 金。

取：[甲][乙]1816 無自他，[聖]1428 他波。

拳：[甲][丙]1145 右手然，[甲][乙]2390 振，[甲][乙]2385 風輪杖，[甲][乙]2387 三指從，[甲]2255，[乙]2390 手印是。

攝：[三]26 姓子欲。

審：[甲]1863 斯文聲。

聲：[三][宮]378，[聖]1464 鼻馬鳴。

事：[甲]1828 境隨多，[原]2339 喻釋殿。

順：[三]1425 八波羅。

隨：[甲][乙][丙]1866 一全收。

泰：[甲]2266 備釋雖。

舞：[三][宮]2102 於指掌。

興：[甲]951 月，[甲]2293 有三或，[元][明]425 足妄蹈。

敘：[甲]2266 別用不。

學：[宮]649 取，[宮]1506 方俗，[甲]1912 佛遺囑，[甲][乙]2309 也，[甲]2269 二譬明，[三][宮]263 諸法曉，[三][宮]2060 如周者，[聖]419 聲稱怨，[原]1764 三若佛。

以：[三][宮]1425 物覆火。

用：[三]2110 檀那。

有：[聖]1421 著露地。

舁：[三][宮]1421 如此安，[三]186 之出城，[宋][明][宮]、與[元]1451 大世，[元][明]、輿[宮]1425。

輿：[宮]1912 類證釋，[甲]2073 往哲所，[三][宮][聖]1421 須非時，[三][宮]2040 大愛道，[三][宮]2060 登座因，[三][宮]2085 著，[三][宮]

2121 置堂上，[三]125 大愛道，[三]2060 而下既，[三]2063 著山中，[三]2106，[聖]341 身上，[聖]1421 著生草，[聖]1763 床詣佛，[宋][聖]、[元][明]375 我床往。

與：[宮]1428 若滅擯，[宮]1542 故輕，[甲]2129 反說文，[明]1425 堪事人，[三]、以[聖]125 身作證，[三][宮]619，[三][宮]1435 宿故不，[三][宮]1435 我犯惡，[三][宮]1562 方隅顯，[三][宮]1562 生顯識，[三][宮]2122 四餅欲，[三]1546 無慚無，[三]1562 等流異，[聖]26 即舉應，[聖]1421 本言治，[聖]1435 持來還，[聖]1443 離處是，[另]613 身光，[宋]2121 一餘皆，[元][明][宮]461 本際一，[元][明]1435 宿不淨，[元][明]1441 前不犯，[元][明]1550 癡名所，[元][明]2121 衆超，[元]1435 身如白。

礜：[三][宮]1509 出，[三][聖]190 從迦毘，[宋]、昇[元][明]2149 尸歸葬。

譽：[宮]2105 寺禮拜，[甲]2730 口筆委，[甲]1828 第八有，[甲]2307 於當時，[明]310 歎曰，[明]1537 便不爲，[三][宮]266 於無著，[三][宮]410 輕他不，[三][宮]461 爲，[三][宮]1428 佛法僧，[三][宮]2060 繼乎魏，[三][宮]2060 通古罕，[三]292 一切諸，[三]375 讃，[三]2060 事梁，[石]1509 須菩提，[元][明]108 梵行所，[元][明]222 梵行所，[元][明]626 亦無所，[元][明]821 不輕於。

衆：[另]1431 或休道。

準：[甲]2250 寶解已。

齟

咀：[元][明]263 齚。

欅

襷：[三]1451 時極理。

巨

伯：[三]2145 源問摯。

臣：[宮]310，[宮]2034 等筆受，[宮]2059 嚴佛調，[宮]2059 衆星之，[宮]2103 難帝，[甲]901，[甲]1709 唐前後，[甲]1709 細相容，[甲]1709 細一切，[甲]2128 衣反廣，[甲]2129 乙反，[甲]2266 故復應，[明]5 細慈愛，[三][宮]1425 帝喚歲，[三][宮]2108 責，[三]1 陀羅高，[三]2150 一部一，[三]2151 西域人，[三]2154 譯，[聖]2157 源右，[石]1558 富長者，[宋][宮]2059 害燾遂，[宋][宮]2122 樹大者，[宋][元][宮]、用[明]2103 萬金檀，[宋]2154 等筆受，[乙]1306 門祿存，[元]2060，[元]2061 獸無以，[元]2122 細得以。

豆：[三][宮]2103 火所焚。

過：[三][宮]2104 患增長。

回：[元][明]815 不可稱。

極：[元][明]1013。

經：[甲]、臣[甲]1816 委初文，[甲]1816 委。

拒：[宮]383 時拘尸，[三]196 命如何。

苣：[三]2110 蒟實是，[元][明]2123 摩草末。

具：[三][宮]613 身丈。

炬：[三]2145。

詎：[三][宮]313 能計數。

駏：[三][宮]下同 2102 相資廢。

貌：[三]76 容丈六。

片：[三][宮]2103 同菩薩。

叵：[三][宮]1425 舍羅聞，[宋]2121 億常奉。

頗：[明][宮]2122 甚至藏。

其：[明]204 身至尊，[三][宮]2121 身。

渠：[三][宮]587 言反大。

人：[三]5 民終當。

維：[三]2149 唐世變。

于：[三][宮]606 海。

句

白：[宮]2060 皆合韻，[甲]1512 釋初句，[明]651 佛言曼，[三]2149 喻集四，[聖]2157 神呪經。

半：[甲]2196 擧上聞。

初：[甲]1512 也顯彼。

處：[甲]2006。

答：[三][宮]1428 即是時。

德：[甲][乙]2219 即四河。

等：[甲]2281 上不無，[乙]1736 問曰聲。

多：[乙]1822 伽外。

而：[甲][乙]1822 德依。

二：[宋][元]、－[明]882 訶娑訶。

法：[甲]2434 門。

翻：[甲]1922 觀欲念。

福：[甲]2036 之長溪。

供：[乙]2397 如次現。

勾：[甲]1875 當，[原]1112 鎖印能。

鉤：[明]1288，[明]891 牽一切，[明]1288 召如是，[明]2016 牽後令，[明]下同 1288 召一切，[三][宮][甲]876 結是名，[乙]921，[原]1238 即以中。

合：[三]、－[甲]972，[元][明]1682。

何：[甲]2274 爲因喻。

和：[元][明]598 合義也。

花：[甲]2068 或歎佛。

偈：[甲]1816 云二智，[甲]2269 至說勝，[三][宮]397 乃至一。

加：[原]2362。

經：[甲][乙]1736 餘。

拘：[甲]2337 也連也，[明]302 盧舍或，[三][宮]384 樓天中，[三][宮]785 之使兩，[三]1485。

局：[宮][甲]1805 制教慈，[甲]2274 後通者。

矩：[乙]867 句捨。

俱：[乙]867 句胝。

空：[原]2271 他不許。

口：[甲]2274 聲名二。

劣：[甲]2261 中妙三。

論：[甲]2250 已遮此。

曲：[明]2076 師曰獵。

闕：[甲]2274 三種四。

勺：[三]1358 婆摩一。

事：[宮]848。

四：[甲][乙]1866 義思之。

頌：[乙]2263。

所：[甲][乙][宮]1799 聞之境。

同：[宋]、－[元]1092 囉惹。

爲：[甲]2299 縛法及，[原]2271。

問：[甲]2299 者謂眞，[甲]1733 餘偈次，[甲]2006 或蓋覆，[甲]2227 意正問，[原]1771。

勿：[甲]1816 説，[甲]1816 説者謂。

物：[乙]2263 乎次。

夕：[甲]2250。

向：[宮][甲]1912 法性無，[宮]2112 令問河，[甲]1736 是無漏，[甲]1724 堪受人，[甲]1733 下第二，[甲]1736 爲，[甲]1763 明四佛，[甲]1912 攝九想，[甲]2255 故今案，[甲]2274 離故者，[甲]2339 後即入，[聖][另]285 以月明，[聖][另]1442 字無有，[聖]279，[聖]1763 執定耶，[元][明]1523 常益持，[原]2196 不作惡。

行：[乙]2263 不同有。

凶：[三][宮]2122。

匃：[甲]1816。

旬：[宮]1804 行若無，[宮]2034 麗國問，[宮]2122 授之，[甲][乙]2194 乃，[甲]1736 求生不，[甲]2129 聲歹午，[明][宮]1442 日數多，[明]1341，[三][宮]2121 羅九伽，[宋]2122 喻經云，[乙]2244，[元][明][聖]626 四事總。

要：[三][宮]425 不冀衣。

也：[宮]402 是時阿。

一：[明]312 句賀虎。

義：[三]125，[原]2196 一得天。

引：[宮]244。

應：[原]1818 云應如。

有：[宋][明][宮]223 義是菩。

緣：[元][明]1564 中生不。

曰：[甲]1123，[明]1336。

約：[甲][乙]2390 易見故，[甲]1805 有，[甲]1828 依處辨。

匀：[元]1428 亦如是。

之：[甲][乙]2391 終分。

種：[甲]2301 中一名。

重：[明]1520 再説應。

轉：[三][宮][聖]1579 中推求，[原]、轉[甲]2006 語供養。

自：[甲]1733 別有十，[甲]1733 深廣難，[聖]2157 在釋見。

字：[甲]2195 而，[明]1665 了了分。

拒

臣：[聖]223。

抵：[三][宮]2060 實時二，[三]203 言我不，[三]209。

短：[原]1780 即何有。

非：[甲][乙]1822 誰言此。

柜：[三][宮]1566 不能生。

矩：[元]310 而輕賤。

巨：[三][宮]2103 海五，[宋]125 逆比丘。

岠：[宋]2106 搆險以。

具：[明]2104 豈得無。

距：[宮][聖]278 逆賢聖，[明]2103 投石，[三]2145 拒而不，[三]2145 之堅軍，[三][宮]221 逆，[宋][宮]2040 塞者豈，[宋][宮]2121 逆即便，[宋][元]211 陽未訖，[宋]375 逆鬼，[元][明]310 木身形。

詎：[三]2110 可信，[宋][宮]2040 勝我等，[元][宮]2122 逆唯知。

懅：[三][宮]2123 當知是。

排：[原]、排[聖]1818。

以：[三][宮]2045 逆聖教。

指：[元]2122 抗智慼。

苣

荳：[宮]1442。

巨：[宋][宮]1545。

岠

拒：[三][宮]2060 違預在，[元][明]2106 六萬之。

距：[明]2122，[元][明]2060，[元][明]2060 梁之初。

姖

姬：[三]1644 山又。

具

敗：[元][明]2123 爛。

貝：[宮]1799 云，[宮][甲]1805 玉彼論，[宮]1598 表勝義，[甲]2128 也亦云，[甲]1007 牟，[甲]2039 菼痛矣，[甲]2039 葉何得，[甲]2119，[甲]2128 曰鉆蒼，[甲]2274 止云文，[甲]2412 破時黄，[明]316 諸樂器，[明]2131 即木綿，[三][宮]1435 衣突吉，[三][宮]2121 持輪御，[三][聖]397 毛次名，[三]202 琴瑟琵，[三]202 也彼時，[三]1335 婁香與，[聖]1456 衣愚癡，[宋][元][宮]1598，[乙]2244，[元][明][宮]721 思彌，[元][明]984 多羅龍，[元][明]984 婆多大。

備：[甲][乙]1866 德故或，[甲]2207 也防也，[三][宮]2122 非。

唄：[甲]2434 或。

必：[乙]1822 有不此。

變：[甲]2263 無漏種，[乙]2408 法門。

財：[三][宮]1606 恒與怖。

草：[宮]1435 飲食衣。

長：[甲]2266 足可。

常：[三][宮]1581 修梵行。

成：[三][宮]1647 何者正。

持：[三]60 此戒猶。

充：[三]26 足爲内。

粗：[宋][元]、麤[明]196 熟。

大：[三]、－[宮]1431 戒人共，[聖]1435 戒不應，[聖]1435 戒來未。

旦：[甲][乙]2309 那國等，[三][宮]1563 四種得。

但：[甲]1924 是障性。

道：[明]1550 故問何。

得：[原]2339。

調：[宋][元][宮]310 又與五。

定：[甲]2263 所立以。

各：[甲]1733 二種嚴。

共：[甲][乙]2288 行萬行，[甲]1823 生等五，[甲]2217 戒是色，[甲]

2217 體而生，[甲]2218 戒者，[甲]2250 云世間，[甲]2269 學處有，[甲]2339 六者種，[明]2103 嚴枯濯，[三][宮][另]1428 說此事，[三][宮]2045 白，[乙]2218 陳斯，[元][明]1451 申供，[元][明]1472 知給衆，[原]1851。

故：[三][宮]1435，[三]193 無有斷，[宋][元][宮]1653 十二支。

廣：[三][宮]1543 演說，[元][明]891 大神通。

果：[乙]2249 故唯從。

壞：[和]293 此十義。

見：[敦]1957 無所乏，[宮][聖]310 慈悲及，[宮]2121 說往古，[宮]2121 足皆得，[甲]、知[甲]2428 自心本，[甲]1828 定勝德，[甲]2219 第十普，[甲]2290 光明覺，[甲]893 善相者，[甲]1705 翻，[甲]1721 幾種身，[甲]1733 無礙藏，[甲]1828 彼有無，[甲]2231 正報依，[甲]2266，[甲]2299 本土，[甲]2309 分滿教，[明][宮]397，[明]2059 問罪福，[三][宮]1559 色無色，[三][宮]1647 是名正，[三][宮][聖]278 如來智，[三][宮]286 有三惡，[三][宮]416 已於一，[三][宮]1563 五蘊以，[三][宮]1646 足又眼，[三][宮]2121 語白狗，[三][宮]2123 白佛言，[三][甲]955 光明則，[三][聖]291 矣其，[三]32，[三]100 有如是，[三]434 此於諸，[三]613 足，[三]682 眞，[三]2060 唐貞觀，[聖]26 如是受，[聖]1 啓人尊，[聖]1421 者是比，[聖]1509 湯藥於，[石]1509 足故不，[宋][宮]、具足[元][明]585 六度無，[宋][宮][聖]397 已得是，[宋][元][宮]269 爲現衆，[宋][元]192 隨大仙，[宋][元]1428 白佛佛，[宋]193 施善何，[宋]721 聲行言，[元]834 悉以供，[元][明]100 眼者宣，[元][明]224 諸菩薩，[元][明]310 天妙身，[元]639 一，[元]1579 不具所，[元]1808 並受持，[原]1782 而出五。

俱：[宮]1595 滅離三，[甲]、－[丙]2397 等，[甲]1706 如止觀，[甲]1828 分，[甲]1841 得二名，[甲][乙]1822 那契經，[甲][乙]1822 有七，[甲][乙]2328 三種性，[甲]1736 十以，[甲]1736 知根三，[甲]1775 行六度，[甲]1823 此兩，[甲]1841 三相闕，[甲]1924 有二義，[甲]2006 在唐會，[甲]2266 不障三，[甲]2274 聲如人，[明][乙]1092 造五逆，[明]64 淨行分，[明]173 大威德，[明]201 功德者，[明]354 有心不，[明]1020 雲海奉，[明]1545 三現觀，[明]2153 存私密，[三][宮]310 各起是，[三][宮]397 捨種種，[三][宮][聖]223 云何善，[三][宮]374 終不捨，[三][宮]1421 以白佛，[三][宮]1562 是有唯，[三][宮]2059，[三][宮]2108 開，[三][宮]下同 1421 白佛，[三]98 淨并淨，[三]159 修三聚，[三]185 有三毒，[三]375 終不，[三]1341 如來曾，[三]1559 有十八，[三]2154 探而，[聖]1421 以白佛，[聖]211 白所論，[聖]272 足功德，[聖]397 致二十，[另]1509 有瓶，

[乙]1736 然隱顯，[乙]2263 是非實，[乙]2778 論爲四，[乙]2782 足謂降，[元][明]627 菩薩首，[元][明]1562 身愛念，[元][明]1594 纐所纐，[元]1425 白世尊，[原]2408。

口：[宮]279 四十齒。

糧：[三][宮]1579。

令：[甲][乙]1822 順樂受，[甲]1816 修行後，[原]2271 了所立。

六：[宋][元]882 德持金。

螺：[元][明]657 擊大法。

略：[乙]1724 不引問。

滿：[甲]950 心亦不，[三][宮]1488 足善男，[三][乙]1092 足爲後。

皃：[聖]613 者見地。

滅：[甲]2801。

名：[乙]2263 時同依，[乙]2263 爲十王。

目：[宮][聖]292 見，[甲][乙]1709 多法故，[三][宮]、見[聖]425，[三]2149 所詳。

普：[三]982 嚕三十。

其：[丁]2244 種種寶，[敦]1957，[宮]411 足世路，[宮][聖]310 六神，[宮]244 聖財自，[宮]635 戒行專，[宮]1435，[宮]1451 以王教，[宮]1558 身心遠，[宮]1648 足二十，[甲]1735 業惑苦，[甲]1851 廣分別，[甲][乙]1733 遍一切，[甲][乙]2408，[甲]1512 三種德，[甲]1512 引所釋，[甲]1512 足四種，[甲]1709 前二義，[甲]1709 悉詞微，[甲]1724 六釋者，[甲]1728 載菩薩，[甲]1731 明行因，[甲]1733 下文，[甲]1735 六初二，[甲]1782 戒四支，[甲]1816 身大身，[甲]1820 遺教故，[甲]1851 義不定，[甲]2128 糟歠其，[甲]2186 方丈，[甲]2219 果德故，[甲]2227，[甲]2250 出四分，[甲]2250 勝衣服，[甲]2261 舉本文，[甲]2261 有四聲，[甲]2266 標三義，[甲]2266 如彼，[甲]2266 如笠，[甲]2266 如下述，[甲]2266 五蘊，[甲]2270 量方成，[甲]2270 眼等識，[明]316 勝，[明]204，[明]220 大威力，[明]310 三十二，[明]411 足四輪，[明]848 諦信當，[明]1482 身，[明]1545 有未離，[明]1552 非分故，[明]1559 十見，[明]2043 心解脱，[三]193 惡心，[三][宮][石]1509 説一，[三][宮]226 心住於，[三][宮]263 餘之衆，[三][宮]376 聞者甚，[三][宮]837 數名增，[三][宮]896 執種，[三][宮]1442 嚴喪禮，[三][宮]1506 差別有，[三][宮]1571 如先，[三][宮]1579 中證得，[三][宮]1591 義由於，[三][宮]2043 慧則爲，[三][宮]2059 語意故，[三][宮]2060 身長七，[三][宮]2121 説如前，[三][宮]2122 道舍客，[三][宮]2122 如下第，[三][宮]2122 薪炭温，[三][宮]2122 足者即，[三][宮]2123，[三][聖][石]、－[宮]1509，[三]152 寶帛娉，[三]632 人供養，[三]2088 諸傳録，[三]2145 語意故，[三]2154 語意故，[聖]1537 及，[聖]292 足等願，[聖]425 夙夜敬，[聖]765，[聖]1425 若竹木，[聖]1425 時風，[聖]1733 德難

思，[石][高]1668 能入門，[宋][宮]421 境界以，[宋][明]220 修行菩，[宋][元]、俱[宮]2122 受爲得，[宋][元]26 足已身，[宋]100 信故能，[宋]375 大功德，[宋]450 恭敬，[宋]1103 楊枝，[宋]1545 足住如，[乙]2261 有三分，[乙]2408 奧所，[乙]2408 供作，[元]1582 足淨，[元][明]2108 如蕭子，[元][明]187 中化出，[元][明]201 鞍轡誰，[元][明]721 光，[元][明]721 聲聞已，[元][明]848 緣衆支，[元][明]1341 五種相，[元][明]1459，[元][明]1513 相由彼，[元]263 足當爲，[元]549 白王復，[元]1428 白世尊，[元]1466 犯二事，[元]1536 慧安住，[原]、其具[甲]1960 斷彼人，[原]1851 斷二縛。

器：[三][丙][丁]、冥[宮][乙]866 置其臺，[乙]2393 置臺上。

且：[宮]397，[宮]2060 見伊羅，[宮][聖]627 供養正，[宮]2122 以言慶，[甲]974 東西去，[甲]1709 陳三寶，[甲]1735 初意者，[甲]1816 三學者，[甲]1912 五集滅，[甲]2266 如餘釋，[甲]2266 無一位，[甲]2266 一往而，[甲]2300 就未至，[甲]2397 如十法，[甲]2434 說文相，[明][宮][聖]790 問，[明][乙]994 如十字，[明]1450 諸方遠，[明]2154 題云蹬，[三][宮][聖][另]285 聽若有，[三][宮][知]598 當聽過，[三][宮][知]598 觀如來，[三][宮]1443 當收取，[三][宮]1545 於十，[三][宮]1562 顯如前，[三][宮]2122 兼將此，[三]125 論聖，[三]192 崇王者，[三]1056 滿足眞，[三]2088 覩遺跡，[三]2154 題云除，[宋][宮]1562 止傍論，[宋][元]、其[明]212 得果報，[宋][元]2061 諱者周，[乙]2218，[乙]2263 可知之，[元][明]1451 揩，[元][明]1521 說諸地，[原]、[甲]1744 叙之第，[原]2270 九似宗，[原]920 以微心，[原]1764 就涅槃，[原]1776 列五十，[原]1936 如止觀，[原]2339 義苑云，[知]598 聽今爲。

褥：[聖]1428 波逸提。

身：[丙][丁]866，[甲]2255 答曰色。

甚：[甲]2087，[明][宮]398 清淨是。

愼：[三][宮]1462 諸根。

生：[乙]2393 如是等。

屍：[宮]1428 以上事。

食：[聖]1428 已晨朝，[宋][宮]2123 一切珍。

事：[三]190 復倍增。

是：[宮]279 佛功德，[宮]1453 裙二帔，[宮]1577 足，[宮]2121 以啓聞，[甲][乙]1821 有前，[甲][乙]1866 第二住，[甲][乙]2250 緣，[甲]1736 故爲願，[甲]1816 足體非，[甲]1863 足故能，[甲]2250 釋瑜伽，[甲]2261 足上下，[甲]2266 明四，[甲]2266 聲也爲，[甲]2299 得申如，[甲]2339 有三，[明]1559 二謂緣，[明]722 大安樂，[明]1547 彼行者，[明]2076 行脚眼，[三][宮]、諸[聖][另]285 一切佛，

[三][宮][聖][另]285 宣布法，[三][宮]224 經正，[三][宮]638 藥多，[三]1424 問已若，[聖]285 足，[聖]1425 白世尊，[另]1721 明三乘，[元][明]643 男子身，[元][明]1547 故念及。

說：[甲]1736 云善男。

所：[三]489 有神通，[聖]790 見宜退。

通：[乙]1822 二謂業。

同：[甲]2195 約言於。

土：[明]1450 皆悉棄。

完：[三][宮]221 牢強所。

往：[三][宮]1425 白世尊。

畏：[原]1776。

臥：[明]1428 針筒，[明]1430 當取故。

無：[甲]2396 依金剛，[乙]1736 之。

五：[三][宮]376 戒而學。

向：[甲]1735 如下諸。

興：[宮]278 正法故，[甲]2219。

養：[明][乙]1086 行人面，[三][宮]2121 來詣拘，[三][宮]2121 種種餚，[聖]278 從眞實，[聖]278 無量寶。

宜：[甲]1736 云室利。

亦：[甲]1851 修問，[甲]2195 解此，[乙]2263 本智以。

異：[宮]1585 染著爲，[甲]2250 等醜陋，[甲]2196 此八難，[甲]2266，[甲]2266 若捨生，[甲]2274 此無似，[三][丙]、豐[乙]2087 繁，[三][宮]414 塔。

因：[甲]1736 一切法。

有：[甲][乙]1736 多教者，[甲][乙]1822 成善，[甲]952 大威德，[甲]1924 六道，[甲]1924 染，[甲]1924 染淨，[甲]1924 又復體，[甲]2006 如是三，[甲]2263 二，[甲]2276 二等方，[甲]2296 五性者，[甲]2396 諸名，[三][宮]606 一者口，[三]196 唯乏薪，[乙]2393 方便慧，[原]2362 生滅故。

與：[宮]1428 白世尊。

雲：[三][宮]304 踰勝於。

則：[元][明]1808 有三五。

昊：[甲]2128 如前說。

眞：[宮]681 嚴飾不，[宮]1672 知生死，[宮]2060 如別傳，[甲]2219 理出體，[甲][乙]1736 下二義，[甲][乙]2328 本覺性，[甲]1816 資糧由，[甲]1884 故第十，[甲]2270 異缺滅，[甲]2299 四諦故，[明]1571 故未來，[三][宮]403 成而觀，[三]109，[三]190 正行故，[三]198 持戒莫，[三]201 一切智，[三]682 實，[三]2108，[三]2110 相，[宋]1579 縛，[乙]2174，[元][明][宮][聖]397 一切法，[元][明]649 非欲非，[元][明]895 有戒慧，[原]1849 智遍知。

直：[宮]1810 應語云，[宮]2123 說子意，[三][宮]398 啓前問。

至：[聖]125 得甘露。

住：[明]883 淨信財。

自：[甲]2250 言自性。

足：[甲]、是[乙]2261，[明]1539 諸快樂，[聖]1 可知何，[宋][明][甲]1077 滿七遍。

炬

燈：[甲][知]1785 能自照，[三][宮]397 善男子，[聖]606 明冥室，[知]1785 者。

焦：[三][宮]1505 柱慳。

矩：[甲]1092 嚕炬嚕，[明][甲]1094 盧炬，[三][宮][甲]901 智八儞，[三][甲][乙]1056 羅遜娜，[三][甲]1007，[三][甲]1227 瑟吒，[三][甲]2087 吒國有，[三][乙]2087 吒國商，[三]1092 嚕炬，[宋][元]、榘[明][甲]989 攞遇引，[元][明]992 魯炬，[原]1760 袍每居。

巨：[三]193 明現晦。

明：[明]279 佛蓮華。

煙：[三][宮]2103 遐照禪。

燿：[甲]2087 繼日競。

耀：[三][宮]1548 慧眼慧。

燭：[甲]1929 何益無。

怚

怛：[三][甲][乙]915 波二合，[三][乙][丙]903。

恒：[甲]1805 情者明。

俱

但：[甲]2299 多百論，[甲]2266 空世俗，[甲]2266 是法執，[甲]2297 不信佛，[乙]2263 是莊嚴。

共：[乙]2263 有。

空：[乙]2263 有等八。

若：[甲]、若俱[乙]2263 任運者。

俱

備：[敦]1957 造諸行。

彼：[三][宮]2103 含識而。

便：[宮]1488 死若有，[甲][乙]1822 起謂有，[甲]876 入金剛，[明][宮]374 共相將。

並：[乙]1821 生雖唯。

成：[三][宮]2102 失所謂。

徂：[三][宮]2034 來僧會，[三]2145 東於是。

怚：[聖]1199 散開。

但：[宮]1506 得成以，[宮]1545 依五因，[宮]1884 鹹濕故，[宮]2060 發道心，[甲]1763 迷於理，[甲]1828 與三十，[甲]1833 二十二，[甲]1926 名爲聲，[甲]2196 應是佛，[甲]2255 空等者，[甲]2255 輪王得，[甲]2263 破說，[甲]2266 時而轉，[甲]2270 說正因，[甲]2290 時假立，[甲][宮]、俱[甲]1799 得聞之，[甲][乙][宮]1799 見瀑，[甲][乙]1822，[甲][乙]1822 不決定，[甲][乙]1822 爲因各，[甲][乙]2192 約月輪，[甲][乙]2254 一具大，[甲][乙]2261 言一，[甲][乙]2263 七十二，[甲][乙]2263 述初釋，[甲][乙]2263 約聚論，[甲][乙]2394 經中所，[甲]901 上音，[甲]974 三，[甲]1709 除其莠，[甲]1728 起輪轉，[甲]1733 諸佛於，[甲]1763 麁鎮頭，[甲]1780 撫臆論，[甲]1780 明不二，[甲]1805 隨人物，[甲]1813 供養有，[甲]1813 說彼，[甲]1816 妙大亦，[甲]1816 名

爲菩，[甲]1816 時，[甲]1816 五百年，[甲]1821 有色故，[甲]1828 可義說，[甲]1830，[甲]1841 言因緣，[甲]1851 解聞第，[甲]1913 須二十，[甲]1928 在能應，[甲]2217 觀貪實，[甲]2219 是爲實，[甲]2249 唯雜緣，[甲]2262 言遊，[甲]2263 能有彼，[甲]2266，[甲]2266 名別性，[甲]2266 名果下，[甲]2266 稍異，[甲]2266 無而發，[甲]2266 於善染，[甲]2270 言眞，[甲]2274 此，[甲]2274 非於有，[甲]2274 可分，[甲]2274 同品非，[甲]2274 欲以因，[甲]2281 辨差別，[甲]2281 名闕過，[甲]2293 許終所，[甲]2299 是凡夫，[甲]2299 是四識，[甲]2299 是照境，[甲]2299 約煩惱，[明]1 說遮道，[明]1521 出世間，[明]1547 滅，[三][宮][聖]1547 以軼，[三][宮][聖]1563 爲識境，[三][宮][聖]1581 是言說，[三][宮]1521 從他聞，[三][宮]1617 客不異，[三][宮]2027 共結集，[三][宮]2103，[三]125 覲如來，[三]375 言王來，[三]1331 龍王，[三]1683 賀，[三]2122 是二帝，[三]2125 以成就，[聖][甲]1733 爲自利，[聖]1509 求一解，[聖]1509 有過故，[聖]1733 是妄想，[聖]1763 名隨時，[另]1585 以，[宋][元]2121 昇遊觀，[乙]1871 可准，[乙]2218 可有也，[乙]2254 名士用，[乙]2391 有難若，[乙]2394 想有白，[乙][丙]2231 能修此，[乙][丙]2396 是如來，[乙]1822 明色界，[乙]1929 興而，[乙]2263 不，[乙]2263 解脫羅，[乙]2263 小乘宗，[乙]2296 立於二，[乙]2296 爲破汝，[乙]2362 名無，[乙]2391 右拳投，[乙]2394 布純白，[乙]2795 是重境，[乙]2795 應如法，[乙]2878 病或，[元]1441，[原]1829 由此，[原]2262 依第八，[原]1840 名義隨，[原]2270 言極成，[原]2339 其佛果，[原]2339 有。

得：[甲][乙]1822 勝，[甲]1816 出，[三]1581 戒，[聖]1462 到洲，[宋]2102 乎而恒，[元][明]20 惡外學。

等：[甲]1792。

都：[聖]1721 傾今謂。

而：[明]220 白佛言。

符：[甲]2274 者意云。

復：[甲]1816 名畢竟，[甲]2068 如是云，[三]192 勝佛得，[宋][元][宮]1558 漸離前。

縛：[三][宮]618 修行正。

供：[甲]1816 七財敬，[甲]904 申，[甲]2270 不生解，[甲]2271 不許德，[三][聖]627 具已達。

共：[甲]2263 具之爲，[甲]2274 不，[三][宮]、其[聖]397，[三][宮]523 作地大，[三][宮]1435 去即便，[三]202 生因，[聖]1428 詣池欲，[乙]2263 取雖三。

鬼：[三][乙]1092 神等難。

好：[三][聖]223 解脫。

恒：[三][宮][聖]639 侍從往，[乙]1821 起。

後：[甲]2068 來人中。

集：[甲][乙]1822 起依前。

迦：[丙]866。

皆：[明]2060 平，[三][宮]848 作金剛，[三]374 不可是，[森]286 通達疾，[元][明]228 不可得，[原]、須[甲]1842 成爲隨。

敬：[宋][元]1191 摩香水。

鳩：[三][宮]1425。

拘：[宮]455 舍花果，[甲]1775 律陀拘，[甲]1733 陳那，[明]1005 勿頭蓮，[明]1128 尸那城，[明]1462 尸那，[明]1682 留孫佛，[明]2076 尸入滅，[明]2122 盧舍依，[明]2122 睒彌，[三]125 樓孫至，[三][宮]397 毘遮羅，[三][宮]1435 修羅著，[三][宮]1462 尸那國，[三][甲]1313 律那僧，[三]1 物頭華，[三]100 陀園林，[三]375 羅尊者，[聖][石]1509 絺羅，[聖]411 胝佛所，[聖]411 胝那庾，[聖]440 那含，[聖]1451 尸宣略，[聖]下同 411 胝南贍，[另]1721 舍論明，[石]1509 盧樹上，[元][明][宮]374 羅尊者。

居：[三]、流布本亦 360 貧窮下，[宋]374 汝若，[原]1764 六慈。

矩：[甲]1000 哩，[三][乙]1092 嚕，[三]220 羅鄔波。

句：[乙]867 俱捨。

具：[高]1668 不修行，[宮][聖]1435 羅漿樓，[宮]891，[甲]、俱智俱知[乙]2192 智，[甲]1829 有，[甲][乙]2223 調伏麁，[甲][乙]2397 密之教，[甲]1736 表無表，[甲]1736 全若一，[甲]1736 同異下，[甲]1828，[甲]1863 作二說，[甲]2266 有二分，[明]549 白王言，[明]721 翅羅名，[明]721 走往赴，[明]1451 禮雙足，[明]1545 成就若，[明]1552 離者作，[明]1554 時而有，[明]1562 解脱既，[明]1610 解脱阿，[明]1669 轉不待，[明]2154 載，[三][宮]273 離空寂，[三][宮]598 供養海，[三][宮]1545 成就四，[三][宮]1563 而增減，[三][宮]1610 有性義，[三][宮]2102 曰，[聖]1763 有十，[聖]26 作衆事，[聖]1428 遮行婬，[聖]1763 無常者，[乙]1736 上二義，[元]676 隨行。

倶：[原]1203 威儀。

空：[甲][乙]2263 非。

禮：[元]276 稽首歸。

臨：[宮]1435 入其舍。

領：[甲]2130 頭沙譯。

尼：[元][明]443 倶陀如。

僻：[甲]1727 用從容。

起：[甲]2263 定心所。

前：[甲]、先[甲]2195 時未迴。

裘：[三]152 夷，[三]152 夷是，[三]152 夷是長。

但：[甲]1731 現即既，[三]203 須衆僧，[另]1585 有所依。

然：[甲]2230 彼稱說。

如：[三][宮]1488 有二人，[原]852 眉浪文。

僧：[甲][乙]1822。

雙：[甲]2230 運之文。

唯：[甲]、但[乙]1816 說三千。

謂：[甲][乙]1822 無間道，[甲]2823 爲所依。

無：[元][明]384 空者此。

悉：[宮]374 無是故，[另]1721 名造作。

相：[宋][宮]588 至，[宋]1571 名轉變。

想：[甲]2266 是宗，[三][宮]618 作住想，[乙]1723 非各八。

像：[宮]1530 不俱可。

信：[三][宮][聖][另]1543 解脱人。

修：[甲]1709 標問故，[甲]1830 生九品。

一：[明]1669 行。

依：[甲]2274 所。

亦：[三]374 重四作。

俣：[甲]1512。

與：[明]2041 存故道，[宋][元]1421 遊行人。

閱：[甲]1969 謹記。

則：[三]1564 不然。

值：[三][聖]200 行見是。

諸：[明]651 致劫受。

自：[乙]2397 受用三。

倨

倍：[宋]489 若沈下。

居：[三][宮]1472 坐上戲。

踞：[甲]1786 慢乎儒，[三]、據[宮]2102 傲之夫，[三][宮][另]1585 傲恃所，[三][宮]1478 床而吟，[三][宮]2121 母床果。

據：[三][宮]2122 傲床坐。

粔

巨：[宋]162。

距

矩：[三]2030 羅第六，[乙]850 二肘量。

巨：[宋]474 衆人而。

拒：[明]2145 有拔本，[三]、岠[宮]2060 二百有，[三]202 逆寧復，[三][宮]263 大邦雄，[三][宮]286 逆賢聖，[三][宮]513 懼被摧，[三][宮]2122 逆即便，[三]152 之矣仁，[三]161 之，[三]201 捍彼威，[三]202 汝速，[三]212 微細今，[三]2059 而不受，[三]2110 海五萬，[元][明]384 逆，[元][明]1509 逆，[元][明]2145 爲異，[元][明]2145 問率五，[元][明]巨[宋]212 微。

岠：[宋][元][宮]2103 于三月，[宋][元]2061 十五父。

岠：[三]、岠[乙]2087 或，[三]2154 突厥七。

踞：[元][明]1509 一。

詎

臣：[甲]2087 有何心。

巨：[三][宮]2111 棄文而。

拒：[明]2122 逆便勅。

詎：[甲]1724 可不。

詎：[甲]1861 有三種，[甲]1709 可測乎，[甲]1744 可然耶，[甲]1988 免榮枯，[甲]2087 得歡，[甲]2223 以

此教，[甲]2300 至者謂，[三][宮]2112 肯依信。

詐：[甲]2125 可棄易。

鉅

神：[甲]1698 鐘雖朗。

聚

敗：[另]1721 落者明。

藏：[三][宮]1581 得菩提。

長：[宮]1425 落。

叢：[宮]384，[甲]2130 林精舍，[三][宮]277 從下方，[三]201 中有黑，[三]212 亦如谿，[元][明]、[宮]374 即作是。

村：[三][宮]813 落，[三]154 落。

德：[甲]1816 聚福。

法：[明]1566 又無因。

服：[三]1441 毘尼爲。

根：[甲]2266 也別聚。

光：[甲]850。

果：[三][宮]1559。

亟：[三][宮]2123 之則其。

極：[宋]197 弓射之。

集：[宮][知]598 求慧爲，[宮]1602 無上丈，[甲]2317 謂，[明][宮][森]286 道法寶，[石]1509 會。

家：[甲]1806 戒佛在。

舉：[原]1840 中言先。

坑：[元][明]397 世尊即。

累：[三][宮]585 無。

量：[三][宮]660 以彼如。

卵：[三][宮]2122 卒爲水。

取：[宮]1462 性成懺，[甲]1512 前境於，[甲]1821 後別蘊，[甲]2266 時故既，[三]1534 已然後，[三][宮]671 於外色，[三][宮][聖]268 覺了清，[三][宮][聖]397 陰而生，[三][宮]325 無礙空，[三][宮]422 果如來，[三][宮]1425 洗脚板，[三][宮]1425 一切河，[三][宮]1425 亦如是，[三][宮]1545 穀乃至，[三][宮]1558 諸法名，[三][宮]1559 有六何，[三][宮]1611 體因果，[三][聖]1579 是名知，[三]1340 威花，[三]1549 彼於衆，[三]2121 之以著，[聖]379 時或出，[聖]1421 集欲與，[聖]1425 著板上，[聖]1509 弟子，[聖]1509 三昧妙，[聖]1579 由宿串，[萬]26 集作齋，[乙]1816 答理有，[元][明]375，[原]1821，[知]598 由此行。

娶：[三][宮]397 之事，[三][宮]397，[三]24 三摩提，[乙]2087 難以。

趣：[明]220 諸菩薩，[宋][宮]294 佛第八。

攝：[三]2031 即無餘。

聲：[乙]2249。

聖：[元][明]1509 道無漏。

壽：[丙]1076 迴向自。

數：[甲]1816 如重擔。

樹：[元][明]658 如須彌。

聽：[明]1545 從不淨，[聖]1421 落不繫。

閑：[甲]1840。

懸：[三]1 虛空電。

依：[甲][乙]2317 義雖通。

邑：[聖]224 落會。

與：[元][明]675 成就第。

造：[三][宮][聖]1585 集長時。

者：[聖]1441 犯波羅。

置：[三][乙]1092 諸色相。

衆：[甲]、取[乙]1816 第一義，[甲][乙]1821，[甲]1816 第一義，[甲]1816 故者謂，[甲]1823 集，[甲]2036 集牛動，[明]1341 三味聚，[明]1551 及不相，[明]2029 會相慶，[三][宮]1546 生一心，[三][宮][聖]397，[三][宮]1428 集，[三][宮]1513 故即是，[三]193 五十，[聖][石]1509 已來無，[聖]26 會坐或，[宋][宮]1509 各各隨，[宋][元][宮]603 不解苦，[宋]1694 者聚，[元]516 須以方。

窶

窶：[甲]2128 且貧傳，[三][宮]451 莫窶，[三][宮]1458 末底河，[三][宮]1545 拉摩風，[宋][宮]665。

劇

別：[原]1776 此通。

處：[三]193 賊，[三][宮]585 其佛境，[三][宮]1421 若有福，[三][宮]1509，[宋][元]、遽[明]1582 務世事，[元][明]621 坐座中。

據：[甲][乙]2194 疾象有。

遽：[三][宮]1509 務忽忽。

懅：[宮]、遽[聖]627 不閑，[宋][宮]、遽[元][明]374 務明當。

辣：[三][宮]1644 乃至惡。

痛：[三][宮]1435 是事白。

則：[明]1421 當過是。

踞

處：[三]、據[宮]310 卑床座。

跪：[三]2087 七。

居：[宮]1451 而住時，[宮]1453 合，[宮]1453 合掌作，[三][宮][聖][另]1458 合掌憶，[三][宮][聖]1458 告曰具，[三][宮][聖]1458 或處卑，[三][宮][聖]下同 1458 詳審受，[三][宮][另]1458 合掌在，[三][宮]1451 白言聖，[三][宮]1451 而住作，[三][宮]1451 而坐兩，[三][宮]1451 其上父，[三][宮]1458 合掌作，[三]2125 雙足履，[聖][另]1442 合掌作，[聖]1442 而住作，[宋][宮]1453 合掌作，[宋][宮]下同 1453 合掌作，[宋][元][宮][聖]1459 對苾芻，[宋][元][宮][聖][另]1459 踞對苾，[宋][元][宮]1452 作如是，[宋][元][宮]1453 而坐老，[宋][元][宮]下同 1453 合掌受，[宋][元][宮]下同 1453 合掌作，[宋]1453 合掌作。

拒：[三]2110 金波夜。

倨：[明]1540 傲性是，[三][宮]1478，[宋][宮]309 生死岸，[宋][元]185 前畫地。

距：[甲]1973 師子高。

據：[宮]2102 食，[三][宮]374 地安住，[三][宮]2103 欲天梟，[宋][宮]2102 也坐禪。

擄

按：[甲]2266 彼論而，[聖]2157。

拔：[甲]2434 更明第。

彼：[甲][乙]1822。

摽：[甲]1736 佛力能。

標：[甲][乙]1822 前後，[甲][乙]1822 隨增名，[甲]2273 名擧宗，[聖][甲]1733 擄智二，[乙]2249 次第也，[原]2270 同品也。

稱：[甲]2249 之任愚，[甲]2270 因明之。

持：[甲]、擄[甲]1821 極微相，[甲]1828 戒大過。

處：[宮]2060，[甲][乙]2391 須彌頂，[甲]1724 顯相身，[三][宮][聖][另]342 微翳，[三][宮]2121，[三][宮]2122 從多而，[三][宮]2122 事務故。

攝：[甲]2255 者玉篇。

德：[甲]1828 次明受。

獨：[甲]1828 標天名。

換：[乙]2390 此儀軌。

機：[宋]、踞[元][明]2102 食近亦。

揵：[甲]2339 陶。

就：[聖]、擄四方[另]1721 化。

擧：[甲][丙]2810 二空一。

倨：[甲]2128 傲侮慢。

距：[甲]2035 今十三。

劇：[三]186 矣生當。

踞：[宮]1545 多處所，[明][甲]1177 千世界，[明][甲]1177 師子座，[三]、濾[宮]2122 床而坐，[三]下同 2102 外，[宋][宮]2121 地安住，[宋][宮]2121 其處行，[宋][元]2102 食，[元]2102 未盡何。

遽：[三][宮]2085 不知那。

懅：[三][宮]381 厄難之，[三][宮]381 之難，[三][宮]398 如來方，[三][宮]1452 怖時暫，[三][宮]2026 學之喜。

懼：[三][宮]618 生惑亂，[三][宮][聖]318 興，[三]185 共白師。

決：[三]、守[宮]2103 津。

論：[乙]1821。

明：[甲]2273 正因義。

擬：[甲][乙]2397 諸教地。

披：[原]1833 教尋名。

捨：[甲]1821 說故又。

攝：[甲]2266 文疏，[三][宮]2122 化指祇，[聖]1763 此總歎。

實：[甲]1828。

恃：[甲]1733 七緣成。

受：[甲]1828。

授：[丁]2244 知喜命，[甲]1709 生起從，[甲]1710 實三性，[三][宮]1453 其有心，[聖][另]1459 俗人衣，[另]1721 因時爲。

所：[乙]2263 界。

依：[甲]2362 初了相，[乙]1821 顯說亦。

用：[甲][乙]2263 但道證。

於：[甲]2223 色究竟，[乙]1821 造作或。

緣：[甲]1724 不受變，[聖][甲]1733 初。

云：[甲]2281 勝論但。

諸：[甲]2826 經論重。

總：[甲]1830 增強所。

遽

處：[聖]2157 駕暨天。

遞：[三]2060 發有尼。

據：[宋][宮]286 欲行渡。

懅：[三][宮]2122 當知是。

懼：[三][宮]1435 樂著作，[三]185 令五百。

穪：[甲]2035 斥之曰。

鋸

銛：[三][宮]2122 利不可。

稚：[宋][宮]、錘[元][明]606 或上或。

懅

遍：[石]1509 匆匆念。

處：[三][宮]606 吽喚獄。

劇：[宮]606 到大龍。

據：[三][宮]2102 有腐。

遽：[三][宮]1435 不得作，[三][宮]1435 居士言，[聖]1509，[宋][宮]402，[宋][宮]626 隨，[元][明]、務[聖]1509 故得，[元][明]211 不，[元][明]263 務時族，[元][明]588 不文殊，[元][明]1340 若忽迫，[元][明]2110 而應曰。

懼：[明]401 是謂極，[明]606 而馳散，[三][宮]、據[知]266 當令衆，[三][宮]263 爲憍慢，[三][宮]378 悲喚，[三][宮]403 爲應精，[三][宮]403 無貪行，[三][宮]461 衣毛不，[三][宮]606 於是頌，[三][宮]617 善，[三][宮]619 善心不，[三][宮]627 無，[三][宮]817 不安欲，[三][宮]1487 菩薩持，[三][宮]2121，[三][宮]2121 不安欲，[三][宮]2121 還之至，[三][宮]2121 疾走躄，[三][宮]2121 迷悶不，[三][宮]2121 面色不，[三][宮]2121 速疾往，[三][宮]2121 無，[三][宮]2121 勿以爲，[三][宮]2121 以佛，[三][宮]2121 以善權，[三][宮]2121 者佛能，[三][乙]1092 應常隨，[三]22 住止不，[三]202 無所歸，[三]374 了了通，[三]374 讚彼良，[三]375 羅刹語，[三]627 勿以爲，[聖][石]1509 我能過。

窶

寠：[甲]2128 下衢縷，[三][宮]665 嚕。

窣：[乙]2087 訶山唐。

颶

具：[甲]2036 颪。

屨

屢：[甲]2128 也論文。

履：[三][宮][甲]2053 重裘不。

屣：[三][宮]2060 持衣恭。

噱

劇：[明]1636 語。

懼

怖：[宮]901 六道一，[明]479，

[三]125 不敢，[三]125 但入陣，[三]154 計求人。

墮：[甲]1920 三途。

懷：[元]2053 願乞平。

攉：[宋][元]2104 發言而。

霍：[宋]2087 然謂曰。

見：[三][宮]2123 當來果。

具：[丙]2810 問失名。

俱：[三][宮]310 出家。

遽：[宋][宮]、懅[元][明]2122 或踰。

懅：[三][宮]664，[三][宮]2121 不覺抱，[三][宮]2122 於是林。

矍：[三]2059 然不覺，[三]2059 然答云。

戄：[三][宮]2103 然不覺。

慢：[三][宮]630 者補完。

難：[三]154 王又問。

瞿：[明]626 和那羅，[三][宮]693 國有諸，[元][明]624 或謂釋。

性：[甲]1238 而去。

悅：[原]、[甲]1238。

捐

猏：[三][宮]1464 者亦爾。

悁：[聖]425 捨一切。

棄：[三][宮]1471 水不得。

稍：[聖]222 施。

捨：[三][宮]425 所處是，[三]23 著疾病，[三]190 眷屬馳，[知]1579 身業語。

損：[宮]761 於睡眠，[宮]2123 愁憂婦，[甲][乙]1822 此施敬，[甲]1911 棄塚間，[甲]2087 此鄙形，[甲]2087 流轉未，[明]1421 羹，[明]2076 己利他，[明]2122 替者翻，[三]、[聖]643 諸事，[三][宮]1478 除，[三][宮]2029 佛所說，[三][宮]345 五百馬，[三][宮]425 蓮華藏，[三][宮]497 以施賢，[三][宮]1558 食者身，[三][宮]1650 鄙穢形，[三][宮]2060，[三][宮]2103 撤以奉，[三][宮]2121 愁憂婦，[三][宮]2121 身濟物，[三]152 己濟，[三]152 無益於，[三]154，[三]474，[三]2087 廢俗務，[三]2123 減不增，[三]2145 米彌，[聖]1 除，[聖]1 除睡眠，[聖]1 棄彼自，[聖]1 親族服，[聖]189 國故爾，[聖]1670 妻子剃，[宋][宮]338 身，[宋][宮]396 身濟物，[宋][宮]468 於睡眠，[宋][元]2122 當念欲，[宋]152 食可，[宋]345，[宋]2125 生之侶，[元][明]152 賦除役，[元][明]152 食，[元][明]152 食體，[元][明]361 忠良不，[元][明]2122 愁憂婦。

懸：[三]1331 置三道。

殞：[三]2103 哀慟之。

旃：[三][宮]556 珠踊躍。

止：[宮]2121 重思保。

指：[甲]1781 三。

涓

絹：[甲]2120。

清：[三]1537 波分斯。

消：[甲]2307 露之微，[明]618 流勢不，[聖]2157 渧等。

鞙

䋲：[三][宮]2121 處鹿。

鐫

壞：[三]2122。

携：[宮]2059 造十丈。

蠲

觸：[明]657 除疑悔，[明]1687 除障惱，[元][明]187 壞諸愛。

呟

呿：[宋]1336 婆。

卷

八：[三][宮]2121 譬喻經。

本：[甲]2176 仁，[甲]2174，[甲]2176 仁，[三][宮]2060，[三]2153，[三]2154 一本無，[乙]2174，[原]1821 第。

部：[三][宮]2034，[聖]2157，[宋][元]2146 卷。

藏：[乙]2174 不空。

處：[甲][乙]2263 希望即，[甲][乙]2263 論文五，[甲]2195 如執化。

答：[甲][乙]2263 可會之，[甲]2214 云此，[甲]2273 第一難，[原]2271 中今非。

分：[宮]2121，[三][宮]2121 第三僧，[三][宮]2121。

觀：[甲]1766 今，[甲]2299 經説以。

即：[宮]、養[聖]1509 勝若不。

經：[明]2034 安録，[明]2151 門禪要，[明]2153，[明]2154，[三]2153 長房録，[乙]2157 尊者薄。

局：[原]1776 狹如似。

句：[宮]263 者則爲。

捲：[甲]1735 霧等，[甲]1736 霧然經，[三][宮]1425 疊安著，[三][宮]1425 疊院中，[三][宮]2123 頭黄目，[三]26 床，[三]193 地而來，[三]2110 髮緑，[三]2110 以還舒，[三]2110 状鴻爐，[宋][宮][聖]、[元][明]347 縮好相。

倦：[甲]2207 勞也或，[明]261 之如舊。

眷：[三]2151 印度人。

睠：[三]220 睇擬。

決：[甲]2183。

録：[聖]2157。

論：[乙]2263 云，[乙]2263 云一。

七：[宋]2155 元魏涼。

篋：[甲]2167 兩部。

秦：[乙]2157 録陳朝。

拳：[甲]1112。

惓：[三]156。

鬈：[三][宮]1428 佛言。

權：[甲]2130 經下卷，[宋]、觀[宮]2045 眉腫頰。

勸：[三][宮]585 受持諷。

却：[甲]2195 席之期。

遶：[三][聖]643。

釋：[甲]2196 今。

書：[甲]2168 爲一策，[乙]2249 之問答。

泰：[三]1331 驅魔之。

文：[乙]2263 云。

問：[乙]2261 新熏種。

行：[甲]1733 下合地，[三][宮]278 地如來。

養：[知]266 者禁戒。

義：[乙]2173。

譯：[三]2154。

紙：[宋]2122 一萬一。

帙：[明]2153，[三][宮]2121 第四十。

卷

本：[三]2145 自有別。

經：[明][甲]901 總有五。

捲：[明]1450 取蓮華，[三][宮][聖]765 而不舒。

論：[聖]1595 第。

律：[聖]1464 第五，[聖]1464 第七。

若：[三][宮]741 海水。

手：[明]2103 不釋。

捲

把：[宋][宮]2121 父母驚。

蓋：[三][東]643 其色正。

卷：[明]2076 簾師曰，[三]、拳[宮]1547 起身行，[三][宮]、綣[另]1428 繫著衣，[三][宮]1562 樺皮鼻，[元]、券[明]192 身待杖，[元][明]、拳[宮]1646。

巻：[三][宮]790 而。

倦：[甲]、捲[甲]1782 捲謂，[甲]1579 不於彼，[三]1441 眠看病，[三]46 上中後。

率：[聖]1421 水極令。

棬：[明]2125 用陰陽，[三]2125 可容三，[宋][元][宮]1428 若竹筒。

拳：[宮]263 捉，[甲]1828 等此論，[三]、權[聖]125 相加刀，[三][宮]2123 年滿五，[三][宮][甲]、惓[乙]901 以右腕，[三][宮][甲][乙]901 入掌，[三][宮][甲]901 臂腕有，[三][宮][甲]901 以，[三][宮]272，[三][宮]314 等治或，[三][宮]317 腕諸百，[三][宮]383 而打其，[三][宮]414，[三][宮]478 把於空，[三][宮]606 用以誘，[三][宮]817 手屈即，[三][宮]1425 肘令作，[三][宮]1443 打尼頭，[三][宮]1463 一肘廣，[三][宮]1552 等譬亦，[三][宮]1646，[三][宮]2121 而已何，[三][宮]2121 加之尋，[三][宮]2121 日月增，[三][宮]2123，[三][宮]2123 扠之，[三][甲][乙]901 兩手俱，[三][甲][乙]901 又屈頭，[三][甲]901 大指，[三][乙]1028 不展，[三]212 相加遂，[三]325 誘小兒，[三]1341 何以，[聖]1523 不摸空，[元][明]99 臥地獵，[元][明]212 刀，[元][明]1096 八指向。

惓：[聖]2157 論一卷。

踡：[三][宮]402 縮不能，[三][宮]2121 脊蹲地，[三]1537 跼總名。

權：[三][聖]361 力勢侵。

唾：[三]1336 唾一腫。

膝：[三][宮]1428 形。

倦

怠：[明]310，[明]312 法若見，[明]997 安樂寂。

法：[明]2060 財翫靡。

患：[乙]1736 形以智。

極：[三][聖]99 眼，[三]1 道遠不。

捲：[甲]2196 德義章，[元][明][宮]476 常欣瞻。

勸：[三][宮]2034 焉房廣。

恪：[元][明]、愘[宮]310。

疲：[原]1854 形以智。

慦：[甲]1782 至無起。

惓：[甲][乙]1211 悋惜族，[三]、歲倦[宮]2103 秋禽夏，[聖]125 爾時諸，[宋]183，[宋]1340 迷惑不，[宋][宮]385 人懈息，[宋][宮]421 力八者，[宋][聖]190 我心懷，[元][明][宮]656 復當教。

狷

猛：[甲]2087 急志甚。

勌

倦：[明]2103 攝受四，[三][宮]2102 於事能，[三][宮]2059 使夫豺，[三][宮]2103 特深睠，[三][宮]2121 即自念，[三][宮]2121 矣百千，[三][宮]2122 手寫首，[三][聖]190 不食甘，[三]2059 焉高窮，[三]2059 姚主常，[三]2154 焉世高，[宋][宮]263。

勬：[三][宮][甲]2053 欲眠王。

足：[三]190 或時戲。

悁

捐：[宋]630 恚欲往。

悋：[元][明]266 惜此則。

憎：[三][宮]531 嫉心即。

眷

春：[甲]1778 屬文爲，[原]2408 君仁。

官：[宮]2040 屬。

伎：[聖]231 屬普興。

卷：[明]2154 屬一十，[宋]2059 屬有頃。

巻：[三]2103 生，[三]2145 出無盡，[三]2145 眷於廣，[聖]1723 反正應。

裏：[乙]2390 留意大。

僚：[三]186 屬皆懷。

睿：[甲]2089 文孝武。

攝：[元][明]836 護爾時。

屬：[甲]1961 爲水所。

所：[聖]222 屬具足。

養：[甲][乙][丙]2394 乃至，[甲]1816 屬三十，[聖]1421 屬却後，[聖]1552 屬則五，[聖]2157 屬法身，[元][明][宮][聖]354 鳥有金，[元]2108。

著：[甲]1816 屬。

雋

駿：[宋]、俊[元][明]155 世主三。

携：[三]2154 筆受。

准：[甲]2281 清記。

絭

奚：[三]1014 反五。

瞻

腃：[甲]2087 西海而，[聖]2157 濫在翻。

瞻：[三]、眷[宮]2103 右睇仁。

絹

緝：[乙]2296 綴。

羂：[明]1546 法九處，[三][宮]1545 而繫頂，[三][宮]1545 等九等。

網：[宮]1912 者裂破。

維：[宮]2034 九十匹。

綃：[乙]2394 縠嚴身。

羂

骨：[甲]1717 反混流。

羁：[聖]下同 1462 繩取野。

罥：[三][宮]1442 索等爲。

絹：[宮]1546 是時所。

羂：[三][宮]397 索能作。

羅：[宮]721 所，[甲]2128 簁也去，[甲]1007 索第六，[甲]1733 網毒藥，[三][宮]451 網復有。

肙：[甲]904 索引入。

胃：[宋]、[元][明]衒[聖]211。

緭：[宋][聖]緯[元][明]26 過羂。

衒：[三][宮]1547 索長，[三]26 鉤挽，[三]26 擲鉤乘，[聖]26，[宋]99 下，[宋][宮][聖][石]1509。

怨：[宋][明][宮]451 破無明。

撅

橛：[甲]2039 旁人推，[甲]2128 也前第，[三][宮]818 衆生煩，[三][宮]下同 1435 釘撅已，[三]1435 諸居士，[元]、杙[甲]893 木不過。

杙：[宮][聖]1428 著。

屩

履：[甲]852 却虐，[甲]1921 無新浣，[三][宮]1453 得越法，[三][宮]1458 由。

齊：[甲]2231 等二十。

决

定：[甲][乙]1821 問如上。

抉

扶：[甲]1884 其膜也，[甲]2128 也韻詮。

決：[甲]1932 四眼無，[三][宮]2060 目餘，[三][宮]2122 之可得，[宋][元]2061 瞙明。

掘：[甲]2087 去其眼。

快：[甲]2018 開已眼。

決

彼：[甲]1829 定，[三]474。

畢：[三]1525。

常：[三]1339 定心我。

尺：[甲]1805 數最須。

次：[甲]2266 擇分無，[甲]2425 未得果，[甲]1512 定信故，[甲]1816 定位名，[甲]1830 定相，[甲]2214 答此印，[甲]2299 疑門問，[甲]2339 有一行，[甲]2390 云第三，[甲]2391 云印相，[三][宮]1453 定罪單，[三][宮]1646 定分別，[宋][元][宮]269 大意

心，[乙]2391 云若依，[乙]2391 云行者，[乙]2391 之，[原]2270 別二總。

定：[甲]1811 在此，[三]375 定善，[三][宮]2060 致令李，[宋][元]1579 擇分時，[原]1821。

斷：[元][明]220 一切有。

法：[宮]585 答曰梵，[宮]866 定要誓，[甲]2035 則有執，[明]316 定緣故，[明]322 之衆而，[明]376 汝亦如，[元]186 然後化，[元]411 定當生。

更：[乙]1796 問。

果：[明]1563 無離染。

化：[甲]1828 乃至成。

慧：[宮]263，[宮]263 出現于，[宮]425 義有境，[三]185 入禪智，[元][明]624。

即：[甲]2082 放出出。

記：[明]1636，[三][宮]544 如來廣。

解：[三][宮]627 疑。

抉：[明]100 無明眼，[明]293 除，[明]374 其眼膜，[明]721 瞙，[明]1332 了心瞙，[三]2088 目王所，[三]2103 目王見，[元][明]1336 其眼。

訣：[宮]2074 前義，[甲][丙]2397 意，[明]384，[明]2103 尹喜受，[明]2145 示我玄，[明]2149，[三][宮]、訖[聖]224 所信樂，[三][宮]2060 乃違親，[三][宮]2123 云佛幡，[宋][元]2154 於，[原]1992 師便打。

鈌：[宋][元]、缺[明]1424 不復任。

快：[宮]310 河阿須，[宮]588，[甲]1969 樂安隱，[甲][乙][丙][丁][戊]2187 樂此，[甲][乙][丙][丁][戊]2187 樂無復，[甲]2075 然便住，[明]1544 勇由，[三][宮]263 受諦清，[三][宮][聖]292 及所歸，[三][宮]222 若干種，[三][宮]1610 樂生死，[三][宮]2034 其方寸，[三][宮]2103 且實而，[三][宮]2121 計知道，[三][宮]2122 須相還，[三]125 不造諸，[三]186 魔王，[三]1015 法淨受，[宋]、抉[元][明]2060 目之地，[乙]897 惡賊相，[乙]2215，[元]234。

立：[原]1840 因比徒。

沒：[甲]2266 心以中，[三][宮]1551 捨地生，[聖]272 定燒滅。

請：[甲][乙]2087 疑更。

缺：[三][宮]1810 不，[三][宮]1421 不可復，[三][宮]1421 永不復，[三][宮]1424 永，[三][宮]1425 鼻不應，[三][宮]1428 不堪復，[三]2122 鼻牽船，[宋][宮]、穴[元][明]1509。

史：[元]224 著八地，[元]882 定祕密。

使：[聖]225 佛言爾，[元][明][宮]310 罪畢得。

釋：[甲][乙]2249 斷，[原]1856 其所，[原]2408 中釋。

受：[三][宮][聖]2042 佛記嗣。

聞：[甲]1851 了故不。

也：[乙]2408。

註：[宮][甲]1805 云不爲。

恣：[甲]1781 意不能。

宗：[甲]2290 望。

玦

決：[三][宮]2060 疎刷神。

捵

捩：[原]、捩[甲]2006 轉鼻孔。

捔

犄：[明]225 說耳佛，[明]1421 二牛力，[明]2040 術，[明]2151 能經一，[元][明]225 說耳若。

講：[宮]2040 技已。

角：[甲]1821 勝歡娛，[甲]2053 力處又，[明]、筋[宮]2123 力相，[明][另]下同 1428 現神力，[明]382 力時箭，[明]2105 試無一，[明]2122 力猶如，[明]2122 試釋老，[三]375 力種種，[三][宮]1545 力姝壯，[三][宮]1558 勝歡娛，[三][宮]1563 勝貯藏，[三][宮]1579 力能制，[三][宮]2122 力，[三]375 試是事，[聖]211 技獨，[聖]376 力染齒，[宋]374 試是事，[元][明]、蘚[宮]2122 術沙門，[元][明][宮]2121 力牽載，[元][明]2121 道不如，[元][明]2121 道力，[元][明]2121 伎術超，[元]2121 道力三，[元]2121 力牽載。

較：[三]、[宮]2122 試優劣，[三]212 義誰有，[三]2088 處亦立，[宋][宮]397 試神力。

覺：[三]1341 治罰故。

捅：[三]1039 勝所必。

校：[元][明]212 量爪上。

掘

淈：[明]210 泉揚泥。

掬：[三][宮]2122 多無異。

毱：[三][宮]2059 多，[三][宮]2059 多此，[三]2042 多其子。

拒：[三][宮]671 彌佉羅。

撅：[宋]951，[宋]951 鑪坑深。

倔：[元][明]2121 強百節，[元][明]2123 強百節。

掘：[甲]1735 經六年。

崛：[甲]2395 摩羅十，[明]2034 多滅後，[明]2016 持刀於，[明]2151 多闍那，[明]2154 多秦言，[三][宮]374 摩羅得，[三][宮]下同、堀[聖]下同 1462 多有大，[三]212 於其中，[三]984 多夜叉，[乙]1736 等，[乙]1736 小似涅。

捃：[宋]790 深則濁。

堀：[宮][聖]1462 多作已，[宮]2122 地斬，[宮]2122 乃獲，[甲][乙]1822 地，[甲]1728 甘草于，[甲]1763 見佛性，[三]1336 囉娑呿，[聖]1462 土斷樹，[聖][另]1459 欲果樹，[宋][元]、崛[明]2102 奇惜有，[乙]1821 地斷生，[乙]2394 三種地，[元][明][宮]、堀舍[知]384 請，[知]384 長者極。

窟：[三]125。

抳：[甲]893。

屈：[甲][乙][丙]、居[丁]1141 大空輪，[三][宮]2060 三指信，[元][明]2060 勢之類。

握：[甲]1120 其智端，[甲][乙]

1709 鏡融心，[甲]2266 此以臨，[明][甲][乙]1225 禪度初，[三][宮]2053 以啓之，[三][宮]2060 兩指人，[三][宮]2102 累玄之，[三][甲][乙]901 右手掌，[三][甲]1227 大指爲，[宋]2061 手叮囑，[宋]152，[乙]2408 大母指，[乙][丙]1246 大母指，[乙]2391 固以二。

相：[宋][明]2122 永固屍。

拙：[甲]1731 鑿娑婆，[甲]1772，[明]2131 具羅或，[明]1339 并家漸，[乙]2397 度。

桷

椽：[三]1644 都有三。

捔：[三]185 力難。

崛

掘：[甲]2396 普，[三][宮]1425 多世尊，[三][宮]2042 山化作，[三][宮]2123 摩羅所，[三]2154 魔羅經，[聖]125 山一，[聖]643 山舍衞，[聖]1462 山又有，[乙]2092 起高門。

堀：[甲]1728 山共聲，[聖]1462 山中此，[宋][元]735 貧苦盜。

窟：[原]1065 寂處作。

羅：[三]2154 多譯出。

屈：[明]2154。

疏：[甲]2255 中。

崖：[元]1509 起如黑。

訣

記：[甲][乙]2391 於羯磨，[甲]2397 云鏤字。

決：[三][宮][聖]224 當作佛。

決：[宮]2121 不答曰，[甲]1089 法次第，[甲]2014，[三][宮]2104 諫難從，[三][宮]下同 269 佛告菩，[三]152 別若大，[乙]2397 云云，[元][明]2121 轉此女。

缺：[甲]2207 也。

釋：[甲][乙]2397 云阿，[乙]2391，[乙]2397 中廣引。

談：[三][宮]565 意世尊。

譯：[甲][丙]、決[乙]2381 云此梵，[甲]2168 一卷，[甲]2183 一卷曹，[乙][丙]2173 一本。

語：[宋]2154 嚴正朂。

厥

蹶：[三]2121 性輕躁，[宋][宮]392 失三十。

其：[乙]2207 子孫一。

闕：[三][宮]1478 廢也唯。

謚：[乙]2396 號善無。

諸：[甲]2230 典籍莫。

鈌

缺：[宮][甲]1799 清淨禁，[甲]1782 根等諸，[明]2131 疑傾倲，[聖]2157 情離本。

絶

飽：[三][宮]2121 而就死。

巉：[宮]2059 石及沙。

除：[三]26 不得解。

純：[甲]2339 見一門，[聖]2157 域。

脆：[三]192 死無期。

都：[三][宮]1425 無殺意。

斷：[甲][乙]1821 若據一，[甲]2204 絶，[三]、縦[聖]361 五，[三][宮]、逝[聖]512 滅矣城，[三][宮]581 大命要，[三][宮]1536 衆病豈，[三][聖]189 生死，[三]125 者汝之，[聖]514 但有出，[元][明]210 無生死。

而：[三]1331。

犯：[三][聖]361 道禁忍。

該：[甲]2339 夷齊是。

共：[三]631 法是。

極：[甲][乙][丙]2163 細細此。

紀：[宋]2112 靈幡於。

寂：[明]2104 言。

結：[三]152。

截：[三][宮]221 是者是。

經：[甲]1828 七日故，[三][宮]381 於時族，[乙]1822 也今詳。

捐：[三][宮]824 衆苦不。

峻：[明]1450 一切彌。

離：[宮]2059 人途以。

滿：[三][宮]789 爲斷漏。

繞：[明]416 明白處。

滅：[三][宮]2121 矣城中。

然：[三][宮][聖]1552 無恚故，[乙]2087 躄地久。

紹：[宋][元]2121。

繩：[甲][乙][丁]2092 在虛空。

勝：[甲]1828 染心有。

施：[甲][乙]2263 開避引，[甲]1709，[甲]1813 命故須，[甲]2186，[甲]2217 善，[甲]2217 設不須，[甲]2266 彼正起，[宋][宮]、弛[元][明]2102 其。

絁：[甲]1708 次有二。

始：[三][宮]630 心在定。

勢：[三][宮]1650 以。

殊：[石]1509 妙故言。

説：[甲]2250 無誡文，[乙]2211 是故佛。

死：[三]2063 而復蘇，[聖]664 第一王。

隨：[聖]1851。

脱：[甲][乙]1822 便。

陀：[宮]2060。

綩：[甲]2266 設修五。

無：[甲]2006 依倚，[三][宮]2102 傾財之。

細：[乙]2087 出此林。

續：[甲]2266 而轉乃，[元][明]2016 臨濟和。

疑：[甲]1736 於三疑。

逸：[三]2059 或時假。

縁：[甲]2214 攝一經，[宋]310 心行，[原]2339 習故入，[知]384。

蘊：[宮]1596 故若正。

之：[甲]2414 也正像。

終：[甲]2367 非法華，[三][宮]371 不退轉，[三][宮]1509 即生第，[三][宮]2059 矣於是，[三][宮]2121 穢，[三][宮]2121 即生，[三][聖]125 爲生何，[聖]211 即生，[宋][宮]2123 亦復難，[乙]1736 而逝故。

絕

集：[甲]1705 種性人。

駃

便：[三]196 忽無常。

馳：[三]643 疾如風，[元]2016 馬見鞭。

疾：[三][宮]1435 出去其。

使：[三][宮][聖]1425 者下至，[三]212 流并及。

駛：[宮][丁][戊]1958 雨是以，[宮]613 色白如，[宮]1458 不，[宮]1545 流爲流，[明]、便[宮]2121 不可，[明][乙]994 流即同，[明]6 哉佛般，[明]196 佛以神，[明]361 急疾容，[明]361 疾如佛，[明]1425 流漂木，[三][宮]、[知]384 水漂流，[三][宮]、駄[聖][另]1543 水，[三][宮]310 流入於，[三][宮]461 如電音，[三][宮]623 流，[三][宮]664 癡去聲，[三][宮]673 風，[三][宮]721 流水樂，[三][宮]721 下百千，[三][宮]1433 流水結，[三][宮]1442 雲一翥，[三][宮]1462 者如牧，[三][宮]1562 流中以，[三][宮]1810 流水結，[三][宮]2121 哉群生，[三][宮]下同 622 流爲，[三][聖]99 流，[三]26 無須臾，[三]99 走不及，[三]154 疾有所，[三]185 疾佛以，[三]193 猶如水，[三]202 尋往，[三]212 水清涼，[三]212 永得自，[三]468 也無畏，[三]656 水所漂，[三]1340 彼風輪，[三]1435 長比丘，[三]2145 水流，[宋][明][宮]468 水亦如，[元][明]153 河常流，[元][明]361 皆復自，[元][明][宮]703 流吹漂，[元][明]709 流間無，[元][明]1451。

陀：[聖]1441 上座同。

駚：[宮]397 河，[三][宮][聖]310 欲流者，[三][宮]310 流所漂，[三][聖]99 善能觀，[三]190，[三]193 流江，[三]2145 見一童，[宋][宮]、駛[元][明]410 流忍辱，[元]、駛[明]1341 流河中，[元]310 流水。

蕨

菜：[三]192 蕨河及。

㔸

圖：[宋][宮]、剬[元][明]、團[知]384 割。

掴：[三][宮]2122 舉聲。

㔸：[宋][元]24 其身令。

攫：[三]153 食常墮。

抓：[元][明]721 汁流或。

橛

杵：[丙]、[丙]973 八箇安。

椿：[宋]190 縛驅不。

掘：[甲]1110 長十二，[聖]1462 一切諸，[宋][甲]1007 打於龍。

厥：[甲]1225 爲本禪。

杙：[宮][聖]1428，[三][宮][聖]1428 若以毒，[三][宮][聖]1428 上衣架。

柽：[宋]945 劍樹劍。

篝：[三][宮]384。

爵

罰：[甲]2130。

嚼：[甲]1828 草忩亦。

慰：[三]201 頭藍弗。

酌：[三]2103 酒酣耳。

蹷

厥：[宋][宮]2122。

蹶

蹫：[宮]1509 忍爲戒。

撅：[三][宮]2104 角受化，[三][宮]2122 然而起。

闕：[三][宮]2122 錯都不。

譎

諂：[三][宮]1548 他。

譎：[甲]2087 詭好。

嚼

爵：[甲]、－[乙]2087 楊，[宋][宮]1453 齒木或，[宋][元]201 楊枝以。

爝：[三][宮]2060 法師。

齚：[另]1721 者正辨。

覺

寶：[宮]425 意通於，[宮]2123 時用免。

辨：[原]2339 即得究。

觸：[宮]1548 觸意知。

道：[三][宮]402 法門當。

德：[甲]1735 首定心。

等：[甲]2339 乃至信，[三]1162 菩提。

典：[三][宮]263 而轉法。

覩：[宋]125 知我。

兌：[甲]2434 功德。

佛：[三]170 道。

各：[甲]2035 不同。

觀：[甲]1733 法寶一，[甲]2317 自性及，[甲][乙]1751 也問於，[甲][乙]1822 眞淨故，[甲]2262 支定，[明]225 邪事善，[明]1541 無觀地，[明]1559 三無覺，[三]721 覺當有，[三][宮]415 察諸調，[三][宮][聖]481 有爲，[三][宮]671 一切法，[三][宮]1506 故説有，[三][宮]1548，[三]193 菩薩意，[三]193 之，[宋][元]1559 無第二，[知]1581 禪二者。

歸：[宮]425 善。

貴：[宮]1548 何法。

浩：[宋][宮]648 悟不捨。

喚：[三]202 咸言。

慧：[知]418 爲解説。

火：[三][丙][丁]、大[甲][乙]865。

見：[甲]2219 不可思，[甲][乙]2219 心也，[甲]2250 慈恩謬，[三][宮][聖]691，[三][宮]1588 者爲，[聖]383 之子即，[乙]2218 其故震，[元]2016 若各隨。

角：[甲]1823 知見道，[甲]1799 獨悟出，[甲]2337 喻者謂，[明]1566 相異若，[另]1721 名大緣。

攪：[三]1014。

教：[三]185 般遮。

舉：[三][宮]1425，[三][宮]1545 一向相，[原]2215 塵數諸。

空：[甲]2299 事。

來：[三][宮]626 擊天帝。

了：[原]1849 心源本。

夢：[宮]681。

免：[甲][乙]2261 已便不。

冥：[三][乙]1092 夢現身。

莫：[甲]2173 陳。

起：[三][宮]2048 經行婆。

親：[甲]2035 明闍賓。

若：[明][甲]2131 云易成。

聖：[聖]234 者自歸。

實:[甲][乙]1796 亦,[甲]2217 之言令。

識：[宋][元][宮]1670 知三事。

受：[乙]1822。

塔：[明]2053 影東臨。

體：[三]26 樂謂聖。

妄:[甲]1709 想心故,[元][明]99 想。

無：[甲][乙]1822，[甲][乙]2261 如來入，[三]1011 上道，[乙]2385 與等。

寤:[宮]721 寤種種,[三][宮]374 已，[三]201 寤我我，[三]375 已即。

相：[原]、相[聖]1818 驚怖。

心：[乙]2263 用在種，[原]1851 不覺縁。

惺：[宋][宮]387 悟得涅。

醒：[甲]2897 悟速達。

興：[宮]600 快樂八，[三][宮]263 告賢者，[石]1509 我大歡。

玄：[甲]2293 範高覺。

學：[宮][聖]545 來，[宮]603 者亦不，[宮]687 微漸遂，[宮]1552 無觀禪，[宮]2102，[宮]2112 心勞欲，[甲]、斆[乙]2394 此行故，[甲][乙][丙]2381 處所謂，[甲][乙][丙]2381 外護慈，[甲][乙][丙]2381 一切戒，[甲][乙][丙]2394 摩訶，[甲][乙][丁]、學[丙]2190 彼本有，[甲][乙]917，[甲][乙]1821 者若有，[甲][乙]1929 佛，[甲][乙]2219 斷故今，[甲][乙]2249 支相應，[甲][乙]2263，[甲][乙]2397 此教不，[甲][乙]2397 法目録，[甲]1708 行已滿，[甲]1709 故於當，[甲]1709 者如瓔，[甲]1804 喟然豈，[甲]1816 故非修，[甲]1816 中少欲，[甲]1816 中攝初，[甲]1828 不共無，[甲]1828 道以爲，[甲]1833 者釋彼，[甲]1873 方過，[甲]2018 觀思惟，[甲]2157，[甲]2230 五根爪，[甲]2266 淨戒律，[甲]2299 僧祇自，[甲]2313 道理所，[甲]2376 道制犯，[甲]2394 觀乃至，[甲]2395 三達智，[甲]2870 經，[明]220 三摩地，[明]485 此經者，[明]627 不可，[三]、觀[宮]263 是將來，[三][宮]345 軌，[三][宮]671，[三][宮]1544 支納息，[三][宮]2121 所夢臣，[三][宮][聖][另]1509 法眼分，[三][宮][聖]397 諸法而，[三][宮][聖]1523 故，[三][宮]271 知，[三][宮]278 深妙法，[三][宮]285 進如來，[三][宮]309 現諸佛，[三][宮]403 故其心，[三][宮]403 要法故，[三][宮]410 於縁覺，[三][宮]

433 意廣無，[三][宮]478 如是法，[三][宮]502 是，[三][宮]606 了此慧，[三][宮]624 知是爲，[三][宮]639 決定眞，[三][宮]639 於眞實，[三][宮]656 不思議，[三][宮]759 爾時世，[三][宮]823 阿耨多，[三][宮]1509 實覺此，[三][宮]1537 明慧行，[三][宮]1546 地，[三][宮]1546 慧慧根，[三][宮]1548 正定是，[三][宮]2033，[三][宮]2043 得阿耨，[三][宮]2060，[三][宮]2105 法王説，[三][宮]2121 若界内，[三][宮]2122 是過是，[三][聖]26 憶宿命，[三][聖]26 憶宿命，[三][聖]291 無量慧，[三]99 所應知，[三]125 愛敬，[三]158 者解第，[三]193 吾師天，[三]193 制不足，[三]194 不與智，[三]220 一切法，[三]631 故，[三]631 知分別，[三]950 教法時，[三]1548 不得沙，[三]1559 觀等亦，[三]1579 略總頌，[三]2102 窮理乃，[三]2145，[三]2154 等八僧，[聖]、覺之[另]1721 稱爲短，[聖]279 法輪亦，[聖]291 力繼習，[聖]383 爲衆説，[聖]675 有觀三，[聖]1545 乃至佛，[聖]1563 故今所，[聖][另]1543 有觀或，[聖]26 爲説四，[聖]26 心法如，[聖]99 觀所，[聖]99 應證悉，[聖]99 者得上，[聖]222 了三世，[聖]223 不，[聖]223 是事是，[聖]224 其難佛，[聖]224 著事復，[聖]225 如佛意，[聖]278 般若波，[聖]292 不以勞，[聖]292 在已身，[聖]303 隨衆生，[聖]419 眼是定，[聖]1437 爲六百，[聖]1509 分八，[聖]1509 時，[聖]1509 意三昧，[聖]1546，[聖]1548 觀見慧，[聖]1552 爲，[聖]1733 觀三汝，[聖]1763 則無由，[聖]1851 觀猶在，[聖]2157 法經一，[聖]2157 經永嘉，[另]1459 聲聞弟，[另]1541 無觀云，[另]1543 意此何，[石]1509 等是五，[石]1509 無觀三，[宋][宮]310 已復爲，[宋][宮]839 知利益，[宋][元]、[宮]1464 滅入息，[宋][元]1544 菩提慧，[宋]2145 愍後，[乙]2249 隨轉，[乙]1723 故眞二，[乙]1816 七行作，[乙]2087 者密行，[乙]2120 花外照，[乙]2192 如來無，[乙]2249 之輩可，[乙]2397 佛威儀，[元][明][宮]310 道時其，[元][明][聖]222 之人來，[元][明]221 過去當，[元][明]221 所有無，[元][明]382 隨所起，[元][明]423 諸法得，[原]、學[甲][乙]1796 者若得，[原]2264 現觀者，[原]920 人亦同，[原]1774 故孤遊，[原]2395，[知]1579 如是名，[知]1579 是故當。

一：[甲]1736 辟支或。

意：[甲]2218 從因至，[原]1834 覺二現。

義：[甲]2193 天表非。

與：[三][宮]1545，[聖]278 大王普。

譽：[宋][元][聖]446。

在：[丙]2397 諸衆生。

遭：[另]1721 苦衆生。

眞：[宮]460 天子又，[三][宮][聖]310 道意不，[三][宮]313 道決時，

[三][宮]627 者甚難。

支：[甲][乙]1821 亦修圓。

知：[三]382 是故目，[元][明]375 近。

智：[甲][乙]2219 第。

著：[三][宮]271 名見如，[三]99 觸意念。

爝

爵：[宮]1799 火蚌珠。

攫

擭：[宋][宮]2121 其體行。

獲：[宋][元]554 持之處。

玃：[甲]2128 音俱縛。

钁：[明]721 其體既。

攖：[三][宮]2122 體拔。

擢：[甲]2087 裂居未。

玃

攫：[甲]2128 持人故，[明]2122 開左。

獸：[宋][元][宮]322 惡人賊。

钁

鑊：[甲]1963 何用香。

杴：[宮]1546。

均

鈞：[三][宮]2103，[宋][宮]、鈞[元][明]2060。

調：[三]375 或麁或。

故：[甲]1733 名。

拘：[三]、枸[宮]2122 初聞異。

君：[明]2110 六趣播。

鈞：[三][宮]2060 初聞異，[三][宮]2122。

劣：[己]1958 如似置。

垧：[乙]2244 反摩也。

相：[甲]1709 念外答。

絢：[甲]2053 綵濃淡。

易：[原]1782 可解因。

約：[甲]2381 法師受。

鈞：[甲]2181 撰。

周：[元][明]125 利。

灼：[甲]2119 短長異，[乙]913 應用香。

君

臣：[三][宮]2108 以，[原]1203 背版多。

芬：[宮][聖]354 陀花拘。

躬：[三][宮]2059 則四海。

韓：[三][宮]2102 剋薄之。

居：[宮]2122，[甲]1736 之，[甲]2036 聖地爲，[三][宮]263 遙見勢，[三][宮]1421 四海四，[三][宮]1425 四天下，[三][宮]1579，[三][宮]2102，[三]187 位不宜，[三]1234 捉俱噜，[三]2103，[三]2103 問道之，[聖]1421 往，[宋][宮]721，[宋][宮]2059 何點，[宋][宮]2109，[宋][明][宮]354 善道去，[宋]2122，[元][明]192 陀烏爲，[元][明]190 陀花其，[元][明]1507 財唯能。

軍：[宮]1442 持，[明]1442 持并餘，[明]1442 持淨器，[明][甲][乙]

1069 持，[明]1453，[明]1459 持，[三][宮]1442 持并餘，[三][宮][甲][乙]901，[三][宮]1442 持祠祀，[聖]1428 持口中，[乙]2393 持一手，[元][明]1451 持及上，[元][明]1451 持瓶水，[元][明]1451 持并添。

老：[宋][宮]2103 者英才。

名：[宮]1571 等簡異，[甲]1805 如云黄，[甲]2089 王先不，[三][宮]1559 不唯音，[宋][宮]2104 罪有不。

磨：[三]188。

丘：[三][宮]2104。

屈：[宮]2103 親者無。

群：[三][宮]1470 不安故，[三]196 民世尊，[三]291 龍，[聖]211 臣常和，[乙]1250。

人：[三][宮]743 民令遠，[三]2110。

若：[三][宮]1559 非一切，[三][宮]1559 不可隨，[三][宮]1559 此事今，[三][宮]1559 云何無，[三][宮]2111 爲百谷，[宋][元]1442 入入在，[宋]1451 不相違，[乙]1709 行時，[元][明]2016 仲以孝，[元][明]2110。

王：[三][宮]2121 枉，[三]202 四天。

吾：[甲]2006 同大事，[甲]2036 弟子與。

昗：[宮]2112 王。

尹：[甲]2089，[宋]2034 率衆反。

右：[宮]2087 長役屬。

元：[明]2103 九年謙。

月：[宮]665。

者：[甲]1700 子所稱。

軍

輩：[乙]2218 轉。

車：[宮]2122 縣尋問，[三]193 勢強恐。

觸：[甲]1813 立利斧。

單：[明]2151 王經一，[宋][元]1101，[宋][元]2154 開府儀，[元]2154 開府儀。

光：[明][宮]1442 聚落二。

果：[甲]2274 寧立者，[原]1840 可成衆。

揮：[明]2060 飈玉石。

巾：[三][宮]2102 凫乙斯。

君：[甲][乙]912 荼鋪臭，[三][宮]2102 揮戈淵，[宋][宮]1443 持并餘。

鍕：[甲]1065 持法其。

夢：[三]1591 覺。

群：[甲]1805 觀陣匿。

事：[甲]2244 或種種，[乙]1796 散壞也。

宣：[元][明]1167，[元]443 如來南。

勇：[明]1538 具力能。

圜：[甲]1828 等非身。

運：[甲]1709 林等假，[甲]2087 行也舊，[甲]2176 王經一。

陣：[宮]420 得佛十，[甲]1813 令鬥戒。

衆：[三][宮]263 兵當有，[三][宮]657，[三]187 於是皆，[三]2121 及。

菌

菌：[宋][元]2061 之苗參，[宋]2061 且不復。

園：[宮]1435 得突吉，[甲]1182 并。

鈞

釣：[甲]2035 素敬佛，[三][宮]2122 石之重，[乙][丙]、鉤[丁]2089 雖比肩。

鉤：[甲]2193 鎖七者。

均：[三][宮]2102 沐澤歆。

鍕

軍：[三][宮]1509 持又傷。

麏

麕：[三][宮]2103 馥盡可。

俊

儗：[宮]2104 晃曰法。

高：[三][宮]2122 邁之氣。

後：[宮]2034 今，[宮]2060 當紹吾，[宮]2060 銳莫肯，[甲]2183 不可用，[三][宮]1443 請爲師，[三][宮]2034 晋穆永，[三][宮]2060 命章設，[三]2110 達於三，[聖]2157，[聖]2157 念之日，[元][明]2149 銳神解。

候：[三][宮]2060 變。

進：[明]2060。

逈：[三][宮]2060 拔竟孺。

浚：[三][宮]2060 儀善住。

儁：[宋][元]2061 長而謹。

陵：[三][宮][聖]下同 1421 應語其。

民：[乙]2092 至於清。

強：[宮]2122 莫與同。

悛：[三][宮]2059 益部寺，[宋]2122 禪師歎。

携：[宮]618 禪訓之，[宋][宮]2122 都鄴處，[宋][宮]2122 招奇德，[宋]1522 神天凝。

攜：[宋][元]2060 可期。

役：[宮]2060 終援引。

郡

邦：[三][宮]585 國土而。

部：[甲]1804 親見木，[甲]2068 至，[宋][元]2061 禮興律。

德：[元][明]425 無損。

都：[三][宮]2103。

君：[元][明]2045 臣和穆。

郎：[甲]、屬[乙]1821 君，[三][宮]2122 即云。

郫：[三]2059 縣亦言。

群：[甲]2035 百十一，[甲]2035 生除削，[甲]1963 生色身，[甲]1973 品，[甲]2266 鹿故名，[甲]2266 生故，[明]2122 欲起義，[三][宮]2060 非，[三][宮]2060 果，[宋][明]2145 牢山南，[宋][元]2045 人也親，[元][明]425 上首智。

州：[三]、－[宮]2060 苦縣厲。

捃

君：[宋]2088 稚迦即。

峻

寂：[明]394 之樹亦。

浚：[三][宮][甲]2053 蜸蜉蝣。

竣：[宋][宮]、皴[元][明]2103 爲楊州。

駿：[三][宮]2122 速。

悛：[宋][宮]723 法多因。

唆：[元]2061 神異不。

迅：[三]2123 飛直。

崖：[三]380。

志：[三][宮]2053 節於本。

浚

後：[三][聖]99 隨輸若，[宋][元][宮]、復[明]1644 與海相，[宋][元][聖]、波[明]99 輸涅槃。

峻：[三][宮]2103 而。

陵：[甲][乙]1821 雜故異，[甲]2878 盜經像。

迅：[元][明]、後[宮]721 如夏時，[元][明]721 波漂流，[元][明]721 流漂急。

畯

畟：[三][宮]2060 塞騈羅。

俊：[元][明]2145 德改容。

峻：[甲]2035 之難忠。

儁

雋：[甲]2128 下遵陵。

俊：[三]196，[宋]2151 徹敏朗。

竣

皴：[元][明]2103 面而斬。

駿

聰：[三][宮]2111 辯自昔。

俊：[甲]2036 發聰悟。

駛：[甲]1960。

迅：[三]、逡[宮]721 速破壞，[三]、濬[聖]99 飛。